钟灵传

ZHONGLING ZHUAN

妆匣奇珍

溯月 朝夕 著

百花洲文艺出版社
BAIHUAZHOU LITERATURE AND ART PRESS

图书在版编目（CIP）数据

钟灵传．妆匣奇珍 / 溯月朝夕著．-- 南昌 ： 百花洲文艺出版社，2018.10

ISBN 978-7-5500-2729-9

Ⅰ．①钟… Ⅱ．①溯… Ⅲ．①长篇小说－中国－当代
Ⅳ．① I247.5

中国版本图书馆 CIP 数据核字（2018）第 064179 号

钟灵传·妆匣奇珍

溯月朝夕 著

出 版 人	姚雪雪
特约策划	秦　瑶　涂继文
责任编辑	袁　蓉
特约编辑	秦　瑶
插　　画	古戈力
封面设计	姚姚设计工作室
出版发行	百花洲文艺出版社
社　　址	南昌市红谷滩新区世贸路 898 号博能中心一期 A 座 20 楼
邮　　编	330038
经　　销	全国新华书店
印　　刷	三河市华润印刷有限公司
开　　本	710mm×1000mm　　1/16
印　　张	16
版　　次	2018 年 10 月第 1 版第 1 次印刷
字　　数	200 千字
书　　号	ISBN 978-7-5500-2729-9
定　　价	42.00 元

赣版权登字 05-2018-169

邮购联系　0791-86895108
网　　址　http://www.bhzwy.com
图书若有印装错误，影响阅读，可向承印厂联系调换。

目录

contents

楔子

四海八荒，有四洲九国。围绕瀛海，北有蓬莱洲，多仙山琼岛，属仙人之境，人迹罕至。东为擎苍洲，有苍、雍、豫三国。南为冀洲，有琉、景、琰、胜、封、偃六国。西为洪荒洲，其上寸草不生，遍地妖魔。

四洲之中，擎苍与冀洲毗邻洪荒，人、魔、妖三族共生，天下纷争不断，故有九方术士应时而出。

九方术士，行走阴阳两界，可通冥界之语，封四海妖魔。在擎苍洲和冀洲，九方术士有其专属的联盟，称为九方寮。寮机每年都会根据术士完成的任务数量、难度，以及年末的考试成绩，综合评定每一个九方术士的能力，并为其派发九段徽章。从一到九每个阶段颜色由深至浅，一到三阶为玄铁所制，四到六为黄铜，七与八为银，最高阶九段属金。

景国国都，九方寮外，刚填好术士报名表的陶白问钟灵："你是术士吗？"

钟灵摇头："不。"

陶白心存疑虑："那你如何当我师父？如何教我降魔伏妖之术？"

“九方术士只是一个开始，拿到九段金章只是入门，这能让你的实力与灵力匹配成为一种可能。”钟灵面无表情，抬手指向前方，淡淡道，“那里，才是你的目标。”

陶白顺他手指的方向看去，便见大厅的正中挂着一幅画。画中大浪滔天，惊涛拍岸，岸上有一高山耸入云霄——那里便是传说中的蓬莱仙山，巍巍玉皇。传闻玉皇山上，星河灿烂，云海流波，有洞天福地数千余，乃世间最美奂绝伦之境。

“你是说……蓬莱？”陶白不确定地问。

钟灵颔首：“不错。”

“你在开玩笑吗？”陶白大惊。

“你觉得呢？”钟灵面不改色，一派淡然。

陶白看着他镇定自若的模样，不自觉地伸出右手抚上了他的额头，说：“额头不烫啊……没发烧啊？”

钟灵没理会他，拍开他的手，冲着面试官扬了扬下巴：“到你了。”

“啊，那我去了。”陶白手握报名表，神情严肃，一步三回头。

钟灵抱着双手，靠在石柱之上。他看着陶白小心翼翼、惴惴不安的模样，眉头轻轻皱起。

四周人来人往，无一不是疾言厉色，步履匆匆。只有陶白，似是一只闯入虎群的羔羊，始终茫然四顾，懵懂无知。

钟灵突然想起了儿时的自己。此情此景何其相似，只不过身份全然反过来了，自己倒成了气定神闲的那一个。

他想起自己初入蓬莱时，也是如陶白一般，心中充满了忐忑，但是那时候的自己却从来没有害怕过。因为他知道，牵着自己的人，是这世上最至高无上的存在。那人总是会牢牢地牵着自己，微笑说：“不要怕，有我在。”

所以他无论遇到什么危险境况，心中都是有恃无恐的。就算那人羽化兵解，永远从这个世间消失，他也没有害怕过。他知道，自己一定会把他找回来，然后将本该属于他的一切，全部还给他……

可是，快要来不及了。

没有时间了。

第一章 找一个山清水秀的地方吊死

一年前。

景国国都靖城，放榜之日，夕阳西下，断肠人在杏榜前。京城贡院里，几家欢喜几家愁，人群吵闹了一整天后渐渐散去，独留下一道灰白色的身影——那是白衣被浆洗过数次之后而来的颜色。破败不堪。

“又……没有我的名字吗？”

陶白站在杏榜前，将榜单从头到尾看了三十遍，最终确定了……嗯，还是没有自己的名字。

这已经是陶白第五次参加会试了。他自幼饱读诗书，博学多才。从十岁开始，参加院试便一鸣惊人，摘得榜首，而后乡试亦是一举夺魁。他知天文晓地理，精医道熟兵法，通读四书五经，人人都说他有状元之才，每一届应试仕子都在寻常聚会时被他比下去。然而就是这样的一个人，三年一次的会试，却频频失利，次次名落孙山。他经常怀疑自己是不是中了降头，也去问过几个远近驰名的道观法院，但答案都是否定的。他们都说：“你就是没有那个命。

仅此而已。”

陶白看着明远楼与至公堂之间的道路两侧悬挂的锦旗，上面飘扬着刚劲有力的二十四个大字：明经取士、为国求贤、青云直上、连中三元、鹏程万里、指日高升。他一直都将这二十四个字当作人生谨句，以此为目标。他也相信天道酬勤，只要付出努力，命运之神就会眷顾自己。可这一刻，他真的有些动摇了。他已经二十八岁了，自己所坚持的，究竟是对是错？

“陶白啊，关门啦，三年后再来吧！”贡院看门人抱着重孙子，冲陶白招了招手，已经第六次说出这样的话。

这十五年来，看门人见过许多同陶白一样的寒窗苦读的学子，他们有人名落孙山，也有人榜上有名；有人步步高升，也有人认命放弃。但从来没有一个人，能像陶白这样执着。执着到连看门人的重孙子，都知道了陶白的名字，见了陶白一张嘴便奶声奶气地说：“陶爷爷，你累不累呀？你不要难过，太公公说等他做不动了，就把看门人的位置让给你，你来守贡院。”

陶白如遭雷劈，被人叫爷爷的感觉甚至超过了名落孙山的痛苦。想当年，他第一次来京城贡院时，看门人刚得了个孙子。第二次来贡院的时候，看门人的孙子便对自己说：“陶叔叔，下次你一定可以。”

他曾经也认为自己下次一定可以。但是五次会试过后，十五年后的今天，从他被孙子的儿子叫“爷爷”的这一刻开始，他真的对自己产生了深深的怀疑。陶白双拳紧紧握住，然后放开，然后再紧握。他转过头，不舍地看了一眼这个让他又爱又恨的地方，最终深吸一口气，放开了拳头，大步离开了贡院。

陶白住的地方在外城大兴，距离贡院有不小的距离。出了崇文门再往南走两个时辰，才是他的住所——一间客栈的马棚。这是他花了全部的积蓄租下来的房子，可租金也只交到了这月初一而已。他原想着今日考中贡士之后，就去找人借些银子，可现在却是连唯一的希望都破灭了。陶白失魂落魄地推开马棚的栅栏，刚一走进，便见自己的行李散落一地。自己的换洗衣物、书籍、文房四宝通通被马蹄肆意践踏，失去了原本的模样。

陶白拯救未果，气上心头，终于鼓起勇气敲响了赵掌柜的房门。好一会儿，对方才缓缓打开了门，赵掌柜身宽体胖，环抱双手站在门前。他嘴唇带着轻蔑的笑，一双眼睛直直地盯着陶白，说："你想干吗？"

陶白原本比他高出半个头，但被他这样一瞪，在气势上就弱了一大截。他所有的怒气在这一刻烟消云散，舰着脸道："赵、赵掌柜，小、小生就是想问问，小生的行李何故散落在外？"

"小生？就你这把岁数，还好意思自称小生？你叫'老身'我都不会觉着有问题！"赵掌柜嗤笑道，"你也不撒泡尿照照镜子，看看自己这副穷酸相有多招人烦？欠我半个月房租了，知道吗？滚滚滚！不然老子教你吃不了兜着走！"赵掌柜说着举起了拳头，佯装要教训教训他。

"冷静！掌柜的冷静！"陶白下意识抱头蹲下，躲在墙角发抖。赵掌柜见了他这副模样，连打他的欲望都没有了，冷笑了两声便"嘭"的一声关上了门。眼不见为净。

预想中的拳头迟迟没有落下，陶白听到关门声后半晌才惊魂未定地抬起头，经此一吓，自己此番所为何来便全然忘了个干净。他见对方已经回屋了便直起身子，拍着胸脯庆幸赵掌柜到底还是没有打自己。他到底还是个好人啊……

夜幕降临，天色已经完全暗下，陶白漫无目的地走在街上，路过一家家酒楼，听着里头的人在高谈阔论、谈笑风生，而自己兜里连吃个包子的钱都没有。每到这时，旁人都是金榜题名，殿前扬名，而后搞定老丈人，迎娶大千金，走上人生巅峰。但是他，下场只能是愁云惨雾，凄凄惨惨戚戚。陶白四十五度角仰望天空，发现这世界天大地大，竟无处是家。

“陶白？”

“你是陶白？”

身后传来一男一女两声呼唤，声音之熟悉，让陶白整个人都僵硬了。长久的怔忪之后，陶白还是回过了头，面上扬起一个大大的微笑，看向身后的人。

身后不远处有两顶软轿，轿旁站着一男一女。男的高大英俊，风流倜傥；女的身穿华服，浑身戴满金玉，她的怀里还抱着一个婴孩。是一对让人歆羡的夫妻。

“是秋碧和冠廷啊，好久不见。”陶白弯起眉眼，笑得比哭还难看。

“真的是你……”陈秋碧的面色动容，眼眶发红。宋冠廷立即拿出手帕，给她擦了擦眼角，随后搀着她向陶白走来。

随着二人的接近，陶白的身子渐渐站直，整个人开始不知所措。他的双手背在身后，甚至有些颤抖。他的内心远没有表面那样平静。

“陶白，你……还好吗？”陈秋碧欲言又止，想起今日是会试放榜之日，再见他这副表情，就已经猜到，他大概又落榜了。

陶白扬起嘴角，点头如捣蒜，说：“我很好，你们呢？”

宋冠廷抱着陈秋碧的双肩，柔声道：“敏儿刚满周岁，我也算守得云开见月明了。”

“是吗？真好，恭喜你们。”陶白搓着双手，从兜里掏了半天，尴尬道，“你看我，出门也没带银子，还想给孩子包个见面礼，这下……”

陈秋碧面色沉重，宋冠廷打断他：“陶兄，不如过府一叙？”

陶白连连摆手，摇头道：“我还有事，今夜就要离开京城了。”

“这样啊……那等你回来我们再聚，我家住时雍坊，你到了随处问一人，报我的名字就知道了。”宋冠廷说着，从怀中掏出两锭银子塞在陶白手里，说什么也让他收下。

“我不能收你的银子，我不缺钱。”陶白连连拒绝，可陈秋碧也上前来，劝道：“陶白，你跟我们还客气做什么？权当我们先借给你，等你有钱了再还上便是。”

陶白看着她半抿的嘴唇和紧皱的双眉，知道自己如果今天不收他们的银子，他们是不会好过的了。为了旁人心里好受一些，自己拿了钱就拿了吧。自尊什么的，早在泥土里滚过几遭了，再踩几脚也不碍事。

“多谢了。”陶白说完，低下头去看着自己的脚尖。

“那，改天见。”

“好。”陶白点头，眼睛里有眼泪在打转，他始终没有抬头看二人，等二人上轿走远了，他才抬起头来，看着两顶轿子渐行渐远，最后在街角消失不见。

陶白看着手中的银子，握紧又放开，好几次想直接扔了又舍不得。他走啊走，见路边有个乞丐，顺手就送了出去。乞丐在身后感恩戴德，他的心中却凉得彻底。

他早听说陈秋碧已经嫁人生子，却不想夫君竟是宋冠廷。那曾是他最好的朋友，也是唯一的朋友。他听说宋冠廷考上会元之后，便去了外府为官，今昔调回京城，该是前程似锦，步步高升了。那陈秋碧，也该幸福美满了吧？

他不怪他们，一点都不怪，反而由衷地祝福。

陶白吸了吸鼻子，想起曾经的种种誓言才记起，当初自己铆足了劲考状元，就是为了跟同是孤儿的陈秋碧过上好日子。但现在她已过上了自己想给她却给不起的生活，自己这么多年的努力，似乎都变得无足轻重了起来。

考不上科举，心爱之人另嫁他人，他甚至连买一份礼物祝他们新婚快乐的钱都没有。

陶白只觉得自己是个彻头彻尾的废物，简直连活下去都是在浪费空气。

不如就此寻一处山清水秀之地……吊死。

阴宅也是宅。

那里，总该是他的家，不会再被人赶出来了。

陶白漫无目的地往前走着，终于在天明破晓时分走到了法华寺。法华寺建在蟒山山顶，山顶上桃林繁花盛开，香气扑鼻，从山上往下望去，可见一汪碧湖，湖中星火点点，是夜捕的渔船。从风景来说，正是陶白向往的山清水秀、鸟语花香之地。

举目四望，陶白最终相中了一棵歪脖子的桃树，不为别的，就为它看上去比较好爬。

陶白解下粗布腰带，爬上树干，将腰带系了个死结扔在枝干上，随后将自己的头伸了进去，闭眼往下一跳。

全身的重量都承受在一根粗布带上，陶白的脖子被狠狠勒住，他双腿乱踢，双目突出，舌头外伸。窒息的感觉来得比想象中还要快。在这最后的人生里，他的脑子里闪过这些年的点点滴滴，最让他向往的竟不是殿前扬名的场景，而是从前在慈幼局里，与陈秋碧对坐扎春花的日子。那时的他们，虽然吃不上饱饭，喝不上热汤，但是快乐却那样简单，哪里有后来的那些世俗眼光？

他记得很清楚，二十年前，他曾在慈幼局里，笃定地告诉陈秋碧：“我们一定要活下去，只有活下去，生活才有希望。总有一天，我一定会带你离开这里，给你最好的生活……”

可他却没料到，自己反倒是先放弃了生命的那一个。

陶白的眼白翻出，眼泪从他的眼角滑落，从此以后，却是再闭不上了……

“嘭！”一声巨响，陶白突然觉得脖颈一松，紧接着，自己连带树干一起砸在了草地上。

“咳咳咳咳——”突如其来的放松让他咳嗽不已，空气大量涌入胸肺，陶白难以抑制地呼吸着。

自己没有死成？

是的。还没死。

陶白双目赤红，看着四周，发现树干的断裂口整整齐齐，丝毫也不像是因承受不住自己的体重而断裂，反倒像是被斧头齐根斩断。

“谁？是谁？”陶白晃晃悠悠地站起身，举目四望。

“现在的人啊，分手的时候一点都不洒脱，稍一想不开，便以命相胁，你觉得自己死了对方就会难过了？”身后传来一声讥笑，陶白慌忙回头，便见月光下，一个白色的人影斜倚在不远处的树干上。树荫遮住了月色，陶白只能依稀看见他墨色的长发、白皙的侧颜。长发遮掩下，他的嘴唇薄而殷红。

陶白打量他的同时也注意到，那人的身边并没有斧头一类的利器，那树干究竟是怎么折断的？

“死的滋味如何？”那人扬起嘴角，再次嘲讽道。

“你自己试试不就知道了？”陶白蹙眉，看着他的眼睛里充满了敌意。

那人轻轻摇头：“我还不想死。”

“那就不要妨碍我。”陶白说着，从树干上解下自己的腰带，准备寻另一棵树再吊一次。

他还没走出几步，却又听那人道：“为了一个女人寻死觅活，是不是太不值当了？”

陶白驻足，冷冷回道：“你懂什么？听你声音，怕还是个毛头小子，有什么资格评论旁人的生活？”

“呵……”那人发出一声几不可闻的嘲笑，高深莫测道：“难道不是吗？现在你的脑海里全是那个女人的影子。”

“那又如何？我都要死了，还不能让我想想吗？”

“你执意寻死？”

“是。”陶白颔首，回答得干脆利落，毫不拖泥带水。

那人长叹一口气，缓缓道：“你所轻易放弃的今天，是已故之人梦寐以求的明天。生命来来往往，每一天都是不可复制再得的人生。你，真的打算就此放弃？”

陶白沉默了片刻，仍是不管不顾地说：“不活了！我就不活了！”

“那……你就去死吧。”那人说完，头也不回地转身离开。

陶白有一瞬间的失落，其实他还是希望有个人，能陪自己多说说话的。但他到底没能看透自己的心，那人也比他想的要冷漠。

陶白再找了棵歪脖子桃树，把自己再次吊了上去。

——“啪！”

这次树枝断裂得比上次要快，他的身子除了落地时摔疼了腚，几乎没有感受到旁的痛苦。他恨恨不已地一连找了十几棵桃树，但树枝无一例外地全然断裂。等吊上第十七棵树时，他仍然没有例外地屁股落了地——这次不是树干断裂，是腰带崩了。

陶白低头看了看手中的绳子，自嘲地苦笑：“连死都死不成，我还真是一无是处，做什么都坎坷。”

陶白扔了绳子，走到崖边，打算用一个更加简单决绝的方式结束自己的性命。

跳崖。

此时天色未亮，只不过东方升起浅浅一道白光，从崖顶向下望去，只见雾蒙蒙的一片，一眼望不到底。从这里跳下去，只怕是尸骨无存了吧。早知道这里有这么一处悬崖，自己这大半夜还乱折腾什么？陶白吸了吸鼻子，几乎要为自己的明智欣慰到落泪。

他踮起脚尖，张开双手，纵身一跃。

“啪——啪——啪——”

接连三声响起，他接连落在三棵树干上，最后“砰”的一声，落在了草地上。这次是脸着地。

“天都亮了，你竟还没死成？”

头顶传来一道熟悉而冷漠的男声，如魔似幻。虽然是嘲笑的语气，可因掷地清脆而带着懒懒的笑意，听上去竟像来自佛界的梵音。

陶白睁开眼，入眼的便是一双黑色窄瘦的男靴，靴上有浅浅的泥土。他艰难地抬起头，便见昨晚那个男人正怀抱着一堆树枝，目瞪口呆地看着自己。

“……”陶白愣愣地看着他，再坐起身子向崖顶望去，才发现被黑云笼罩着的山岗不过两丈来高，而自己又被三棵大树所阻，落在地上竟然只受了些许皮外伤。

“为什么——！这究竟是为什么！！”陶白双手抠地，大力地摇头，“生活已然困苦难当，死却比生还难！老天爷，你在耍我吗？！”

男子悠悠一叹，问他：“你真想死？”

“不然呢？我的决心难道不够坚定吗？”陶白捶胸顿足，折腾一整晚，说话都变得有气无力。

“跟我来，我带你去死。”男子将树枝拢作一堆，下一刻，右手五指便在陶白眼前展开来。

这是一双很好看的手。指甲盖修剪得宜，露出指尖一点点，指节白皙而修长。这样一双手，大多数女子见了都要自叹不如。陶白仔细看了看他的，再对比自己的，只觉得自己的根本不能称作手，是爪子。

陶白愣愣地看着他向自己伸来的手，鬼使神差地便将自己的手搭了上去。他的手温冰凉，指节突出却不硌人。他将陶白拉起来后，便转身走在前头带路。陶白跟在他身后，看着他身长玉立的背影，发现自己还是没有看清他究竟长的什么模样。

这样的一个人，大半夜出现在荒郊野外……不会是鬼吧？

卯时，东方渐白，天光大亮。陶白跟着陌生男子穿过荒烟蔓草浅滩野渚，终于来到一扇破旧的木门前。

这是一扇单开的木门，门上凹凸不平，沟壑斑驳，凹槽里满是泥土。门的两侧的墙体则用石块堆砌，其上糊满了泥巴，风一吹便簌簌地往下落土。陶白往来京城多次，还是头一次见到这样破落的房舍，从外表看去，竟还不如家乡的贫民窟。

“这是哪里？”陶白忍不住问道。

“我家。”

“为什么带我来你家？”陶白疑惑。

“你不是想死吗？”男子缓缓侧头，淡漠地问他。

他的侧脸十分好看。鼻梁高挺，眼角狭长而微挑，嘴角始终带着一抹冷漠而似有若无的浅笑。孤高清绝的气质与四周的房舍格格不入。陶白这才看清，他竟是一位玉面纶巾的少年郎。看上去，不过十七八岁的模样，但他冷静从容的气度，却比自己这个二十八岁的人还要沉稳。人比人气死人，自己竟样样都比不过旁人。

“每一个来到这里的人都不会活着走出去。你，真的要进来吗？”男子说完，不待陶白回答便径自推开门走了进去。

门下尘土飞扬，落在陶白周身，他咳嗽了两声，被呛得几乎睁不开眼，但脚下仍是坚定而决绝地跟着少年迈进了院里。

院子里比他想象的还要破落。院子四周是一圈土堆砌成的房舍，一间邻着一间，大大小小皆不对称。院子正中有一棵大树，树下放着一张可容纳三十余人的桌子，二十余把缺胳膊少腿的椅子横七竖八地围在四周。

少年走在前头，顺手扶起倒在地上的椅子，抱着柴火去了后院。

陶白很难想象一个白衣翩翩的少年会住在这种地方，他举目四望没见着人，便只能亦步亦趋地跟着少年。

二人来到柴房。柴房的墙角躺着两口大黑锅，锅边的案板上放着大大小小五颜六色的糕点，都是刚发好的面团。

“会生火吗？”少年蹲在靠里的灶前，指着边上的一口锅问陶白。

“会！”陶白点头，抱着柴火蹲在地上，拿着根烧火棍娴熟地摆弄起来，不一会儿，大火升起，锅里的水很快也烧开来。少年拿来数枚蒸屉，将发好的各色糕点摆了上去。一刻钟后，香气传出，引得陶白食指大动。他早已饿得前胸贴后背，这会儿闻见香气，更是恨不得将眼前的蒸笼都一起吃了！

少年从旁拿来一个大盆，将另一口锅中的杂蔬瘦肉粥舀起。粥里有切成梅花花瓣形状的胡萝卜、五角星模样的黄瓜，还有极少的菱形姜片，混合着肉丝、葱段一起，散发出难以言喻的美妙香气。

陶白眼巴巴地望着少年，咽下几口口水："我能不能……"

"不能。"少年看也不看他，顾自在灶前忙活。直到陶白的口水滴在了他的鞋上，他才鄙夷地一凝眉，向旁边挪了一步，淡淡道："这是给人吃的，你不要浪费粮食。"

"我也是人啊！"

"你不是。"少年摇头，"你是将死之人。"

"不带你这么歧视人的！"陶白面色发白，手舞足蹈地争辩道，"那你就看在我快要死了的分上，让我做个饱死鬼，行吗？"

"不。"少年的话简洁而明了，带着毋庸置疑的笃定语气。说着，少年将蒸笼里的糕点一一取出。陶白只能眼睁睁地看着那些双色莲花卷、玫瑰蒸饺、紫薯红糖糕、三色开花馒头被一个个地夹出来，花花绿绿地摆满了一整盘。然后他一手端着蔬菜粥，一手执着糕点盘，头也不回地走了出去。

"你什么时候带我去死？"活着实在太辛苦了。

陶白捂着肚子喊了一声，口水霎时淌了一身。

少年却似没听见一般，并没有搭理他。他走到院里，将粥盆和糕点盘放在桌子正中间，然后从大树的树洞里拿出一摞铁质的饭碗，依次在桌边排开来，有二十多只。

"丁零——"少年执了一只铜铃。铃声一响，四周的房屋中响起异响，并渐渐有了人声。很快，屋子里便冲出来好些个孩子，有大有小，共十余人。大的至多十岁，小的不过五六岁，都是没睡清醒的模样。他们的身上穿着破落的衣衫，身形瘦弱，裸露在空气里的皮肤上多长有大大小小的烂疮。

“梳洗过后来吃早饭。”少年淡淡说完，开始在大家的碗里分派糕点。

“是——钟灵哥哥！”孩子们齐声回答，然后齐刷刷地奔着后院跑去。那里有一口井水，可供梳洗。

——原来他叫钟灵。

陶白惊讶地看着这满院子跑的孩子们，再看看孤身独立在桌旁的钟灵，突然明白他那句“进来的人，便再也无法活着出去”是什么意思——他们都是得了疫症的人，活不长了。

孩子们洗漱完毕，在位子上坐下，但不是一个挨着一个，而是分散而坐。陶白注意到，桌上的碗里也不是人人都有食物，其中三分之二都被空置着，随之对应的椅子上也没有坐人。

“钟灵哥哥，今天的早餐好丰盛呀！平……”

钟灵眼一横，冷冷道：“食不言，寝不语，忘记我说过的话了？”

那孩子被他一瞪，立时闭紧嘴巴，将头埋在碗里，神情专注地喝粥。

钟灵走到人群中唯一一个没有吃饭的孩子身边坐下，然后端起碗，拿着勺子，一口一口将粥喂到孩子嘴里。微风拂过，吹起孩子的衣袖，陶白这才发现，他的袖管空荡荡的。他没有双手。

钟灵耐着性子，将整碗粥喂完后，问他：“还吃吗？”

孩子摇了摇头：“谢谢钟哥哥，我吃饱了。”

“嗯。”钟灵拿出手帕，给孩子擦了擦嘴。他的动作缓慢而温柔，与他冷漠的脸极为不符。阳光透过树荫洒下，数道光影落在钟灵周身，柔和了他冷淡孤寡的气质，多了几分神圣的意味。

陶白内心一紧，看着这样一个玉面少年仔仔细细地照顾着一群得了疫症的孩子，内心受到了不小的冲击。

自己十八岁的时候在做什么?

读书，读书，还是读书。然后就是一次接一次地科举落榜。

他的人生与钟灵比起来，委实是单调而毫无意义的。

陶白更加想死了。

“阿音在哪里？”钟灵喂完粥之后，举目四望，发现桌子最末尾的碗碟里食物无人动过，本该坐在那里的孩子也迟迟没有现身。

“阿音昨晚玩闹半宿，这会儿怕还没起床。”其中一个小孩子答了一句，钟灵的面色立刻又冷了几分。

钟灵沉声道：“你去告诉她，再不出现，便将她关到黑屋去。”

孩子们一听到“黑屋”两个字，立刻都露出了一副惊惶恐惧的模样，就像是听到了这世上最可怕的事情，就连边上的屋子里都响起一阵窸窸窣窣的响动。很快，一个头发披散的孩子便连滚带爬地跑了出来。她的双手提着宽大的裤腰带，连鞋都没穿好。

阿音其实早已经醒了，只不过被窝外头冷，不想起床。她听见钟灵说到“黑屋”时，便连忙挣扎爬起来，火急火燎地在桌旁坐定。虽然她身上穿着的是破旧而不合身的男装，但看得出来她是个女童。

“钟、钟灵哥哥，我刚刚有些头疼……所以……所以没起床。你、你可千万不要把我关到黑屋里去啊！”

名叫阿音的女童显得格外紧张，钟灵看了她一眼，淡淡道：“吃饭。”

“是！”阿音急忙点头，这时才注意到碗里的食物，眼睛里倏尔绽放出异样的光彩，连勺子都顾不得用，端起碗便往嘴里送。

陶白站在不远处，看着他们一个接一个地将糕点送进嘴里，将粥瓜分完毕，咽下了不知道多少口口水之后，他的眼前冒起了饥饿的星星。他突然觉得，自己这辈子可能是被饿死的。

那也太凄惨了!

陶白呜呼哀哉,终于熬到孩子们吃完早饭。他们各自捧着铁碗去井边涮洗,钟灵则收拾起桌上多余的空碟,将它们一个个摞在一处,放回了树洞中。

陶白见他忙完了,立即步履蹒跚地走过去,气若游丝地说道:“钟……公子,您什么时候带我去死?”他的声音嘶哑,语气无奈,眸子里写满了哀求。

钟灵身形一滞,回头看了他一眼。眼神一如既往的冷漠,无波无澜。分明是一张没有表情的脸,可在陶白看来,他的嘴角却似浮起了一抹讥讽的冷笑。

钟灵沉默了片刻,淡淡道:“现在。”

第二章 孤儿怨

陶白跟着钟灵穿过前院，走到后院最西边的一座孤零零的矮屋前。

屋子看上去与其余的房舍没什么不同，都是土堆砌而成的房子，外表破败不堪，而这间屋子的屋门和窗棂上更是结满蜘蛛网，似是许久不曾有人踏入。

“这里面是什么？”陶白扫了扫门板上的灰，想从门缝里窥伺一二，但是里头一片漆黑，他什么都看不见。

钟灵将陶白往前一推，同时自己向后迈了一步，说：“进去就知道了。”

陶白没准备好，径直扑到了门上，霎时间灰尘四起。他在漫天的尘烟中扑在了一个黑漆漆的木板上。

“那，永别了。”钟灵站在门外，缓缓说完，便合上了房门。

陶白在最后一缕阳光被隔绝之前，透过光线，看到眼前的木板竟是棺材的盖板！

陶白猛然跳开来，呆立当场，许久都回不过神来。

——钟灵，竟连棺材都给我准备好了？

陶白很快便否定了这个想法。

这幢小屋有两个房间，却没有窗户。陶白的四周黑黢黢的，伸手不见五指。他在棺材四周摸了一圈，才发现这副棺材长宽都不似成人的体型，应当是为这院中的孩子而定制的。

陶白心神初定，他很想把棺材掀开看看，但是又怕里头有人而有所冒犯。

他靠着棺材坐下，举目四望，突然有些不明白，钟灵让自己来这屋子里做什么？这里面有什么东西是致命的吗？

没有啊……

——难道他想饿死我？

就在陶白心生疑虑的时候，一阵阴风吹过，里间的屋子里突然传出一声几不可闻的叹息。

陶白整个人一个激灵，寻着声音的方向望去，便见里间与外间的通道里，突然多出一盏油灯，火光之微渺，几可忽略，只能照亮它前方一尺见宽的地方。也不怪陶白一开始没注意到。

“谁在里面？”陶白问了一声，但迟迟没有人回答他。他觉得好奇，便起身向烛光走去。

陶白小心翼翼地摸索前行，临到油灯前时，还特地放缓了步子，可他的衣摆仍旧带起了一阵微风。微风拂过，油灯闪烁了好几下，一副将灭不灭的模样。陶白内心陡然一紧，祈祷它可千万不要灭掉！

万幸的是，烛火最终还是没有熄灭。它挣扎着跳跃了几下，便继续要死不活地燃烧着。

陶白弯腰执起烛台，缓步向里间走去。通过一条半丈长的走道，来到里屋，才发现这里或许并不是住人的屋子。

陶白再往前行两步，一股霉味扑鼻而来，紧接着他的膝盖便撞到了一个物体。陶白将烛台压低，便见一张惨白的人脸陡然出现在面前！

“啊！”陶白尖叫一声，险些吓得将烛台扔出去！

陶白双腿发软，强撑起神志，定了定心。他再次将烛台压低，这次有了心理准备，本以为会好很多，但再见到这张脸，仍是觉得可怕——这是一张约莫八岁的女孩的脸。她的头发一缕一缕地贴在头皮上，双目圆睁，双颊凹陷，嘴唇半张，脸上浮起大块大块的青斑。青斑之上，还有黑色的小疙瘩，疙瘩里有些有脓，有的破裂，有的长了白毛……总之是一副疫症晚期的模样。若不是陶白此前听见了她的叹息，他会以为她死不瞑目。

“你怎么一个人被关在这里？”陶白问她。

女孩动都没动一下，自然也没有回答他。陶白以为她病重无法说话，便没继续问下去。

陶白执起烛台，在小房间里转了一圈，房间小而窄，只能放下一张小床，四周全是墙壁。不一会儿，他就已经参观完毕。

“唉……”

又是一声几不可闻的叹息传来，陶白低头，又将注意力放在女孩身上来。他将烛台换到左手，右手往下探去，想要去握女孩的手。可是他在床沿摸索许久，都没有摸到女孩的手。

陶白低下烛台，照亮了花被褥的一角，掀开来，才发现女孩的四肢都因长期卧床而萎缩了。

真是个可怜的孩子，也难怪钟灵将她一人安置在这里……

陶白叹息着放下被褥，就着床边坐下，头正好对着女孩胸前的位置。烛火在左手边跳跃，永远只能带来一丝光亮。虽然是火红的颜色，却又被四周虎视眈眈的黑暗所包围，随时随地都要灭去一般。

“我来与你做伴了，黄泉路上，你我也不会寂寞了。”

……

“你多大了？来这里多久了？他们平时都不管你吗？”

……

“你是不是很好奇，我身体健康，四肢发达，为何要死在这里？”

……

“其实我也不是一定要死的……只是活着对我来说，委实是空洞而毫无意义的……”

……

自始至终都是陶白一个人在自说自话，女孩一句都没有答过他。

陶白转过脸，将下巴枕在女孩胸前的被褥上，笑道：“你不能说话吗？”

昏黄的烛火映照下，陶白只能看见她嘴唇以下的脸。她的脸上斑点交错，十分恐怖，但陶白却丝毫也不嫌弃她的脏污，反而将她面上散落的头发撩起，放回枕上。

陶白盯着她的嘴看了许久，才突然内心一凉——她一直维持着半张嘴的姿势没有动过分毫！

她……她好像……没有呼吸啊？

陶白颤颤悠悠地伸出手，探到她的鼻下。

一……二……三……

真的没有呼吸！

陶白惊讶之下，不小心触碰到了她的皮肤，顿觉一阵冰凉刻骨——那绝不是活人会有的体温！

陶白连滚带爬地回到走道，大口大口地呼吸着，似是看到了什么不得了的东西。可他镇定过来后，转念一想，又觉得自己委实大惊小怪了些……既然自己是来寻死的，又怕什么死人？她只怕死了没几天，所以还没有下葬，那么她身上的病疮还在，自己就极有可能被传染疫症！得了疫症自己也便马上能作古，与她一般模样了！

陶白想到此处，又想折回去，但双脚却又灌了铅似的，全然挪不动步子。

如果她真的死了……那刚刚的叹息声，又怎么解释呢？

就在陶白胡思乱想的时候，身后突然响起了一阵被褥掀开的声音。紧接着，又一个沉闷的声音响起，就像……就像是尸体从床上落下，砸在地上的声音。

陶白举着油灯，回头一看，一条苍白的手臂落在地上，微微颤抖着。它的五指紧紧抠在地上，褐色的指甲盖全都呈现出不可思议的角度翻覆着。寻常人若如此，早已经疼晕过去，然而它却浑然不觉，仍一点一点地往前挪。

“啊啊啊啊啊——救命啊——！”陶白瞳孔蓦然紧缩，喉咙里发出杀猪般的叫喊。但紧接着，他的声音就似乎被人夺去，噎在喉咙里，再叫不出一个字来。

陶白大惊失色，四肢并用地往门口爬去，但很快，他便撞在一个物体上，似乎被一道看不见的墙包给拦住去路。他被禁锢在棺材旁边，明明大门就在眼前，门缝里还透出了一线光亮，他甚至都能从缝隙里看见钟灵渐行渐远的背影。但是他永远都碰不到门，也喊不出声音。

“咚！咚！咚！”他双手握拳，拼命地捶打地板，想要引起钟灵的注意，但是钟灵却浑然不觉，脚下步子不停，似是根本没有听见。

就在这时，他突然感觉到自己的双腿脚腕处传来一阵冰凉。他不敢回头去看自己的脚，但他的头却似乎不受控制一般，被一道不明的力量强行掰了回去。

陶白猛然一抖，打翻了油灯。油灯倾覆，灯油洒了一地，但灯芯依然亮着一个火苗子。一张惨白的人脸混着昏黄的火光映入眼帘，床上的死尸不知道什么时候已经匍匐在自己双腿之间。她双目血红，嘴皮干裂发白，面上满布青黑的尸斑和疮疤，脸上的脓血更是簌簌往下落。

分明是毫无生气的一张脸，分明是一个死透彻了的人，这会儿却爬到了自己身上，两只灰白色的爪子紧紧抠住了自己的双腿。她匍匐着前进，头颅已经贴住了陶白的小腹。紧接着，大半个身子都欺在了他的身上。

“走、走开！不要碰我！”陶白也不知道自己哪里来的力气，用力踢打双脚。但无论他的腿多用力，都始终没办法摆脱她的桎梏。她的眼睛越睁越大，嘴角的笑容愈加狰狞，身体还有继续向前爬行的意思。

“救、救命——！放我出去——！”陶白挥舞着双手，惊惶之间，扯落了她大把大把的头发。手里传来黏腻的感觉，当他意识到自己手里握着的是她的头发时，他又全身一哆嗦。此时再看她，她的头顶便只剩下零星的几缕发丝耷拉着，暗红色的血坑布满她的头皮，骇人又恶心。陶白猛地将头发都扔了出去，可惜怎么甩也甩不掉。

她就像是被激怒了一般，一个眨眼的工夫，原本缓慢匍匐前进的身子却陡然直立，向陶白扑来。“咯噔”一声响起，陶白闷哼一声，似是被一千斤重物砸在地上，胸前的骨头碎了好几根。陶白喉头一腥，一大口鲜血喷出，她的脸上满是血污，就连圆睁的眼眶里，也是血红一片。

“唔……放……放……开……唔……”

很快，陶白再也说不出话来。前面是因为被她吓的，后面则因被她扼住了喉咙。陶白用力拍打她掐着自己喉咙的手腕，但是他就像是碰到了一根刀枪不入的冰冷铁柱，他的捶打就像是在隔靴搔痒，起不到任何作用。

熟悉的窒息感很快到来，陶白面颊通红，双目凸出，双手无力地下垂，眼看便要断气。就在这时，他的指尖摸到了烛台，他也不知是哪里来的力气，大力握住烛台，猛地向她头上砸去！

“嘭”的一声闷响过后，她的头呈现出一个不可思议的角度耷拉在脖子上，就像脊柱断裂的模样。陶白感受到脖子上的压力陡然一松，趁着她呆愣的工夫，抬起右腿，将她踢飞出去，然后整个人跑向大门——可眼看大门在眼前，他却无法触碰，那一堵无形的墙就像是山涧鸿沟，无法逾越。

身后响起一阵阴笑和迅速攀爬的声音，它反应过来，又是朝陶白扑来。

陶白吓得往身边一退，却因看不见身边的墙壁，头“嘭”的一声撞在墙壁上，温热的液体流下，他头破血流。与此同时，他的脚踝被人抓住，传来透骨的凉意。陶白缓缓地闭上眼睛，任由额上的鲜血顺着下巴滴落。

就在他以为自己死定了的时候，身下却传来一阵凄惶的尖叫，还有一阵滋滋声，很快，那手便像触电般缩了回去。

陶白蓦然抬头，便见自己仍旧坐在床边，他的手边烛火还未熄灭，床上的孩子依然安睡，刚刚所经历的一切就像一场梦，没有留下任何痕迹。

——刚刚是在做梦？

——好可怕的梦……

陶白颤抖地执起烛台，将女孩从头到脚打量了一圈，发现她确实只是一具尸体而已。她没有醒来，没有呼吸，更加不会叹息，且还没死多久。

就在这时，陶白注意到一个小细节，她的右手上，有一个黑色的焦坑，与身上疫症留下的黑点不同，像是……被什么东西烧焦了。他伸手摸了摸，发现黑坑里还能碾出细细的黑渣，就像是刚刚才被烧着似的……

陶白内心发紧，虽然知道这只是自己因为恐惧而产生的一个梦，但他还是有所膈应。陶白站起身，拖着疲惫的身子往外间走去。

门缝透进一线光亮，陶白将手放在门上，门闩没有落锁，似乎轻轻一拉就能打开。

外面的世界是光明而美好的，而自己在屋子里，却被一个孩子的死尸吓得肝胆俱裂。

他其实应该是不想死的，可是，辛苦地活着也不知道可以做什么……

“唉……”

就在这时，他的身后又传出一声熟悉的叹息声，这一次，叹息声似乎就在自己的耳边！

陶白蓦然一惊，用力拉开了木门，刺目的阳光大盛，炫得他全然睁不开眼。

门外的世界，钟灵背对着陶白，正在井边洗衣服。他闻声回头，便见陶白一脸血地站在门边。

陶白回过神，一见到钟灵，立即三两步跑过去抱住他，哇哇大哭：“我终于出来了！我还以为自己死定了！”

钟灵没有推开他，任他趴在自己肩上。

“你不正是想死吗？”钟灵淡淡道，“怎么现在又怕死了？”

陶白闻言，陡然停住了哭泣，他从钟灵肩上直起身，看着钟灵近在咫尺的冷漠表情，呆呆地一擦鼻涕，说：“我、我是想死，可……可是不想这样死……”

钟灵眼中的玩味退去，他脸色一沉，双手推开陶白，继续洗衣服。

陶白跌坐在井边，怔了半晌，任炙热的阳光照耀自己全身，呼吸着世上的空气。好一会过后，他总觉得脸上黏黏的，便想要洗把脸。他转身趴到井边，正要掬一捧水，可他全身一僵，整个人呆在那里，许久没有说话。

“走开，不要挡着我。”钟灵淡淡道。

陶白却似没听见一般，喃喃道：“这、这……竟是……真的……”

钟灵不耐烦，刚想推开陶白，却在碰到他身体的那一刻，被陶白紧紧攥住了右手。

陶白双手抓住钟灵的手掌，手心传来的温热让他忽然觉得安心了些许。但整个人仍是控制不住地瑟瑟发抖，惊呼未定道：“我、我好像见鬼了！”

钟灵：“这世上没有鬼。”

陶白：“我真的看见了！”

钟灵没理会他的恐惧，又说了一遍：“这世上没有鬼。”

“那那那那……你说，这是什么？”陶白指着头上因撞墙留下的血痕道，“总不是我自己无缘无故撞墙来的？”

钟灵没说话，眼睛里却带着明显的疑问。陶白正要说话，却见黑屋大门一道白影一闪而过。虽然短暂，但是陶白认出她就是躺在里间的死尸！

她不过是个高度仅到自己腰间的孩童，但眼中爆发的狠戾却让他不寒而栗！

陶白蓦然睁大双眼，指着钟灵的背后说：“又、又来了！她又来了！”

“谁来了？”

“她她她……她在你后面！”

钟灵回头的同时，那孩子就化作一缕烟消失不见，只剩下木门吱呀吱呀地响。

陶白更加惊惶，大急道：“真的有鬼！！！”

钟灵看着被风吹动的木门，摇了摇头，淡淡地说：“那不是鬼。那是魔。”

“……魔？”

“心魔。”

“心魔？”

钟灵颔首：“这只不过是阿笙残留在世上的一些执念，每一个人都会有，只不过她的特别强烈。”

“你看见她了？”陶白疑惑。

“见过。”

“这也太可怕了！”

“心魔不可怕。”钟灵顿了顿，接道，“真正可怕的东西不在这里。”

“她……已经死了，对不对？”陶白又问。

钟灵点了点头。

“死多久了？”

钟灵竖起四根手指。

陶白蹙眉：“四天？”

钟灵摇了摇头：“四个月。”

“四个月了！”陶白大惊，“你为什么不把她埋了？”

钟灵道：“心魔未除不能埋。”

“为什么？”

四洲之中，以擎苍洲和冀洲最为污秽。人们每产生一个心魔，时间一长，洪荒之中就会诞生一个新的魔族。魔族挣脱封印，频出洪荒，并且设法跨越瀛海为祸世间，惹来战事频发。

“如果她的心魔能在世间得以消除，那么洪荒之中则少一个魔物。”钟灵淡淡开口，没有解释得很具体。他原以为陶白会懂，但是陶白明显一愣，似乎没料到还有这一层缘故。

惊讶之余，陶白不禁好奇道："你是怎么知道这些的？"

"世人都知道，难道你不知道？"钟灵闻言，面上的惊讶竟不比陶白少。

"我……需要知道吗？"陶白不解。

"你在京城没有见过九方寮吗？"钟灵淡淡道，"九国之间，不论战事如何，有一机构却始终凌驾于国仇之上。九国同设九方寮，用以集结民间奇人异士，抵御洪荒魔族。"

"九方寮竟是做这个的！我还以为他们跟九芳斋一样，是卖月饼的！"

"……"钟灵无语，看他的眼神就像在看智障。

陶白又道："那你打算就这样将她放着？"

钟灵摇头道："快了。"

陶白问："什么快了？"

钟灵说："除她心魔的时机，快要到了。"

钟灵说完，继续洗衣服，他的身边全是孩子们破烂的衣裳。陶白明白，钟灵是一个外冷内热的人，这一点从他悉心给孩子喂饭就看得出来了。他的侧颜很好看，皮肤白皙得过分，与这满院得了疫症的孩子全然不同。他并不似得了传染病的人，那他为什么要留在这里？

陶白刚想要问他，却被钟灵反问道："你还杵在这里做什么？"

"……什么？"陶白一愣。

钟灵回过头，冲着大门方向扬了扬下巴，说："不想死就离开这里，想死就回黑屋去。我不想再看见你。"

陶白被他眼眸中的凛冽所惊，生怕再回到那个屋子里，于是胡乱又快速地擦了一把脸，往前院跑去。可他走到一半，突然又停下脚步折了回来。

钟灵抬头，疑惑又带着斥责地看着他："怎么又回来了？"

"那个……虽然我没死成，也快死了，但是死前能认识你，我还是很高兴的！"

钟灵一脸木然，没有回答他。

陶白又道："虽然我可能也活不了多久了，但还是想知道，这里是哪里？为什么这些孩子会……生病？"

钟灵沉默了片刻，缓缓道："这里是慈幼局中得了疫症的孩子所居之所，他们都是孤儿，无人管顾。"

"那你呢？你又为什么会在这里？"

钟灵冷冷地瞥了他一眼："我没有义务告诉你这些。"说完，旋即移开了目光。

面对钟灵眼中明显的厌恶和轻蔑，陶白再没有待下去的理由，转身走向了院中。

陶白回到院中，大门距离自己不过几丈距离，眼看越来越近，他却不自觉地放慢了脚步。

孩子们在树下追逐打闹，除了他们身上有烂疮，其他的与外界的孩子也没什么不同。他们脸上的笑意，甚至比外间许多大人都来得纯净，不掺杂一丝世俗。

陶白其实并不想离开这里，只不过他还没有意识到这一点。

"唉……"

又是一声叹息在身后响起，陶白撞了鬼似的转身，才发现这声叹息是从身后的小女孩身上发出来的。

树下的长桌旁，一个小女孩正在擦拭着碗筷，陶白认出她就是最后一个从房里出来的叫阿音的那个孩子。

“你在做什么？”陶白走过去，问她。

小女孩抬起头，看了陶白一眼，眼睛里迸发出异样的光彩，道：“我在给小伙伴擦碗，他们的碗好久没洗过了。”

陶白看着她手中的碗，那是一只铁做的碗，其上凹凸不平，显得破旧不堪。

他再看看树洞里，树洞里胡乱堆放着的碗上湿淋淋的，一看就知道是刚才那些孩子自己洗完后放进去的，而阿音身边的碗，则是给那些空置的座位用的。

“这些碗无人使用，为什么还要摆出来？”

“这样的话，他们就好似从未离开呀！”阿音擦了擦，举起手中的碗，说，“你看，这是阿笙吃饭用的，她牙疼的时候最喜欢咬边缘了。”

陶白一听“阿笙”这个名字，没来由地背脊发凉。再看那碗，在边缘确实有一圈牙印。他突然想起黑屋里，阿笙张牙舞爪的模样，如果是咬在自己身上……那后果真是不堪设想。

“阿笙……可是黑屋中……”

阿音用力地点头：“阿笙现在住在黑屋里面。”

“她已经死了！”陶白怪叫道，“不会这些空置的座位和碗筷……”

“不错，他们都已经死了，可是那又怎么样呢？钟灵哥哥说了，只要他们还在我们心上，他们就不会死去。”

“……”陶白惊讶得说不出话来。

阿音低下头，神色有些黯淡，缓缓道：“我们每一个人都会死，我亲眼看着他们一个一个地离我们而去，但是我们是一家人。死亡对我们来说是团聚，不是分离。”

“所以……你们吃饭的时候，都会带上他们？”

阿音点了点头：“这样，他们就永远都跟我们在一起了。”

“谁告诉你的？”陶白有些惊讶。

“钟灵哥哥呀！”

“钟……灵？”陶白讶异，思来想去都不觉得钟灵会是能说出如此温情的话的人。

阿音最后擦了擦一只碗，然后突然抬头，思忖道：“你来之后，钟哥哥好似变了一个人……”

“变了？”陶白再次惊道，“哪里变了？”

阿音未作细想，随口答道：“钟灵哥哥竟然亲自下厨，给我们做了这么多好吃的，我来了半年多，竟不知道他还会做饭！”

陶白一愣，愣然道：“他难道不是这里的厨子？”

阿音摇了摇头：“他从来都只负责吃。”

“……”陶白半张着嘴，看着钟灵忙前忙后、做饭洗衣的模样，怎么与她嘴里的似乎不是同一个人呢？

陶白许久才愣愣道：“那你们平时都吃什么？”

阿音想了想，拉着陶白跑回厨房，舀起桌上未吃完的一勺白粥，她高高举起勺子，然后让勺子在半空中倾斜。白粥在空中带出一道直线，重新落回碗里，溅起点点水渍。她努了努嘴，说：“喏，就吃这个，谁有空了谁做饭，一煮一大锅，整天的粮食就是这个了。没有胡萝卜没有黄瓜没有葱段，更加别提肉末了。”

在陶白的惊愕之中，阿音拍了拍他的肩膀，说：“对钟哥哥来说，你与我们是不同的。拯救钟哥哥的重担，就落在你的身上了，加油！”

“拯救？”陶白再次蹙眉，急道，“他需要旁人拯救吗？”

阿音用力点头：“钟哥哥是我们所有人之中，心理疾病最严重的一个。你别看他表面上没事，其实比谁都敏感，所有的愤怒都积压在心里，这样下去，迟早会爆发的！”

陶白半张着嘴，愕然道：“此话从何说起？”

阿音的神色间浮起她这个年纪不会有的凝重，似是有不得了的惊天大秘密。她拉着陶白坐在厨房门槛上，四下看了看，确定无人靠近了才幽幽道：“这话我只对你一个人说，你可千万不要传出去。”

陶白用力地点头：“我一定不说。”

“事情是这样的——”

阿音思绪缥缈，说出了一个令闻者流泪、听者伤心的惨痛故事。

钟灵自幼生长在官宦之家，父亲是一方太守，权力颇大。只可惜，一朝天子一朝臣，换了皇帝之后，钟父便因派系站队错误之故被流放岭南，一家人从此天各一方。而钟母因模样姣好，被新太守据为己有，后因不堪受辱，没过多久便投河自尽。钟灵原本有一个未婚妻，因他家道中落而与他断绝关系，与新太守的儿子定了亲。大婚之日来临，太守府却抬了两顶大红花轿进门。一顶里头是刘老爷家的千金，另一顶里头却是五花大绑的钟灵。

没错，新太守的儿子不仅看上了钟灵的媳妇，还看上了钟灵。从此，他与未婚妻一起嫁给了一个男人，过上了更加暗无天日的生活，可谓是求生不得求死不能。但就算如此，他也从来没有想过要轻生。他立誓要等到父亲回来父子团聚。后来，钟灵虚与委蛇，终于获得太守一家的信任，然后找了个月黑风高的夜晚逃了出来。因为慈幼局瘟疫所没人敢来，他便隐藏在这里，一待就是大半年。

“怪不得……”陶白听后，喃喃自语，半晌回不过神。

“怪不得什么？”阿音奇怪道。

——怪不得钟灵那么讨厌我。

——因为他见不得旁人轻生。

看着这满院子得了疫症仍不放弃生命的孩子，他突然想起初见钟灵之时，他曾说过的那句话：

——“你所轻易放弃的今天，是已故之人梦寐以求的明天。生命来来往往，每一天都是不可复制再得的人生。你，真的打算就此放弃？”

他其实是想劝自己不要轻生吧。

陶白也终于能明白，钟灵为何小小年纪，面上总是无一丝笑容，冷漠成了他的代名词，寡淡成了他的座右铭。他独身孑立，比月亮的清辉还要皎洁。没有什么是比在人生最绝望的时候与美好相逢更令人感到庆幸的事了。积极面对人生的人，他心存着希望，无论生活面对的是艰难抑或困苦，他都不会活得太糟糕。

钟灵就是这样的人。

傍晚，陶白在山脚下找到钟灵。此时的他从山上采药下来，正准备给地里的芋头浇水。

“我不想死了。”陶白追上前，拖住钟灵的衣袖，郑重地说，“我想留下来，跟你一起照顾孩子们。”

傍晚的阳光照耀在山头，有一种别样静谧的美。钟灵回头，淡淡地看了陶白一眼。

陶白的目光坚定，眸中带着一抹消失了许久的光亮和期冀。

钟灵眼中的轻蔑渐渐退去，良久才微一颔首，说了一个字："好。"

陶白弯腰行礼，恭敬地拱手作揖道："还没正式自我介绍，晚生姓陶，名白，字常曦。多谢钟少爷救命之恩，以后还请少爷多多指教。"

自从知道钟灵是太守之子，他便称他作少爷。虽然现在已经没有人将他当作少爷，至少自己还是知道他的过去的，也不要教他太有落差才好。

钟灵的面色有些奇怪，刚想说什么，却听陶白的肚子里传来"咕噜"一声。

陶白面色一红，踯躅道："对不起，我太饿了……"

钟灵看了他一眼，没说什么，直道："跟我来。"

陶白跟着钟灵走回院里，然后来到厨房。

钟灵示意陶白生火，陶白立即蹲在地上倒腾，不一会儿，锅中的水便滚开来。

钟灵从一旁的砧板上掀开一块白布，便露出了上头一大块猪腿肉。

钟灵将锅中的水舀出来，又将粥放了进去，然后将切好的肉片放进去煮。

陶白咽了几口口水，双眼直盯着他切肉的手，不自觉地喊道："多放点肉，再放，再放，再多放点……"

钟灵"啪"的一声，把刀扔砧板上："我给你放头猪可好？"

"不，不用了……"陶白撇了撇嘴，惊慌地低下头。

钟灵给煮粥的锅盖上盖子，随后又从一旁拿出三个发好的面团。面团呈现白色、紫色和橙色。陶白惊讶地问他："为什么这些面团会变成紫色和橙色？"

"因为里面加了紫薯和南瓜。"

钟灵说完，将白面团和紫薯面团分别擀成圆片状，南瓜面团团成圆球状，白面皮在最下面、中间是紫薯面皮、南瓜球在最上面，像包包子一样把南瓜球包裹起来收口捏紧朝下，用刀在上面划十字口，放进蒸锅。

半刻钟后，这些面团就熟了，且一个个都在开口笑一般。

“这是什么？”

“三色开花馒头。”

“太神奇了！”陶白止不住地惊呼。

钟灵拿了一个出来，递给他：“尝尝。”

陶白早已饿得不行，立即拿了一个放嘴里，烫得直跳脚仍是止不住地赞道：“太好吃了！”

“喜欢吗？”

“喜欢！”

“想学吗？”

“想！”

钟灵似乎料到他要学厨似的，从怀中拿出一本书交到陶白手里，说：“以后你便按照这个食谱来做。”

“好！”陶白接过食谱，便见这本食谱与市面上所卖的批量印刷的食谱不大一样。

封面上写了《清心饮膳录》五个大字，笔迹劲瘦，灵动飘逸，十分工整。而里面的内容更是令人叹为观止。里头全是手稿，但字迹之工整，竟丝毫不输给印刷而成的产物，且文字与书画相辅相成，作此书之人，实在让人钦佩！博览群书如陶白，也自问写不出这样好看的字来。

“这是谁作的书？”陶白翻来覆去没见着著作人的名讳，忍不住问道，“还请少爷示意一二，让我以后膜拜起来也好有个目标。”

“李青竹。”钟灵缓缓道，“书作之人姓李，名青竹，字忘尘。”

陶白点了点头：“不知这位前辈现在何处，我以后可有机会亲自拜见一二？”

钟灵斜着眼，淡淡道：“他已经死了几百年了。”

陶白被他这话给噎住了，好半天才缓过神，愣愣道：“真是可惜我没有早生上几百年，想必这位与我定是惺惺相惜。”

“为何？”

“他的字迹工整美观，文采自然也是一流，可惜我却从未听过他的名讳。想来，他与我一样，定也是不得志的才子啊！”

钟灵闻言，陡然睁大了眼睛，目瞪口呆道：“你没有听过忘尘的名字？”

“从未……听过……我需要知晓吗？”陶白摊手，直言不讳。

钟灵捂住胸口，似是被什么东西呛住了，脸色难看得发绿。厨房里烟雾缭绕，陶白以为他是被这些柴火的烟气所扰，直道：“少爷您先出去吧，这里交给我了。”

钟灵点了点头，刚想离开，似又想起什么似的，回头问他：“为什么叫我少爷？”

“你曾是显赫人家的公子，叫‘少爷’不是应当的吗？我总不能与那些孩子一样，叫你钟灵哥哥吧？”

钟灵微微一愣，显得有些惊讶，道：“谁告诉你的？”

“谁告诉我的不重要，重要的是，我很心疼你。”陶白收回钟灵身上的目光，眼睛不自觉地穿过房门，瞟了眼不远处与其他孩子聊得眉飞色舞的阿音。

钟灵将他的不自然尽收眼底，哑然道：“阿音的爷爷从前在茶馆里说书，她从小耳濡目染的全是奇闻异事，嘴里吐出的全是话本子。这里只有你会相信她。”

“啊？她说的是假的？”陶白张大了嘴，表情很有些受伤。

“至少，我还没听见过实话。”钟灵抿嘴，一脸“我不知道该怎么安慰你”的模样，拍了拍他的肩，转身走出了厨房。

第三章 来自灵魂的声音

当天的晚餐，陶白照着钟灵的做法，做了一桌子的点心。对于看上去又温柔又和蔼，还能做得一手好菜的陶白，大家对他的到来表示由衷的欢迎。吃完晚饭，还帮着他收拾了一间屋子出来。小屋整洁干净，虽然只有一张床和一张桌子，但对陶白这种长期住惯了牛棚柴房或者马厩的人来说，已经算是极好的了。

唯一美中不足的是，他这间屋子与黑屋遥遥相对，躺在床上从门缝向外看去，就能看见黑屋的大门正对着自己。风一吹，也不知是对面的门，还是自己的屋门，总发出“吱呀吱呀”的声音。

陶白起来好几次，确定自己关紧了门窗，顺道用桌子抵上了大门后，无数次地告诉自己，对面的不是鬼，是魔，是心魔。只要自己心正，她定不能伤害自己。

下半夜，太过疲惫的陶白终于在无尽的恐惧中睡了过去。但睡着睡着，他总觉得脸上有些痒，还有些微微发凉。

“不要闹了……不要挠我……”

陶白昏昏沉沉之间，以为自己又回到了儿时所待的慈幼局，一定是陈秋碧这个丫头在拿自己的头发搔痒。他好几次伸手拂开，但她仍是不断地往自己脸上吹气。她的发丝落在额头、鼻尖、颈间……惹来阵阵痒痒。

“不要闹了！”陶白用力一挥手，抓住了罪魁祸首。指尖传来的凉意让陶白蓦然清醒，他睁开眼睛，便见一张苍白的脸孔出现在自己床前。

“阿、阿笙！鬼啊——”陶白全身发抖，慌忙放开她，缩到了床角。

阿笙一动不动地站在那里，头上的发丝一缕缕垂在肩上，头皮上还有被陶白抓下来头发时所残留的血坑。陶白无法再直视她的脸，便抱着双膝，将头埋在被子里，嘴里不停地叨叨：“走、走开！不是我害的你！你不要缠着我！！”

不知道过了多久，身旁传来一声叹息：“唉……”

随后，压迫着这间房的冷气陡然散去，陶白久久不敢抬头，等凉意彻底散去，他才蔫蔫地抬起头。大门已经不知道什么时候大开来，他原本用来抵住大门的桌子已经被移到了床边，陶白看着在月色下被风吹得“吱呀”乱响的门，心跳得快要从胸间跳出。

就在陶白确认她真的走了之后，他才缓缓从被子里直起身，走到桌边，给自己倒了杯水压压惊，可也就在这时，窗户突然大开来，下一刻，阿笙苍白发青的脸便倒着出现在窗外。她吊挂在窗上，双目圆瞪，冲他龇牙咧嘴地大喊了一句：“胆小鬼！你根本配不上钟灵！！”

“啊啊啊啊啊啊啊啊——”陶白被这样一吓，根本就没将她说的话放在心里，扔了茶杯便往外跑，一路尖叫地来到前院第一间屋子，也就是钟灵的房间前。

“啪啪啪——啪啪啪——”钟灵的房门被陶白拍得震天响，很快满院子的孩子都听到了这个声音，穿着睡衣跑出来看热闹。

“陶白叔叔怎么了？”

“他怎么好像见鬼了一样……”

“他穿成这样不冷吗？”

孩子们议论纷纷，钟灵是最后一个醒来的，他穿着睡衣打开门，便见陶白失魂落魄地站在自己门前。

陶白披头散发，穿着单薄的睡衣，光着脚。钟灵一打开门，他便颤抖着冲进房里，缩在钟灵的床上，说什么也不肯从被子里出来。

钟灵没说什么，只看着院里看好戏的孩子，双目一瞪道：“回去睡觉！”

众人虽然好奇，但是却极为听钟灵的话，立刻都回到屋子，并且关紧了屋门。

钟灵也关上门，走到床边，他拉了拉被子，问陶白：“你怎么了？”

陶白缩在被子里，瑟瑟发抖。钟灵的床上被他踩了好几脚泥，对此，他的忍耐几乎已经到了极限。

“先下来，把脚洗了。”钟灵淡淡地开口，但陶白恍若未闻，死活都不出来。

钟灵一怒之下，拽着被子将他强行拎了出来。此时的陶白，已经一把鼻涕一把眼泪，整个人呈现出极度的委屈和害怕，活像被吓破了胆。

“你……怎么搞成这副模样？”钟灵被他分外无辜而带着水光的眼眸所扰，责骂的话没有忍心再说出口。

陶白吸了吸鼻子，颤抖地说：“我、我又见鬼了。”

钟灵叹息，没说话，缓缓走出屋子，在柴房烧了一盆水端进来。这会儿陶白仍保持着他离去时的模样，双手抱膝，将头埋在膝上，双目呆滞地看着前方。他的双脚满是泥土，钟灵没有责骂他，默默地将水盆放在床前，双手拉着他的双腿，将他的脚浸在水里。

钟灵蹲在地上，拿着抹布，轻轻为他清洗。当满脚污泥被洗去，才看见他脚底板被石子划破了几道口子，虽然伤口不再流血，但应当是很疼的。

“怎么这样不小心？”钟灵捧着陶白的脚，才发现他的脚上不止这几道新来的伤痕。他的脚上茧子很多，尤其是脚底板，活像是从来不穿鞋才会走出这样的脚来。

陶白生来便在孤儿院，而后为了读书倾家荡产，连吃饭都是有一顿没一顿，更别提自己的脚了。长这么大也不过换了三双鞋，每一双都要穿到散架才会换。

钟灵猜到了这些过往，内心一软，不忍心再将他赶出去。他将他的脚洗干净，又清理了伤口，敷了些草药包好，然后将他抱进被窝，盖好了被子，才道：“今晚你就睡在这里，我去你的屋里睡。”

钟灵刚转身，陶白便拉住他的衣袖，整个人坐了起来，惊道：“你不要去！那里有鬼！”

“……这世上没有鬼。”钟灵再次强调。

但是陶白显然被阿笙吓得不轻，说什么都不肯放开钟灵，只一个劲地说：“你不要去！千万不要去！那里真的有鬼！她、她一定会杀了你！”

钟灵无奈，只能坐在床边，等他睡去再离开。但是陶白被阿笙这样一惊，精神出奇的好，拉着钟灵的那只手就再没放开过。

钟灵困顿不已，从一开始的坐在床边，到半个身子靠在床头。初春的天气，乍暖还寒，双腿露在外面说不冷是不可能的，他不自觉地将腿探进被中，陶白也往里挪了挪，接着，他也就顺势挪了挪……等到第二天早上，他二人被孩子们的铃铛吵醒的时候，已经是相拥而眠的姿势。

钟灵霎时清醒，掀开被子跳下床去。

陶白眼角挂着泪痕，睡眼惺忪地看着钟灵。他茫然四顾，看着钟灵的房间，才想起昨晚的惊魂。

“钟少爷，谢谢你。”陶白擦了擦嘴角的口水，感动道：“昨晚如果没有你，我估计已经被她吓死了！”

陶白顾自说着感激的话语，却没注意到钟灵眼中愈见冷淡的光芒。

“把衣服穿好，出来吃早饭。”钟灵说完，穿好衣服，径自打开门走了出去。

钟灵对人向来冷淡，陶白没多想，打着赤脚溜回了自己的房间。外头日头刚升起，空气里还弥漫着清晨独有的香气和寒意，他穿衣服的同时，背对着门，又想起阿笙在黑夜中苍白的面颊和带着仇恨的双眼。他闭着眼睛默念阿弥陀佛，以最快的速度穿好衣服，奔向了前院。

院子里的大树下，孩子们已经依次坐好，他们身前的桌上放着一锅粥，陶白看了一眼，发现还真如阿音所说一般，粥里除了白米，什么都没有。

钟灵已经用完早饭，不知去向，他的碗放在阿音面前，似乎是要阿音帮他洗的意思。

陶白走到阿音身边，悄悄问阿音：“钟灵呢？”

“他去黑屋了。”

“去黑屋？”陶白一愣，“他去那里做什么？”

“我不知道。”

“哦……”陶白心不在焉地回答，一边喝粥一边担心钟灵。

黑屋里的人有多可怕，他比谁都清楚，钟灵去了里头，会不会也被……陶白想到阿笙吃人时的模样，忍不住又是一阵激灵。

陶白哑哑地开口，问阿音道：“你们见过鬼吗？”

阿音摇了摇头：“没有。”

“没有？”陶白一愣，“那你们为什么怕黑屋？”

“因为黑屋里……很黑啊。”阿音一脸淡然，眸子里一片澄澈，丝毫也不像在说谎，也没有露出半点惊惶。

——难道，就我一个人看到了？

——阿笙就吓唬我一个？

陶白心中起疑，跟着钟灵去了后院，黑屋的门敞开着，陶白知道钟灵在里面，便也强压住心头的惊惶，靠在门上往里望。

走道与门相对，他几乎不需要费什么力气就能看见钟灵坐在床边，拿着手帕为阿笙轻轻擦脸的模样。他的侧颜温柔、白净无瑕，与床上溃烂的阿笙一对比，就像是天上的佛陀来到了饿鬼道，照顾被油炸过的恶鬼一般。

正当陶白沉醉在钟灵温润如玉的面庞时，一道凌厉的目光向他射去，陶白便看见阿笙转过头，冲他龇牙咧嘴地一瞪眼。

陶白猛然一惊，连滚带爬地跑回了前院。

“阿弥陀佛……阿弥陀佛……吓死我了……”

陶白靠在墙角，长舒了几口气，也不知道发了多久的呆，便听见钟灵略带困惑的声音：“陶白，你在这里做什么？”

陶白抬头，循声望去，便见钟灵端着水盆站在树下，树荫洒在他脸上，光影斑驳。可无论他是何模样，穿着什么样的衣服，手里拿了什么东西，他眉宇间散发出的沉稳和淡定，就如淡淡的月辉一样，皎洁而冷漠。

陶白全然无法将这样一个孤清桀骜的人与那个温柔地替人做饭擦身的人联系在一起。他就应该坐在富丽堂皇的宫殿里，享受众人的朝贺。他就算不是帝王，也该是个王爷。

陶白挪了挪步子，牵动了脚上的伤口。他眉头一拧，看向自己的脚，才发现脚上缠着纱布。

昨晚……他真的为自己洗脚？！

陶白面色一怔，本以为的梦境成了现实，更有一种亵渎神明的感觉，让他羞愧得抬不起头来。

“我……”陶白被阿笙所惊的后遗症还没好，正寻思着要怎么开口，却听钟灵又道：“已近午时，你快去做饭。”

“啊，好！”陶白看了眼天色，发现日头已然高照，便如蒙大赦般立刻去了厨房，着手准备午餐。

陶白看了看食材，发现肉已经没有了，墙角里只剩下一堆鸡蛋，约莫十几个。他翻开《清心饮膳录》，正好翻到了一个十分美观的鸡蛋做法：三月天，吃鸡蛋，将艾叶和黄栀子放在一起煮，有祛湿的作用。把栀子叶伏贴在湿鸡蛋上，用纱布把叶子紧紧裹住，然后用棉线扎紧，再放入艾叶煮沸，鸡蛋上便会印上栀叶的模样，既美观又好吃。

当陶白将热腾腾的鸡蛋端上桌，一人分一个之后，孩子们皆双目放光，发出连声惊叹：“这鸡蛋也太漂亮了！”

陶白搔了搔头，被众人一夸奖，显得有些不好意思。

孩子们连忙剥鸡蛋，往嘴里送，陶白走到没有手臂的孩子面前，帮他剥了鸡蛋喂到嘴里。而从始至终，钟灵都只看着碗里的蛋，没有说话，也没有看他。等大家用完午饭，钟灵面前的蛋还是完完整整的。

阿音看着鸡蛋，说：“钟灵哥哥，我记得你好像不爱吃鸡蛋，要不然……”

钟灵抬起头，神色虽然如常，但眼眶有些轻微的发红。他这才拿起鸡蛋，敲开来，剥好壳，分三口将鸡蛋吃完。

吃完后，钟灵长舒了一口气，眼睛微闭，坐在桌前发呆。

陶白一边整理碗筷，一边偷偷看他，突然有一种感觉，觉得如果他睁开眼，没准会流泪的错觉……自己做的鸡蛋有这么好吃吗？

“你怎么了？”陶白走过去，关切地问。

钟灵抬头看了他一眼，将盘子扔到他手里，然后转身回了房。

他的背影孤寂，有些冷漠。

“唉……他这是想念他的妻子了。”阿音的声音悠悠地响起，她看着钟灵的背影，面上的表情比钟灵的还要伤怀。

“妻……子？”陶白愣住，蹙眉道，“他有妻子？”

阿音点了点头，沉下脸，眸子里浮现起无限的哀伤。她长叹了一口气，才缓缓说道：“钟灵哥哥的妻子曾是北江城城主的女儿，镇守在遥远的漠北，是我景国北部的第一道防线，后来琉国进攻，他的妻子惨死于鞑虏马蹄之下，死的时候，还怀着三个月的身孕，他……”

“可你上次不是这么说的！”陶白目瞪口呆地看着阿音，指着她的鼻子打断她，“你明明说过他……他是太守儿子的禁宠！”

“啊，这样啊，那他是在当禁宠之前娶了妻子！伤心难过之余，被人活捉……”

“你明明说他是养尊处优的少爷！”陶白面色发绿，更加不信。

阿音一愣，旋即当作没听见似的不再理他，一溜烟地爬下桌子，跑到后院去洗碗了。其他孩子见状，纷纷捂着嘴嘲笑陶白，直道他：“那么大个人了，还分不清话本子和现实。她喜欢说故事便让她说呗，听听就过了！”

陶白看着这一屋子的小大人，感觉与他们一比，自己倒更像是不谙世事的黄口小儿。

吃完晚饭过后，陶白收拾完碗筷，回到自己房中之后没多久，钟灵便抱着被子来到他的房间，将被子放在桌上，说：“我跟你换个房间。”

“啊？为什么？”陶白有些疑惑。

“怕你晚上睡不好。”钟灵说着，指了指对面的黑屋。

陶白心中本就发虚，再联想到自己昨晚的失礼，立即转身收拾起了自己的被褥，边收拾边说道：“多谢钟少爷，我天生胆小，就不与你客气了。”

钟灵站在一旁，沉默了一会儿，说：“就算你天生胆小，胆量也可以后天培养。”

“嗯？”陶白回头，一脸不解地看着他，笑说，“那我还搬不搬了？”

钟灵蓦然一怔，终还是点了点头：“搬。”

“多谢钟少爷。”陶白依然按着从前的说法来叫他。其实他之前对阿音那个故事全然不怀疑，纯粹是因为钟灵的气场。

阿音的故事曲折离奇，骇人听闻，但钟灵的气场确如故事中的主角那样，从豪门贵公子，沦落到禁宠。他的身上就透露着这一份淡淡的忧愁感，分明是好看温润的眉眼，但总给人一种拒人于千里之外的感觉，那般桀骜，那般清冷。

钟灵看着陶白打包好自己的被褥，在他离开之前叫住他，说：“以后不要叫我少爷，叫我的名字。”

陶白回过头来看着他，扬起一个大大的笑脸，冲他点了点头：“好。”

由于昨夜没睡好，再加上远离了黑屋，今夜陶白睡得格外好，但也仅限于上半夜而已。待午夜一过，一声凄厉的尖啸在耳畔响起，震耳欲聋。

那尖啸没有内容，只是孩童扯着嗓子尖厉地叫喊。

陶白陡然清醒，坐直了身子。他的正前方飘着一个白色的人影，在黑暗里散发着幽闭的光芒。

她瞪大了眼睛对着陶白森然一笑，露出上下八颗尖牙：

“睡好了吗？起来陪我玩！”

“啊啊啊啊啊——”陶白例行尖叫，叫完了刚要往外跑，房门却突然打开来。

一个身着玄色衣衫的男子闯了进来，一纸符咒在空中燃起火焰，划出了一道火光，向着阿笙面门而去。

“啊——！”一声惨叫传来，阿笙的面目陡然青紫，她捧着自己被烧着的脸，面色极为痛苦。火光之后，一阵青烟升起，烟雾缭绕的房间里，阿笙的身形突然放大了十倍，张牙舞爪地张开了血盆大口，向门口的陶白和陌生男子冲过来。

“不好！它狂暴了！”玄衣男子抓起陶白的手，便带着他往外跑。

二人来到大树下，玄衣男子将陶白护在身后。他左手结印，右手执剑，凭空画了一个符。

阿笙化作一道黑幕从房中蹿出，不一会儿便来到二人头顶，巨大的骸骨出现在天空，黑压压的，一时间四周大有一种风声鹤唳之感。

陶白牙关发颤，指着天上的黑影问玄衣男子：“那、那是什么？”

“魔物。”

玄衣男子没有多说，迅速咬破了自己的手指，从怀中拿出另一张符，交到陶白手里：“拿着。”

“哦、哦……”陶白左右手拿着符，竖起，玄衣男子立刻在上面飞速地划下一长串密密麻麻的血痕，但由于字迹太过凌乱，就连耽于狂草的陶白也认不出他写了些什么字。

符咒写完之后，被男子用食指和中指一卷，紧接着便脱手而去。这一次，符咒化作了一个巨大的冒着火焰的圆球，将黑烟包在里面。陶白依稀能看见圆球里面，阿笙在痛苦地挣扎，仿佛置身于红莲业火，燃烧不绝。

玄衣男子见长剑收回剑鞘，神色轻松地转过身，拍了拍陶白的肩膀："身为九方术士，除魔卫道是我的本职工作，虽然我是你的救命恩人，但是你不用感激我。"

玄衣男子说了许多，但是陶白一个字都没有听进去，他呆呆地望着天幕上的火球，怔怔道："那个……好像要裂开了。"

"这绝不可能！"玄衣男子摆了摆手，笑道，"你尽管放心，我的灵符所向披靡，这等小魔物我还不放在眼里。"

"它真的要裂开了！"

陶白再次说完，玄衣男子仍是风轻云淡地笑着摇了摇头，他刚说了一个"不"字，剩下的话便被砰然炸裂的圆球所阻。火光四射，火焰落在四周，一瞬间大火包围了整个慈幼局。

"啊——！"阿笙凄厉的尖啸响彻云天，四面八方燃烧起熊熊烈焰。在烈焰之中，有一位身穿单衣的少年公子疾步而来，陶白眼尖，早早便从他的身形看出来正是钟灵。

"钟少爷！"陶白快速跑过去，一把将钟灵拉了过来，护在身后，"钟少爷，这就是阿笙啊！它太可怕了！"

钟灵面色沉凝，眼神绕过陶白，放在了玄衣男子的身上："滚。"

简简单单一个字，却透露着十分的霸气，语气中充满了毋庸置疑的轻蔑，眼神更是冰冷得吓人。

他的出现无疑带来了一丝凉意，与这漫天的火光形成了鲜明对比。

“你让我滚？！”玄衣男子执剑的手一滞，满脸不可思议地看着钟灵。

钟灵的头顶，是飞速旋转膨胀的凶灵，他身旁的陶白已经惊得面色苍白，而钟灵仍是面不改色，一副泰山崩于前而面不改色的模样。

“滚。”钟灵双唇张合，怒气似乎已经到了临界点。

玄衣男子打量了他一会儿，眼中的疑惑和愤怒悄然散去，只剩下凝重。他缓缓道：“这里妖气冲天，必有魔物，你已经被它蒙蔽多时，看不见真实，我不怪你。庆幸的是你今日遇见我，我会帮助你们！”

钟灵身形一颤，嘴角扬起一抹冷笑，似是听到了极好笑的笑话。

玄衣男子长剑一指，指着钟灵的背后道：“孽畜！拿命来——”他话音刚落，火焰燃烧着整片山林，火光大盛，天地只剩下一片火红。

天幕中，一个火红的头颅瞪着漆黑的眼瞳看着三人。不，确切地说是看着季寒羽。

“幻觉……幻觉……这是幻觉！”季寒羽双目紧闭，一手结印，一手执剑，让剑直立在自己眼前，然后迅速划破了自己的食指指尖，一道血光贴着剑飞出去。红光大胜，一时间与火焰难分高下。然而不过须臾，他剑上的火焰虽然去势强劲有力，但在遇到阿笙的火焰之时，便尽数被其吞没。

刹那间，火光更盛，隐约有冲天之势。下一刻，火光中冲出一条巨龙，巨龙狰狞，向着季寒羽面门而去！

季寒羽面色一变，陡然失去了原来的镇定，整个人慌乱不已，转身撒腿就跑。

“这魔物太凶了！我我我搞不定了，你们自求多福吧！”季寒羽在火龙烧着屁股的最后一刻逃出了门去，看背影就像是一个丢盔弃甲的逃兵。

陶白抱着头蹲在地上，被尖叫和火焰吓得不敢看。也就是这么一瞬间的工夫，火龙消失在空气中，整片山林的火焰也在同一时刻熄灭，房屋还是原来的模样。

阿笙从天幕中的头颅化作原本的孩童模样，虽然身形依然可怖，但在钟灵面前是陶白从未见过的乖顺模样。

阿笙上前抱住钟灵的腿，钟灵顺势摸了摸阿笙的头，替她顺了顺发丝，轻声道："下次不要再这样冲动了。"

"哦……"阿笙恹恹地点头，眸子里的火光才稍稍退去。

陶白目瞪口呆地看着他们，看着阿笙像只温顺的小猫一样抱着钟灵的腿，他想开口说话却又不敢说。因为无论在何时，只要陶白开口，阿笙看着自己的眼睛里，都充满了敌意。看得出来，那是一种深深的厌憎。

"回去吧。"钟灵对阿笙说。

阿笙揪着他的袖子，死活不肯撒手。

"听话。"钟灵又道了一句，阿笙才不情不愿地点了点头，临走前，又狠狠瞪了陶白一眼。

经过这一晚，陶白大概知道阿笙和钟灵的关系非同一般，不会对自己如何，但是阿笙留在他心底的阴影，实在是根深蒂固，一时半会儿没法消除。于是在视线与她相会的那一刻，又慌忙低下了头去，等他再听到钟灵的脚步声时才抬起头来。

"她……走了吗？"陶白慌张地四下打量，确定没有她的鬼影了才放下心来。

此时的钟灵走到大门口，蹲下身，捡起一个玄色的包袱，他抖了抖包袱，包袱里便掉落出一地的徽章。徽章大多是银色的，陶白以为是银子，走近一看，才发现都是铁质的。每一个上面刻的花纹和字迹都有所不同。相同之处是它们都很漂亮。

“这是什么？”陶白好奇。

“九方术士的徽章。”

“九方术士？捉妖师？”陶白瞪大了眼睛，“是刚刚那个男子留下的？”

钟灵颔首，道：“九方术士有时候会设下伏魔对赌，输了的人要交出自己的徽章。”

“所以……这些都是他赢来的？”

“嗯。”

“那他一定很厉害啊！”陶白说完，又想起他丢盔弃甲不战而败的模样，突然意识到，阿笙是一个多么强大的存在！连这样厉害的术士都拿她没办法，人的执念竟然可以达到这样的地步？

钟灵没有说话，俯身在一堆徽章里翻了翻，最后拿出一枚金色的徽章，对陶白说道：“他是个四段术士，这是他的徽章。”钟灵将徽章向陶白抛去，徽章在空中划出一道金线，最终落在陶白怀里。

陶白拿着这枚徽章打量了好几眼，然后放在嘴里咬了咬，摇头说：“这不是金子，是铜的，应当不值钱吧？”

“……”

钟灵面无表情，淡淡瞥了陶白一眼，在看到陶白赤脚踩在地上后，便走了过去。

陶白见钟灵面色不善，原以为自己又要被他骂了，却不想他脱下了脚上的鞋子，放在自己脚边，道：“穿鞋。”

“……”陶白面上闪过一丝惊讶，随即惶恐道，“少、少爷，我怎么能穿你的鞋？你快穿上！”

“是抱你回去，还是穿鞋，你选一个。”钟灵淡淡说完，陶白脑海中霎时闪过温润如玉的少年公子抱着一个大他十岁的自己的模样……他心头蓦然一紧，急道：“那您等我一会儿！”陶白说完，穿上鞋子，飞快地跑回了自己屋子。很快便换上自己的鞋，将钟灵的鞋放在他脚边，说：“多谢少爷关心。”

“我说过，不要叫我少爷。”

“啊，对不起，我忘记了……”陶白低头，对自己的记忆力深表遗憾。

“休息吧。”钟灵没多在意，微一颔首，说完便转身往后院走。

“那……那晚安了。”

陶白看着他修长纤弱的背影，实在没办法将他刚刚的举动和昨日白天冷漠的他联系起来。他长这么大，唯一一次没有看错人，大概就是钟灵了。外冷内热，古道热肠，是个为世所不多见的少年公子。

当晚，陶白回到房里，翻来覆去睡不着，便没有继续睡，早早起身去了厨房。他就着月色和微弱的烛光，细细研读了两章《清心饮膳录》，挑了一份萝蔙素菜饺子来做。

麦门冬煎，亦称萝蔙，春秋采根去心，捣汁和蜜，可去湿气、面毒。饺子馅用青菜、香菇、胡萝卜剁成碎末，掺和在一起。面皮捣萝蔙汁掺入面饼，而后捏成五角形状，相邻两个角两两捏合。制成后可口利病又美观。

“陶白哥哥，想不到你做饭这么好吃，以后能不能天天给我们做呀？”阿音一口塞进一个饺子，还没咽下去就开始激动地叨叨，惹得身边一众孩子都跟着夸他。

陶白想不到自己在做饭方面如此有天赋，被他们这样一恭维，连声点头道：“做！每天都做！以后这里的伙食我都应了！”

“太棒了！”孩子们兴奋不已，人人面上都挂着满足的笑意，就连万年冰山脸的钟灵的嘴角，都浮起了一丝微笑。他虽然没说话，可就凭他勾起的嘴角和弯起的眉眼，在陶白看来，比这院子里所有孩子加起来的鼓励还要多。

连钟灵都承认他了，自己应当真的融进这个大家庭里了吧？

虽然他们都是得了疫症的孩子，可给予陶白的温情和被需要的感觉，却十倍于外头的世界。

陶白第一次觉得，自己没有放弃生命，是一件值得开心的事情。

日子就这样平静地过去了，自从那个九方术士来闹过一场之后，陶白许久没有见过阿笙。半个月后，天清如碧，宿雨沾襟，一场春雨洗礼过后，春笋纷纷冒出了头，陶白在后山上摘春笋，却遇到了钟灵。

钟灵双手合十，站在一块大石下，石头旁边长着发着莹莹蓝光的草。

陶白惊叹道：“钟少爷面前的那是什么草？竟像是蓝色的萤火虫，太漂亮了！”

阿音躲在陶白身后，细望了许久，都没有看到陶白所说的那棵草。

阿音道：“哪里有萤草？我怎么没看见？”

陶白蹙眉：“你没看见吗？就在钟灵面前啊！”

“钟灵哥哥面前只有一块大石头，连根绿色的草都没有，更别说是蓝色的了。陶白叔叔，你是不是还没睡醒？”

陶白看了看阿音，她的模样不像在说谎。

再看看钟灵，他俯身摘下这些草，放在胸前，然后回过头有意无意看了陶白他们一眼，然后一句话不说就走开了。

下山的时候，阿音背着小背篓，背篓里装着她自己摘的笋。陶白背着大背篓，里头装着所有人的晚餐。

阿音一蹦一跳，两个羊角辫显得十分可爱。陶白看着她的背影，发现她的脖子上的烂疮已经蔓延到了头部，她的后脑勺已经不剩下几根头发，然而她的面上始终带着微笑，丝毫也没有自怨自艾。

“你很开心吗？”陶白问她。

阿音点头，边走边道：“开心啊！他们说我们得了瘟疫，会传染给别人，所以不准我们出去。我自从来了这里，就再也没出过院子了。今天，是第一次！”

“是吗？”陶白内心酸涩，说不出安慰的话。

反倒是阿音连声安慰道：“这里是隶属慈幼局管辖的疫症所，我们知道自己是不祥之人，也不想出去祸害旁人。你不用替我们难过。”

陶白回到疫症所的厨房的时候，钟灵也在里面，他抱着一只罐子坐在桌边，正在捣东西。空气里弥漫着一股蜜一般的清香，他分明能看见钟灵的指尖萦绕着淡淡的蓝色光晕。他的指节就算因用力而泛白，但仍然是好看的，在蓝色光晕的浸润下，更显白皙。

“这是什么草？”陶白放下背篓，忍不住问他。

钟灵没有回答陶白。他的眼睛看着前方，目无焦距，手上重复着捣药的动作，而神思似乎已经飞到了天外。

陶白没有追着问，自顾自拿着笋去了井边，然后让阿音带着孩子们过来一起剥笋子。小半个时辰过去，笋剥洗干净后，等他回到厨房，钟灵还坐在那里，不知道在想什么。

陶白将笋切片，淘米，然后生火煮了一锅粥，这时候钟灵还是没怎么动，他担心他是不是出了事，便走过去，推了推他，说：“你究竟怎么了？”

钟灵抬头看了他一眼，淡淡摇头：“没事。”他似乎才注意到陶白，说话的同时不动声色地将罐子挪开了些。

陶白好奇，再次问道：“这是什么草？为什么是蓝色的？”

“你看得见？”钟灵倏尔抬头，有些惊讶，“你看得见这里头的东西？”

陶白颔首：“是啊，这是什么？”

钟灵沉默了片刻，说：“阿笙在昨日的斗法中受了些伤，虽然没有性命之虞，但也需要用些药物。”

“她不是已经死了吗？”陶白想到阿笙披头散发的样子，又开始牙关打战。

“正因为她已经死了，才需要比活人更艰难地去维系生命。让她能存续下去，并不是一件简单的事情。”

“这个……可以让她活着？”陶白指着罐子里的蓝色汁液说道。

钟灵点了点头，并不打算隐瞒。他缓缓道，“琼花的根茎捣烂而成的汁液，涂抹在额心，可保尸身不腐。”

“这世上竟还有这种奇物！”陶白惊奇道：“所以，这是给死人用的药？”

“嗯。”钟灵点了点头，随后抱着罐子去了黑屋。

陶白目送他离去，并不打算跟进去。就算阿笙受了伤，在陶白看来，她还是可怕而生猛的。

往后的日子一天天过去，陶白负责大家的伙食，照着《清心饮膳录》中记载的东西，不太难弄到的食材基本都可以做，半月过去，院子里的孩子们似乎都胖了一圈。只是很可惜，她们身上的疮斑却越来越多了。阿音已经只能躺在床上，无法下床走路了，这样的变化，前后不超过七日。

三月初九这一日，一夜落雨过后，晨起，炊烟袅袅。阿音已经水米不进，阿笙也已经七日没有出来作怪，院子里在陶白看来最活泼的两个人都失去了声音，让他有些心情沉重。

吃过早饭之后，钟灵将陶白叫进屋子，对他说："一会儿我去给阿笙涂药的时候，你把这个拿进来，就说是慈幼局派人送来的。"他说话的时候，交给陶白一只穿着衣服的小狗布偶。

陶白接过布偶，仔细一看，虽然针脚别扭，但确实是一针一线细细缝制出来的东西，有些甚至还带着血。

"这是你做的？"陶白好奇道。

钟灵身形一滞，面上有些不自然，道："不要管是谁做的，按我说的去做。"

"哦，好的。"陶白点了点头，将娃娃收了起来。

钟灵交代完就离开了，陶白注意到他的手中还有一套新衣服，看得出来是女孩的衣服，工艺远不如专业绣娘，想来也是钟灵自己做的。

陶白悄悄跟了过去，躲在墙角，时不时地往里偷看两眼，便见钟灵给阿笙擦脸之后，道："今天最后一次用琼花，你的身体就好了。"

阿笙气若游丝道："我可以像以前一样出去吗？"

"嗯。"

"太好了。"阿笙语气听上去很开心，但面上却无一丝笑意。她其实很清楚自己跟外面的孩子已经不一样了，留在这世上的每一时每一刻都是在造孽。

"今日是你的生辰，给你做了件新衣，换上试试？"钟灵拿出衣服，在阿笙面前展开来。

阿笙眼睛里立刻就绽放光芒，看得出她是开心的，但是开心的时间不长，很快又暗淡下去。

"一年了，已经一年了。"阿笙低着头，手指攥紧衣裳，手腕止不住地颤抖。

陶白不知道发生了什么事情，只觉得二人之间的气氛有些奇怪。

钟灵帮着阿笙换了衣裳，道：“不管你是死了还是活着，你在我心里和院子里的孩子都是一样的。人世皮囊，远没有灵魂重要。”

钟灵敲了敲床铺，陶白知道这是自己要登场的信号。

陶白依着嘱咐，先离开了后院，然后假装从大门一路跑到后院，气喘吁吁地扶着门，对钟灵说：“有、有人给阿笙送了东西。”

阿笙的目光还如刀片一样落在陶白身上，陶白暗自吸气，硬着头皮说：“就在门口，好像已经放了一阵子了，我刚扫地的时候才发现……”

“是什么东西？”钟灵看向陶白，面色一如既往的平静，仿佛当真不知道是何物。

“好像……是个布娃娃。”陶白的演技自然没有钟灵好，他几乎就要演不下去了。

“给我看看。”钟灵离开床榻，走向陶白，从他手中接过娃娃便走了回去。他将包袱打开，将小狗形状的娃娃交到阿笙手里，拆开写着“水笙收”的字样的书信，道：“给你的，但是没有落款人。”

“信上写、写了什么？”阿笙慌忙抬头，看着钟灵。

钟灵缓缓念起了信：“对不起，我将你留在慈幼局的那一日，本想过两个月就去寻你，岂料你已不在，辗转一年我才打听到你的消息。他们说疫症所不能探视，我只能在生日这一日为你送上这一份礼物，希望你能原谅我，等你病好了，我一定会来带你回家。”

阿笙双目呆滞，双手紧紧抓着那只布娃娃，许久没有说话。

陶白见自己任务完成，立刻溜了出去，坐在井边佯装洗衣服，但是眼角却还在偷偷看着二人。

这时，憋了许久的阿笙突然就淌下泪来，她紧紧抱着娃娃，号啕大哭起来。

尖厉的凄鸣回荡在空气里，陶白忍不住双手堵住耳朵，但是依旧于事无补，那凄厉的叫喊似是从你的内心深处发出，全然逃不开。

被尖锐的叫喊声包围之时，陶白注意到院子里的孩子们似乎根本没有听见，他们一个两个都在做游戏，蹦跶得很欢乐。

就在陶白以为自己可能会死在阿笙的尖叫里时，尖叫突然停止了，他感受到阳光被阴影所笼罩，抬头便见钟灵站在自己身前。他的身后，黑屋的木门已经被关上。

“阿笙怎么了？”陶白好奇，直觉告诉他阿笙似乎不大好。

钟灵面色平静，在他身边坐下，他没有很快回答陶白的问题，反而问他：“那个九方术士的徽章你可有带在身上？”

陶白摇了摇头：“在屋里，你需要？我现在去给你拿。”

钟灵按住他，摇头说：“不必。”

陶白眨了眨眼睛，不太明白他突然问这个的意思，本想等他继续说水笙的事，但是钟灵却站起身，临走抛下一句：“如果你有疑问，不妨亲自去看一看。带着徽章和你的疑惑入梦，你会看见你想知道的事情。”

陶白不明所以，还想问什么，但是钟灵已经不答他了。

钟灵回屋的时候，陶白分明看见他床上的被褥被拆掉了大半，露出一块棉絮来，看那花纹的模样，他似乎把自己的被单给剪了，给阿笙做了一件新衣。

临近午夜，陶白把自己的被套拆了洗净，准备第二天给钟灵换上。他知道自己的被套是钟灵换洗所用，穷困如慈幼局，是绝不会给被忘记的疫症所新补给的。这一点，从院子里唯一一只会下蛋的母鸡就看出来了。这只母鸡每天只下一个蛋，攒到每人都能吃上的时候，基本孩子也都一个接一个地死去了。

睡前，陶白从柜子里拿出那一枚黄铜徽章攥在手里，他盯着徽章看了许久，仍是看不出内里的玄机。

“九方术士也是灵修者，你没有修习过，但是他的徽章可以帮你。如果你有兴趣，不如自己去看一看。”

“怎么看？”

“拿着他的徽章，心中想着你感兴趣的人。如果有缘，你会看到的。”

“哦……”

陶白回忆着下午的对话，显然他对钟灵这个说法心存疑虑。

拿着徽章就能听见旁人灵魂里的声音？

简直匪夷所思。

当夜，陶白做了一个梦。

梦里的自己没有实体，他看不见自己的双腿双脚，甚至不能从铜镜里看到自己的身体。他就像是一个不存在的人，仅用一双眼睛来看世间百态。

他看见一个孩子，眼睛大大的，嘴唇薄薄的，她的头发乌黑亮丽，从额头到后脑勺往下梳着两股辫子，辫子里扎着一根红绳，点亮了她的一身灰衣。

是个可爱的女孩，长大后一定是个小美人。

一个妇人牵着孩子，将她带到了慈幼局的大门口，对她说：“你坐在这里，不论谁问起来都不要告诉他自己的家在哪里。我去给你买个娃娃，很快就会回来带你回家。”

小女孩听话地点头，坐在慈幼局的大门口，不论谁来问，都不回答，不论谁要带她走，她都不跟人去。

她从天明等到日暮，又从日暮等到天明，慈幼局外人来人往，但他们比想象的要冷漠。

大雨下了一整夜，她还是没有等到妇人回来。

她被遗弃了。

经过几日的不吃不喝和暴晒，她的衣服已经看不出原来的颜色，她昏迷之后，慈幼局的管事将她抱进慈幼局，从此之后她便与满院子的孩子一样，成了成百上千的孤儿中的一个。

慈幼局的嬷嬷原本不理解，为什么这么漂亮的孩子会被人遗弃，但很快她便明白了。

孩子的身上有一小块疮斑，原本在胳膊内侧，并不起眼，可没过多久，疮斑便蔓延开来，以至于脸上都长满了烂疮。

她也一直躺在床上，高烧不退，嘴里一直念叨着：“阿嬷……”

更可怕的事情发生了，慈幼局里越来越多的孩子感染了疮斑，太医院来了人，检验过后要求将所有与孩子接触过的人隔离，而后在城外无人之地，搭建了一个临时的疫症所，也就是陶白现在所居住的地方。

没有人愿意伺候这些很快会死的孩子，直到一日，钟灵敲开了疫症所的大门，也就是这一日，历来照顾孩子们的嬷嬷因感染而离开了人世。

从此，疫症所与世隔绝。

孩子没过多久就死了，她死前的模样，便是陶白所见到的阿笙的模样。

翌日晨，陶白醒来的时候，手里还攥着那枚徽章。他从来没有经历过那一段孩子一个接一个死去的日子，他见到的，已经是孩子们都明白了自己的处境和未来。

在最黑暗的那段时光里，孩子们整日整日地哭，身上的疮发痒溃烂，钟灵要一个个地给他们上药换衣，然后清洗，但是再是仔细的照拂，最终，他还是没能挽回他们的性命。越来越多的孩子死去，到陶白来的时候，留下来的孩子不足原来的十分之一。

那是一段绝望而黑暗的时光，是陶白不曾经历过的时光，亦是普通人无法想象的时光。

原来人可以活得那样沉重。

他们还只是孩子啊！

陶白眼眶泛红，急急忙忙地跑下床，给孩子们准备早饭。

陶白翻开《清心饮膳录》，翻到后边的热菜栏，通篇下来满是闻所未闻的食材——

剁椒鱼头烤鸭、糖醋排骨……对虾？

鲍皇豉汁凤爪、卤水烧鹅牛蛙？！

每一份食谱上还配了图片，画得十分写实，与抽象派大师所作极为不同。

陶白看着都觉得好吃，但是奈何食材太少，难以为继。这些都成了天方夜谭。他在厨房里待了半个时辰，端上桌的到底只有白米和着野菜熬成的粥。

钟灵没有来吃饭，他醒来之后直接去了阿笙的房间，陶白给他留了粥在灶上热着，三回过后，他终于鼓起勇气，去了小黑屋。

黑屋里窗户大敞，阳光照在屋里，可以看见飞扬的尘土。棺材旁边的地上，散落了许多木板，这些木板原来被钉在墙上，用以阻拦阳光的照射。

陶白这才知道，原来小黑屋是有窗户的，只不过之前被钟灵封上了。

棺材盖子打开来，床上已经没有水笙的影子，她的被褥被整齐地叠好放在床头。钟灵站在棺材旁边，闭着眼睛，他的身边仿佛有一圈淡淡的光华，整个人浸润在宁静清远的世界里，仪态之超然，与四周破落的民房格格不入。

钟灵的双唇张合，念念有词，但具体说了什么因为声音太小陶白听不见。

陶白不忍心打扰他，便一直在门外等着。直到日头当空，临近午时，钟灵才抬起头，对他招了招手："你要不要见她最后一面？"

"谁？"陶白一愣，不太明白，但只要钟灵在，似乎对这间屋子的恐惧就少了大半。陶白走过去，走到棺材旁站定，低头看去，便见一副漆黑的骸骨躺在棺材里。

陶白蓦地一惊，两腿发软，眼看就要跪下去。

钟灵扶起他，道："水笙是小辈，你无须行此大礼。"

"里面……是……是阿笙？"陶白扶着钟灵的手，眼巴巴地看着他，眼底的不可置信呼之欲出。

昨天水笙还是个人，今天怎么就变成一副骸骨了？

虽然还没有完全化为白骨，但是这模样已经是死去多时了！

钟灵道："水笙去世已久，心魔一除，自然不能留在世间。"

"可她……她的心魔是怎么除的？"

钟灵回头，指着棺材里的娃娃，道："那只布娃娃是关键。"

陶白看着那只不算好看的娃娃，想起梦里水笙的阿嬷将她留在慈幼局门口时，就是说自己去买娃娃了。

"难道她心中的魔，就是她消失的阿嬷？"

钟灵颔首，道："她从小与母亲相依为命，到死也不愿相信自己被人抛弃。她执念太深，死不瞑目，便成了活死人。"

"可她为什么会相信这是她母亲做的？"陶白指着布娃娃道。

"因为她从未对人说过这件事，知道娃娃存在的，只有她和她母亲。"

“那你是如何知晓？”

钟灵淡淡地扫了他一眼，道：“你是如何知晓，我便是如何得知。这世上能听见灵魂的声音的人，绝不止你一人。”

钟灵“啪”的一声，将棺材盖板重重合上。

“走吧。”钟灵说完，拽着陶白往外走。

“就这么走了？”陶白回头看了几眼，那棺材静静地躺在角落里，一如初见时的模样，从外表看，完全看不出里头装着个死了近半年的尸体。

钟灵边走边说：“她的魔性已除，从此只是一具尸骨，不消几日，便会化作尘土，与世间所有尘埃没有什么两样。”

“她……也算是安息了？”

“嗯。”

陶白走在院子里，好几次回头去看那间黑屋，不知道为什么鼻头有些酸。

他被水笙吓过几次，但自从知道了她的过去，心中对她倒是怜悯居多。

陶白自幼也是在慈幼局长大，当孤儿的心情他比谁都了解。他突然有些后悔，后悔自己没有在她尚能说话的时候，与她多聊几句，每一次见面，都是剑拔弩张的模样，这让他有些唏嘘。

他们其实是可以和平共处的。

“今日你早些休息，明日我们去埋葬她。”

陶白点了点头：“好。”

钟灵说完，又不见了人影，他总是将自己关在房间里，陶白好几次想去找他聊天，但是都忍住了。

他也不是喜欢打扰别人的人。

当晚，陶白并没有如约休息，他紧紧盯着手里的四段徽章，翻来覆去地瞧。

——用这玩意儿可以听见灵魂深处的声音？

——那钟灵的呢？

——他的过去是怎样的呢？

陶白一想起那个外秀内刚，不让任何人靠近，又总带着一副傲骨冰心模样的钟灵，心头就怦怦跳。

他实在是太好奇了。

“徽章保佑我，今晚让我看到钟灵的过去吧！”

陶白抱着徽章，沉沉睡了过去……

“嘭——”

“嘭——”

“嘭——”

接连三声巨响，那是石头砸在人头骨上的声音。但是这样的声音，只有被砸的当事人能听见。

石头落在头颅的声音与众人喊打喊杀的呐喊相比简直微不足道。

但是很快，他也不再能听得见。

他的额头、下巴、嘴唇、眼眶，乃至耳朵，都被接连而来的石块砸得面目全非。鲜血顺着下颌骨往下流，全身都是血痕。

他半跪着，膝盖深深地磕在地上，双手被绑在背后，四肢纤细得只剩皮包骨。

他紧咬着牙关，不吭一声，血红的眼珠瞪着在场的每一个人。

紧接着，更加可怕的事情发生了。

一个身穿白衣的人提着一桶油，对着地上半跪的孩子当头浇下。

“烧死他！烧死他！烧死他！”

人群里爆发出惊天的呐喊，仿佛地上的孩子是十恶不赦的恶魔，群情激愤，对他的愤怒已经达到了最高点。

另一个白衣人执着火把点燃了他的衣角，霎时火光冲天，将他整个人包围。

孩子在烈焰中打滚，几次张大了嘴却没有喊出声音，也或许有过声音，但是梦里的陶白听不见。

他无助地翻滚，面色痛苦难当。

他身上的血液很快便被烧得看不见，世界只剩下一片火光。

痛苦，呐喊，无助，而后是愤怒和仇恨。

他渐渐停止了挣扎，看着在场的每一个人。

仇恨充满着他的眼眶，如果仇恨可以杀人，在场的人只怕已经死了几万次……

“住手……住手！他不过是个孩子啊！”

陶白蓦然惊醒，坐起身，便见钟灵靠在门边，神色淡然地看着自己。

“睡醒了？”钟灵冷冷道。

“你，你没事吧？”陶白跳下床，拉着他的胳膊和手腕，将他的袖子挽起来。

白白净净，没有一点伤痕。

怎么会……梦里的人全身都被大火烧伤，身上被石头砸中的伤痕更是数不胜数，他……

“怎么没有伤？”陶白不解地问他。

钟灵轻声一笑，淡淡道：“虽然我不知道你做了什么梦，但是我想，梦的内容一定很可怕。”

“对，很可怕！”陶白紧盯着钟灵，忙不迭地点头。

钟灵又道：“你被困在梦魇里，我叫了你许久，你都听不见。”

“我被困在梦里？”陶白一惊，急道，“可我分明是在看你的……”

陶白说到这里，猛然一顿，突然觉得自己这样去窥探别人的过去，还大言不惭地在当事人面前说，是不是太失礼了？

“看我的过去？”钟灵察觉出他的嗫嚅，无所谓地耸肩笑道，“虽然我不知道你看到了什么，但我想你应该看错了。”钟灵虽然嘴角带笑，但是脸色却十分阴沉，他的眼神清寒淡然，又带着旁人不能质疑的笃定。

被他这样盯着看，陶白就像是偷了东西的贼，被正主抓了个正着。

陶白蹙眉，低头咬着手指，细细想着梦里的情景。

梦中的孩子全身漆黑，面色蜡黄，与眼前的翩翩绝世公子确实没有任何关系。

可是昨晚他分明一心想着的是钟灵啊……为什么呢……哪里出错了？

“走吧，我们上山去，将水笙葬了。”

“哦，好。”陶白点头，急忙穿上衣服鞋子，跟着钟灵走了出去。

山里下起了雨，陶白和钟灵抬着小棺材上山的时候，院子里的孩子们都站在树下，静静地看着。

他们的眼神里是陶白熟悉的情绪，害怕和不舍交织在一起，比陶白的更深一层的是对未来对死亡的恐惧，虽然他们都已经接受了活不长久这个事实，可每当看见小伙伴离开，总会在想，自己会不会就是下一个？

死亡之后真的能迎来团聚吗？

那个未知的世界让人充满了恐惧，可是他们却没有办法逃离。

钟灵和陶白将水笙葬在了山间一个植满了桃花树的林子里，比起破落的疫症所来说，小小的坟冢伫立在十里桃林中，已经算是世外桃源了。

二人下山的时候，已经是傍晚。

山林间祭起一丝丝薄雾，还有些绿色的荧荧火光，陶白走在钟灵前面，指着那些绿光，新奇道：“你看那些光，好漂亮呀，是萤火虫吗？奇怪……还不到季节呀！”

陶白叽叽喳喳，钟灵不胜烦扰，淡淡道：“那是鬼火。”

“什、什么？”陶白蓦地一惊，停下步子，悄然跟在钟灵身后，挽住他的手，颤着牙关道：“鬼、鬼火？”

“嗯。”钟灵丝毫也不介意陶白逾越的举动，反而向右边挪了挪，给他腾出了更好走一些的路。

陶白胸口紧贴着钟灵，惊愕道：“什么是鬼火？”

“尸体多了，也就有了鬼火。”钟灵说完，陶白更加无所适从了，他闭上嘴，拖着钟灵的手，紧紧跟在他身后。

自从知道这满山绿光是从尸体身上散发出来的后，陶白恨不得闭着眼睛走路，再也不要看见这满山的幽幽绿火。

下山后，钟灵和陶白喝了几口孩子们熬的粥，便让他们各自回房睡觉去了。

钟灵在收拾碗筷的时候，陶白注意到他右边的鞋袜满是泥土，才发现下山的时候他将原本只由一人通过的山间小道大半都让给了自己。

陶白心里过意不去，主动请缨说：“我帮你放洗澡水吧。”

钟灵回头看了他一眼，点了点头，说：“好。”

澡堂在柴房的对面，孩子们因为身上的烂疮不能沾水，都只能用草药水擦身，所以澡堂几乎只有钟灵会用。

澡堂里置着一个木桶，可以容纳一个人，陶白在厨房里烧了两锅水，再兑了些冷水，调试到适宜人体的温度后，回头便见钟灵站在门边，右手撑着墙壁，头倚在右手臂，静静地看着自己。

屋子里氤氲缭绕，热气扑鼻，透过烟雾看钟灵，他的眉目更多了一分飘忽的美感，轮廓被模糊，只有那一张殷红的嘴唇格外分明。

“水放好了吗？”钟灵问他。

陶白愣愣地点头：“放好了。”

“多谢。”钟灵说完，缓缓脱下衣服，露出了光洁无瑕的身体，陶白咽了口口水，默默地转过身去。他也不知道自己怎么了，突然有些不敢看他。

都是大男人，自己还比他年长，却还没有他来得磊落坦荡，这是为什么？

入水的声音传来，钟灵舒服地躺在浴桶里，闭上了眼睛。

陶白站在浴桶边，眼角瞥到他修长的脖颈和玲珑的锁骨在水蒸气里若隐若现。

这样洁白美丽的身体，怎么可能被大火烧过？

那个梦境里的孩子……只怕是这乱葬岗上不知谁人的过去吧。又或者根本就只是一个梦。

陶白原本燥热的身体在想到梦中孩子的时候，倏地冷静下来，胸口就像被重物击打，钝痛不已。

还好只是一个梦，如果是真的，他不知道该如何宣泄这一份绝望。

他隔着千山万水和不知光阴几许，也仍能感觉到孩子的孤独和无助。

还有那挥散不去的沉沉怨恨。

“你在想什么？”钟灵没有睁开眼，依旧呈现出一种最舒适的状态在泡澡。

陶白口干舌燥，答道：“没什么，没事的话，我先走了。”

陶白刚迈开步子，钟灵便握住了他的手腕。

他回过头，便见钟灵趴在浴桶边看着自己。

“要不要一起洗？”钟灵淡淡道。

“什、什么！”陶白立即摇头，大惊失色道，“我、我怎么能跟您一起洗，您是少爷啊！”

“我不是少爷。”钟灵眼神古怪，压低了声音，似乎隐忍着怒气。

陶白慌忙甩开他的手，有些不知所措地低声道：“虽然您与我一样住在这疫症所里，对我们都很亲近，但是我知道，你跟我们这些人是不一样的！”

“哦？”钟灵挑了挑眉毛，“哪里不一样？”

“我、我也说不上来，但是我就是知道，你与我们不是一种人。跟你一起洗澡，会折寿！”

钟灵闻言，轻声一笑，眉头散开去，眼底写满了无奈。

陶白被他突如其来的一笑给惊艳了。如春风化雨，温暖严寒。

陶白更加待不下去了，扔下一句“我去给你拿毛巾”便匆匆跑出了门。

门外，是春天最多见的雨夜，淅淅沥沥，润物细无声。

没有了澡堂里的热气，陶白突然冷静了许多。他到钟灵房里拿来毛巾挂在门边，从门缝里看了一眼，见钟灵躺在浴桶里，眼睛闭着，看上去很累的模样，便没打算进去打扰他。

陶白回房，将自己新洗好的被套给钟灵换上后便回了房。

当晚，他睡在床上时，仍握着那枚徽章，心里想的全是钟灵。

可是他却整晚无梦，只有一片沉默的黑暗，就像是睡在棺材里的人，入目所及，是死一般的沉寂。

第二天，陶白照常在卯时起床，给孩子们做早饭，他刚走到厨房，却发现厨房里有一个属于陌生人的呼吸。

“你……”陶白刚说了一个字，就被人捂住嘴，拖了出去。

“唔……谁……放、放开我……”陶白的话被堵在喉咙里，只能发出细小的呜咽。

那人将他从厨房拖到门口，然后打开门，到了远离疫症所的一片小树林里。

陶白惊得一口咬在那人手上，他才将他扔在地上，那人一边鄙夷地擦着手，一边蹙眉嚷道：“我是在救你！你还咬我！真是狗咬吕洞宾，不识好人心！”

他的声音很熟悉。借着微弱的光线，陶白看见来人的侧影。他一身玄色衣裳，领口绣着绛红色的花纹，一柄墨色长剑束在身后，赤色剑穗与发带颜色相近，像是一名少年剑客。

那人蹲下身，郑重道：“我问你，你有没有捡到我的包袱？里面装了……嗯……很多硬币。”

陶白这才看清，这人不是旁人，正是那日想收复阿笙不成，反而被吓跑了的九方术士。

陶白道：“你说的是九方术士的徽章吧？”

“你知道九方术士？！”那人面色蓦地一变，咳嗽了两声，才接道，“那日我一时不察，被个修罗子坑了，但今日，它休想逃了！”

“你干了什么？”陶白闻言，内心一紧，他虽然害怕阿笙，但是也并不觉得眼前人是好人。如果一定要从他二人之中选一个，他甚至比较喜欢阿笙。

“干什么？我是伏魔师，你说我干什么？”那人嗤笑一声，站起身，看向疫症所的方向，朗朗道，“我要这天下魔物都逃不出天道惩罚，不该存在于世间的东西就该回到它的地方去！”

阳光升起，天色渐亮，少年的侧脸在阳光的照耀下显得英气十足。

陶白这才发现，他也是个极为好看的男孩，与钟灵的年岁相仿，但二人的气场却全然不同。

钟灵沉稳内敛，如淡月清辉。而他热情如火，张扬不羁。

可不知道为什么，陶白总觉得，这个满身法器，恨不得在脸上写着“我是天下第一伏魔师”的人，还没有钟灵那个羸弱少年来得可靠。毕竟他使尽浑身解数都对付不了的东西，却是被钟灵一个布娃娃就轻松化解了。

季寒羽一把将陶白拉起来，朗声道：“我叫季寒羽，你呢？”

“陶白。”陶白蔫蔫的，似乎没什么力气，面对眼前人更加没什么好脸色。

“你把我带到这里，究竟想做什么？不会只是想要回你的徽章吧？”

“你是真不知道，还是假不知道？”季寒羽眯起眼，悄声道，“其实那个疫症所里的人，都是死……”

季寒羽还没说完，却听身后一道清清冷冷的声音响起：“常曦。”

陶白看着季寒羽的身后，眼中亮起一抹光芒，就像看见了神祇。

钟灵逆光而来，虽然看不清面容，但他身长玉立的人影却像一抹清冷的寒光，和着他的声音一起，连空气都随之变冷。

“钟、钟少爷！”陶白开心地看着他，似乎只要有钟灵在，自己就会莫名变得有底气。

“怎么回事？”钟灵冷冷道。

“哟，这还有个活口。”季寒羽负着双手，语气轻佻，看着钟灵的眸子里神色有些复杂。

钟灵没有将他的冷嘲热讽放在心上，几步走过去，将陶白扶了起来，俯身拍了拍他的衣摆，道：“有没有受伤？”

陶白连忙摆手摇头："没有。"

他的手挥舞着，可钟灵分明见着手腕处有两道口，似是在地上蹭破了皮。

钟灵的眼神更森冷了几分，看向季寒羽的目光里多了几分肃杀的意味。

他冷冷地开口，道："你干的？"

季寒羽微一仰头，嬉笑道："你不要一副吃人的目光看着我，我是想救他好不好？"

"救我？"陶白蹙眉，不解道，"你不是来找我要徽章的吗？"

"徽章是一回事，随时都能补回来的东西，可你就不一样了……"季寒羽说着，看了眼即将大亮的天色，道，"是时候了。"

"什么意思？"陶白全然不懂他在说什么，但是钟灵的脸色却愈加难看。他几乎没有多想，转身便往疫症所跑。

钟灵的背影在晨曦中掠过，宛若一道白练，陶白紧紧追上去，边跑边喊："钟少爷，等等我！"

钟灵浑然未觉，很快便消失在树林里，身后的季寒羽很快拉着陶白，喝道："你不能过去！"

"为什么？"陶白不解，"那里是我的家啊！"

"那里从来都不是你的家！"季寒羽缚住陶白的双臂，怒道，"他们都是死人！他们会要你的命的！你明不明白！"

"什、什么……"陶白愕然地看着他，双瞳有一刹那没有焦点，但下一刻，他便一脚踩在季寒羽脚上。

"他们是死是活，我比你清楚，我的事情不要你管！"陶白说着，在他的惊讶中挣脱了束缚，向前飞跑而去。

疫症所的大门外，站了很多人，有穿白袍的，穿黑衣的，也有身穿铠甲的官兵，他们手执火把，将疫症所团团围住。

而疫症所的院墙内，已经只剩一片火光。

大火在院内燃烧，参天古树在火海中被烧成焦炭。鼻腔里充斥着烧焦的味道，有房舍的、衣物的，还有烧焦的肉味。

“孩子……那些孩子！”陶白目瞪口呆地看了一会儿，立刻想起那二十多个孩子来。

他刚要冲过去，却被季寒羽劈中脖颈，他昏迷前的最后一个画面，便是疫症所大门前那一把巨大的锁，以及满满当当的人，他们面无表情的脸在火光的映衬下，因过于无情而变得愈加狰狞。

夕阳暗淡，残阳如血。

陶白醒来的时候，钟灵坐在自己身边，正用袖子擦拭着怀中的书本，封皮是略有些焦黑，但好在大部分保存完好，正是《清心饮膳录》。

陶白的眼眸有一瞬间的温柔，以为此前的一切是一场梦，但当空气中弥漫的焦味冲入鼻腔，他一霎间清醒过来。

“孩子！那些孩子！”

钟灵看向陶白，眼神里毫无波澜。他顿了顿，尽量用温和安慰的语气说：“他们都死了。”

“死了？”陶白顿了顿，不相信钟灵会用这样平和的语气说出可怕的事实。

“他们死了？”陶白不确定道。

钟灵点头：“嗯。”

“你为什么不救他们！”陶白怒吼。

“外面都是官府的人，你告诉我，怎么救？如果去救他们，或许连你我都会搭进去。”

“官府的人……为什么官府的人会来这里？”陶白想起那个玄衣少年郎，急道，“是季寒羽把他们带来的？”

“是。”钟灵颔首。

“他为什么要这样做！”陶白激动不已，恨不得将季寒羽抓出来千刀万剐。

可是季寒羽并不在这里。

陶白坐起身，便见不远处的疫症所外，一具具瘦小的尸体被官兵抬出，他们的身上全是烧焦的痕迹，与整个院子一起，化作了焦尸。

陶白双目赤红，双手发抖，可就算害怕，他也再也忍不住。他冲上前去，可还没迈开步子，就被钟灵拉住了：“你想去送死吗？”

“你眼睁睁看着他们被带走？！”

“他们已经死了，入土为安才是最好的结局。”

陶白看着钟灵，许久才道：“为什么你这样冷血？”

“我怎么了？”钟灵回望陶白，眼中无波无澜。

“有时候我真看不懂你。不，或许说我根本就没看懂过你。”

钟灵侧头看着陶白，等着他继续往下说。他清冷的眸子落在陶白眼里，陶白内心一顿，有些说不下去，但一想起那些葬身火海的孩子，内心重又鼓起勇气。

陶白道：“你刚刚回去，是为了这本食谱？”

钟灵颔首：“是。”

“你为了救一本食谱都能不顾自己性命，看到朝夕相伴的孩子的尸体却可以无动于衷？！他们刚刚还是活生生的人，现在一个两个全都化作了焦土，你于心何忍？！”陶白说着，泪水夺眶而出，鼻涕眼泪流了一脸。

钟灵看着他，仍是面无表情，淡淡道：“就算没有这场火灾，他们也活不久了。”

“所以你就可以心安理得地看着他们被烧死？”陶白怒吼道，“如果可以，我真希望他们全都化身成魔，将这些害死他们的人统统杀死！”

“他们不会变成魔。”钟灵淡淡道，“他们早就看淡了自己的生死，已经没有什么执念了。”

“所以他们就永远从这个世上消失了？他们只是孩子！他们甚至都还没来得及看一看外面广阔的天空！”

“他们一早就知道，自己不会再有机会看到外面的世界。”钟灵说完，陶白沉默了。

其实陶白也明白，他们不会活多久了。可是有什么办法呢？他们除了自己本身，更承载着陶白的希望。他所有生命的意义几乎都在那些孩子身上。

可是现在他们没了。

他们变成了一具具焦尸，被抬往不知道的地方埋葬。

钟灵牵着陶白的手往前走，没走多远，便见大树上吊着一个人。那人身穿玄衣，长剑在背，喉咙里被堵着一团破布。正是季寒羽。

钟灵指着季寒羽说：“你若有气，便往他身上撒。”

“他怎么到树上去了？”陶白目瞪口呆，本来泪水在眼眶里打转，在看到他之后，连悲伤也暂且忘却了。

钟灵没说话，只是走上前，将绳子解开，季寒羽便“砰”的一声落在地上。头朝地。

季寒羽的额头撞在一块石头上，虽然没有流血，但是磕破了一大块皮肉，陶白见了突然又觉得他有些可怜，忙将他扶起来，哑哑道：“你、你没事吧？”

"唔……唔唔……"季寒羽想说话又说不出来，陶白立即又将他嘴里的破布拿了出来。

季寒羽一能开口说话，立即恶狠狠地对着钟灵骂道："你、你给我撒的什么东西？"

钟灵淡淡道："香粉。"

季寒羽更加气急，怒吼道："你！卑鄙！偷袭算什么本事？有种你把我放开，我们重新比过！你养了一堆……"季寒羽扭动着身躯向前爬，钟灵面无表情，一脚踢了根木头砸在他脸上。

季寒羽连哼都哼不出来了，将流血的鼻子埋在膝盖里，痛得说不出话。

钟灵连看他都觉得多余。

"你打算怎么处置他？"钟灵蹲下身，从怀里掏出一把匕首，递给陶白，"要杀要剐都可以。没有人会知道。"

"杀、杀人？"陶白大惊失色，半晌回不过神。

季寒羽亦是一脸惊讶，慌忙看着陶白，眼睛里写满了不可置信。

钟灵淡淡道："是他将疫症所的事告诉了九方寮，虽然火不是他放的，可他是间接害死大家的凶手。"钟灵将匕首放在陶白手里，指着季寒羽后心部位，道，"往这里刺，就算给孩子们报仇了。"

陶白急忙摆手："可、可是……"

"不敢？"

陶白点头："不、不敢。"

"连杀人都不敢，你还想找官府的人复仇？"钟灵冷哼，看着陶白的眼里带着几分戏谑。

陶白蹙眉，想了半天，终是在季寒羽惊惧的眸子里将匕首递还给钟灵，道：

“可是杀了他，孩子们也活不过来了。他也不算坏人。”

“哦？”钟灵好笑道，“那你还报不报仇了？”

陶白想了想，终是摇了摇头：“不了。”

“哦。那就算了。”钟灵将匕首插回剑鞘，放进怀中。

逃过一劫的季寒羽再撑不住，两眼一翻，晕了过去。

“他、他晕了，怎么办？”陶白大急。

钟灵本想找个地方把他埋了，但见陶白的模样，估计也不会同意自己这样做，便道：“扔在这里，饿不死。”

“……”陶白终是没有忍心将他扔在荒郊野外，他背起季寒羽，走了十几里路，将他放在了一个医馆的门前，随后便用自己的外套，在香烛铺里换了些香烛冥纸，与钟灵折回了慈幼局。

慈幼局的废墟里，焦黑一片。

漫天飘洒的纸钱，是对他们最后的祭奠。惊鸿一瞥的小小身影，虽然短暂，但只要有人记得，在旁人心里存在过，一刻亦是永恒。

第四章 妙堂香事

那一晚过后，陶白一直萎靡不振，做什么都提不起精神。钟灵几次劝说，也丝毫提不起他的情绪，整个人又回到了当初初见之时，死气沉沉的模样。

“你究竟还要难过多久？”钟灵问他。

钟灵的关心非但没有起到关心的作用，反倒惹来陶白的疑心：“你照顾他们的时间比我久，难道对他们毫无感情吗？”

“有感情，却也不会浪费感情。”钟灵淡淡道，“正因为相处时日不短，我才知道他们总有一天会离去。活着的时候我已经珍惜，死后再难过便显得毫无意义了。”

“是吗？我却没有你这般看得开。他们……他们明明还那么小……那么可爱……”陶白说着说着，再次哽咽，又蒙起脸来，大哭了一场。

此时距离慈幼局大火，已经过去了半个月。这半个月里，他们躲在贫民窟中一处荒废的房子里，每日靠着陶白出去代写两三封书信，捡些烂菜叶子过活。只有在出门赚钱的时候，陶白才会稍稍振作。但所作所为，也只够二人果腹而已。

而钟灵似乎从那一日开始，身体就不大好。每夜难以入眠，为了能安稳入睡，他用黏土自制了一个香炉，夜夜在屋中焚香。

香炉十分简单，两层结构，下方置一柄蜡烛，上层放上拇指大小的香团，整个房间里便弥漫着一股清香，似空谷幽兰，又如雨后初晴，微风吹过湖面，带着青草香味扑面而来。有了香之后，在漏雨透风的破房子里，睡在枯草堆上，也变得不那么难受了。

陶白习惯这样的熏香之后，每日除了带回来煮粥用的菜叶，还需要去药铺买些五味子和甘蓝。这已经是同类安神香中最便宜的一类，但也让陶白感受到了前所未有的压力。后来，他每日除了代写书信，还会去码头背货，这些他没有告诉钟灵，只因为钟灵给他的感觉，就应该是坐在家里，抚香弄墨的少爷。凡尘俗事，柴米油盐，都不该是他考虑的问题。

直到有一日，钟灵在摆弄朱砂时，不小心沾了些在手心，遇水化开之后，如血般淌在手心。恰好陶白端着食物走进，引来门上落下簌簌灰尘，钟灵在灰尘中掩嘴咳嗽，再次张开手掌，陶白便见着钟灵手中的血红。

陶白大惊："钟、钟少爷，您怎么咯血了！"

钟灵一愣："我……"

"快躺下！"不等钟灵解释，陶白便打断他，立刻将他扶去草堆躺下。觉着枯草堆有些扎手，又脱下自己的外衣垫在他身下，"对不起，这些日子让您受苦了。你放心，我一定会振作起来，给你找最好的大夫，让你过最好的日子。你的生命会很长！很长！"

陶白面上充满了斗志，一扫前日里慈幼局大火所带来的阴霾。钟灵瞬间沉默了，不再解释，而是捂着嘴，更加用力地咳嗽起来。

“咳咳咳咳……”咳嗽声愈加响亮，他的背部弓起，眼中也带了些氤氲。这样一副我见犹怜的模样，让陶白充满了保护欲，一种再次找到人生意义的表情冲上他的面颊。

钟灵十分欣慰，像是找到了进入陶白心灵窗户的大门，开始了漫长的装病之旅……

这一日，陶白在结束了代写书信业务之后，突然发现一间门庭若市的店铺外，贴着一张红艳艳的招工启事。妙香堂招收一名调香师学徒，性别无要求，学历无要求，技能无要求，月薪一两银子！

陶白想起自己每天要代写三百封书信，一月下来才可能有一两银子！倒也不是他写不出来，只不过遍寻长安街，也不可能有这么多信给他写呀！于是他当即决定，进去应聘！

妙香堂是景国远近驰名的香室，买卖一切与“香”有关的事物。

陶白走进店里，便见左边的柜子摆满了香料，每一种都用特质的木盒装着，约莫有两百种。壁柜上面则放着香炉、香盒、香扇。右边的柜子上摆着香篆、香粉、熏笼、香球、吊挂。正中则摆着几块类似糕点的方块，五颜六色，经听小厮给客人解释后，陶白才知道这个是香皂。这些香皂与他平时用的粗制滥造的皂角不同，这每一块都有自己的名字。如岸芷汀兰，里面便加了牛奶和兰花。玫瑰玉露里则加了玫瑰花瓣和香油。其中的门道看得陶白叹为观止，无法相信香堂里卖的东西竟能精致至此，也不怪这里生意如此之好了。

应聘学徒的人很多，但每一个进去的都是垂头丧气地出来。陶白在队伍末端，从帘子的缝隙往里探，便见一书生模样的人坐在内堂，面无表情，看上去很难亲近。

显然，对这些应聘者，他一个都不满意。

快要轮到陶白的时候，一个身穿紫衣的艳丽女子从二楼娉婷而下。她头戴金钗，手执羽扇，另一只手里还端着一盆墨色的不知名物体。走路时扭动的腰肢引来无数人的垂涎。

陶白倒不是惊讶于她的美貌，而是她手中的东西。

那是芝兰！

熟的芝兰！

芝兰是香料的一种。在《清心饮膳录》中，被列为第一位的香料。他曾经问过钟灵："芝兰何处有？"

钟灵告诉他："至少景国没有。"

陶白从钟灵提起芝兰时的表情便知道，芝兰是钟灵喜欢的香料。可奈何他找遍了菜市场都找不到这东西，想不到却在这里遇见了！

"这是芝兰的种子吗？可以卖些给我吗？"陶白脱口而出。

女子面上有些诧异，看了陶白半晌，然后指着他，侧头对面试官说："兰生，让他们都离开吧，这个人我要了。"

名唤兰生的人有些不开心，但是没说什么，点了点头，便让大家都散了。

"跟我来。"女子笑着说完，牵着陶白的手往楼上走。

陶白木木讷讷地跟着她，只觉得有些不可思议，自己这是被幸运女神看上了？

眼前人确实很美，美得不像凡人。

二楼是典型的女子闺房，月白色的纱帘，一整套的紫檀雕花家具，桌上更置着一个白玉香炉。香炉烟气缭绕，整个房间都充斥着一股奶香。

"你会品香吗？"老板娘姓阮，生得十分妩媚。眼角一颗朱砂痣，更让她平添妖娆风韵。

陶白看着她的脸都觉得不大好意思，想了想，摇头道："不会。"

"这可是芝兰香。"老板娘被他这副害羞模样给逗笑了，摇着羽扇让他抬起头来，道，"我很丑吗？"

陶白飞快地摇头："不、不丑。"

"那你为何这般害怕？"

"我……我不害怕。"陶白抿着嘴，真不是害怕，只是觉得这老板娘的眼神很奇怪。

阮烟萝跷起兰花指，羽扇拂过眼前的香炉，香炉中散发的香味便向陶白扑面而去。

甜腻的香味让陶白更加难受，自从进了这间屋子，屋里充斥着的芝兰味道就让他无法思考。

芝兰用在菜里很香，可用作焚香主料就让人觉得太过甜腻了些。

"既然你不会品香，如何识得'芝兰'？"

"做菜呀！"陶白朗声答道，"芝兰玉桂羹佐上一些薄荷叶，最是软糯可口，齿颊留香，还暖胃驱寒。"

陶白提起他最擅长的方面，面上总是神采飞扬。他还记得自己看《清心饮膳录》里，有一种金色的羹汤，菜谱名上写着"芝兰玉桂羹"。他从未听过芝兰之名，便指着书中的"芝兰玉桂羹"那一页问钟灵："'芝兰'是什么？"

"'芝兰'是香子兰的种子，香料之王。"

"香料？"

钟灵颔首："将香子兰的种子不断地晾晒和揉搓，一年之后可得芝兰。芝兰味道清香，近乎奶香。"

钟灵在他心目中，几乎就是一本百科全书，问他什么都知道。

阮烟萝看着陶白眉清目秀的脸庞，还有说话时候双手不自觉抬起的小动作，让她觉得眼前人真是可爱得紧。但就算她被他的美色所迷，也仍是不能理解他刚才的说法。

“你的意思是，你将‘芝兰’用来做菜？”阮烟萝眉微蹙，显得有些惊讶。

陶白坦然颔首：“难道它不是食材吗？”

阮烟萝扑哧一笑：“这样的说法，我还是头一回听见。行了，你留下来吧，每月二两银子，可好？”

“二、二两？！”陶白一声惊呼。

“怎么，嫌不够？我这价格已算是行业最高了。”

“够！太够了！比我想象的多太多了！”陶白喜不自胜，激动不已。

阮烟萝摇着羽扇，满意地微笑：“去铺子里找兰生吧，他会教你该怎么做。”

陶白恭恭敬敬地颔首：“是！多谢掌柜，常曦告退。”说完，便飞也似的跑下楼去，面上那开心的表情几乎都要溢出来了。

二两银子可以做什么？

可以给钟灵制三身新衣裳，从头到脚包括鞋子！或许还能再买一个新的香炉，往后炼香也都不会再被制掣肘了，想要什么香料他都买得起！

陶白一想到可以换一所房子，钟灵可以待在家里做自己喜欢的事情，就开心得无法抑制，面上的笑容让兰生看到他的一刹那有些发愣。

兰生板起脸问他：“你吃错药了？”

陶白飞速地摇头：“不、不是！我只是太开心了！阮掌柜说我可以留下来，跟你学习炼香！”

“哦。”兰生没有表现出任何的开心，淡淡说完，做了个“跟我来”的手势，便撩开门帘走去了后院。

陶白这才发现，妙香堂是一个四合院，进来的店铺是向南的一面，中间的天井里置了一块照壁，照壁后面是一方大的白玉鱼缸，鱼缸里游弋着一尾蓝色的鱼。鱼的尾巴大而灵动，虽然看上去是青蓝交接，但游弋起来却绽放虹光，一如孔雀开屏，绚丽多姿。

“好漂亮的鱼！”陶白惊呼，他还从未见过这样的鱼。

“它叫半月将军，是掌柜的宝贝，你不要碰它。”

陶白点头：“我就看看。”

“嗯。”

走过天井，进入东边的暗室。兰生拿出火折子，将四周的烛台点亮，整个房间便亮堂起来。

这是一间仓库。仓库里摆了整面墙的香炉。墙面上是一个个的小隔间，隔间上放着各式各样的香炉。有白玉的、翡翠的、鎏金的、镀银的、陶瓷的、青瓷的等，造型亦是不可枚举。

陶白一眼相中了一个月牙色，炉盖用流云造型的香炉，心想等领了工资，能不能买回去送给钟灵做礼物。如果一个月工资不够，两个月也行啊……只要一直在这里做下去，什么东西他都能给钟灵买得起！

陶白沉浸在自己的臆想中时，兰生在另一头大大小小的香料盒子里翻出一个半人宽的木盒，道：“将这里头的香料认全了。”

陶白打开木盒，便见里头的木格极细，密密麻麻足有上百种！

“全、全都要认全吗？”

兰生颔首：“不只要认全，除了记住每一味的名字、外形、香气以外，还要知道它们之间相生相克的关系。”

“这……”

“十天，你只有十天的时间。虽然你是掌柜的钦点的人，但如果连这最基本的东西都掌握不了，十天后就自己走人吧。”兰生说着，不等陶白回答，又补了一句，“妙香堂不收废物。”

“……我知道了。”

“还有，工作期间，你不能学香，你只能在家里学习。”兰生说完，又将一本蓝色的大开本书册扔在木盒上，扑腾起一室的灰尘。

果然，天底下哪有天上掉馅饼的好事，自己还是太天真了……陶白看着木盒上的灰，还有那密密麻麻的香谱，终于知道为什么薪水会这样高了……

傍晚，陶白将木盒子抱回去的时候，钟灵亦在房中焚了香。

袅袅白烟从香炉里升起，那是一股淡淡的松木和青草香，仿若置身于一片树林中。比起阮掌柜屋中甜腻的香味，让人顿觉心旷神怡。

“今天焚的什么香？好香。”陶白好奇。

以往所焚之香比今日的都要好闻，但从前他对这些东西似乎全无兴趣。今日之语，让钟灵颇感意外。

“松木荷香。”钟灵说完，缓缓睁开双眼。只见陶白身前的桌上放了一只巨大的盒子，他正捧着一本比普通书籍大两倍的书在读，皱着的眉头堪比小山。

书上写了四个字：妙堂香谱。

从前他一回来，先是看食谱，看到想做的菜式便去做饭。而今日，他却在看一本香谱？他什么时候转性了？

就在钟灵好奇之际，陶白“啪”的一声合上书，而后献宝似的拿出香盒，打开盖子，递到钟灵身前，笑道："我找到新工作了！就在西市的妙香堂，离这里不远！制香也是你喜欢的事物，只要我十天内认全了这一百种香料，我就能正式成为妙香堂的一员！到时候，我就能让你下半生都衣食无忧！或许还能给你娶上一房媳妇！"

钟灵瞥了一眼，丝毫也没觉得开心，反而带着淡淡的不屑道："如果让我衣食无忧就是你的目标，那未免也太简单了。而且……我永远不会娶妻。"他看着这一盒子香料，甚至连眼睛都没抬。

陶白一愣，丝毫也没想到钟灵会这么说。他看了眼钟灵中午吃剩下的米汤，有些泄气道："以后的事情以后再说，可现在的我，甚至不能让你填饱肚子……但是你相信我！我一定会得到妙香堂的工作！到时候不仅仅能衣食无忧，甚至可以给你买很多很多的香料和名贵的香炉！"

钟灵"哦"了一声，接道："从左到右，分别是沉香、栈香、鸡舌香、檀香、麝香、松香、枫露……"陶白一开始瞪大了眼睛，但随着钟灵一边说，他立刻翻开香谱，竟发现钟灵甚至不需要打开小盒子去闻，就说出了大半香料的名字，且无一错处。

陶白目瞪口呆："或、或许你更适合这个职位，要不然……"陶白说着，钟灵咳嗽了两声，面色较之刚才，又白了两分。

意识到眼前粉雕玉琢的人根本不适合出去抛头露面，陶白立刻闭上了嘴，心中告诫自己，说好了要养钟少爷，就不能临阵畏缩，再困难都要去克服它！

陶白煮了晚饭煎完药后，便点了一盏油灯，照着香谱辨认盒子里的百种香料。

香料瓶中，每一种香料都只有一小份，小到很难用外形去辨认它们的种类。沉香、檀香、松木外形相似，粉末状如白芷、砂仁、细辛更是雷同。

临近午夜，陶白才分清楚沉香和檀香的性味。按照这个速度，再过一个月他也不定能认全这些香料。

钟灵睡在草榻上，中途醒了两次，见着陶白仍旧没有歇息的意思，终是叹了口气，起身搬了把凳子在他身旁坐下。

“香料的种类繁多，已知的香料种类已经多达三千六百余，但无论是哪一种，都会归在四个类别之中。这四大类分别是草本类、木本类、树脂类、动物类。”钟灵的声音很好听，清澈中泛着一丝懒意。

很显然，他还没睡醒。

“草本类香料，如藿香、茴香、香附、艾叶、细辛、佩兰、茅香等。”钟灵说着，将盒子里的香料一一取出，再根据香料的类别，将草本类的归置在一处。

“木本类则相对较少，如沉香、苏合香、肉桂、樟脑等。”钟灵说完，将木本类的香料划作一处，用一根枯草与草本类香料区分开来。

“树脂香，琥珀、乳香、没药、安息香。最后是动物类，如麝香、灵猫香、海狸香、龙涎香等。”钟灵说着，将最后一个小瓶子取出，单独放在一旁，道，“这里面只有最下等的麝香，灵猫、海狸和龙涎香千金难求，他们不会给你。”

钟灵的侧脸在烛火的映衬下，闪烁着如月华般的清冷光辉，眸子里映着跳跃的火苗，灿若星辰。陶白听得一愣一愣的，这件枯燥而乏味的事情，在钟灵的帮助下，似乎一切都变得水到渠成起来。

十天后，在熟记每一味香料的性味和形状之后，陶白的回忆里，除了香料，更多的却是钟灵殷红的唇瓣，还有他堪比白月光般的细腻容颜，在每一味香料的烘托里，愈显芬芳。

考试这一日，陶白如约来到妙香堂。阮掌柜今日特地起了个大早，就为了亲自查验陶白的学习成果。

阮烟萝从袖中拿起两枚香丸，问道：“你来瞧瞧，这是什么香。”

陶白接过，放在鼻下一尺处，用衣袖扇了扇，而后细品香风，缓缓道：“安息香。古书记载，烧之可以通神明，药用安息香大多产自陈国。宋朝以前，安息香一般都来源于波斯。安息香、乳香、琥珀，这一类都是树脂香。香烛的主要成分就是琥珀加安息香。”

阮烟萝点了点头，道：“说得不错，另一枚呢？”

陶白看了盘中置着的香丸，甚至不需要闻，便道：“乳香。古书记载是紫赤色，香方多用，一般功效是辟邪，治疗痛风，也可缓解紧绷的身体和情绪，使人放松。颜色越淡的乳香越好，最高等级的乳香称之为银香，它是很珍贵的香，百余年前，景国和琉国还因为乳香引起过战争。”

阮烟萝十分欣喜，连连点头道：“不仅能辨别香料的性味，还能说出典故，举一反三的能力，实在叫我惊讶。兰生，你要向他学习。”

兰生在一旁，对着阮烟萝恭敬地一颔首：“是。”他话虽如此，却连看也不看陶白一眼。很显然，他不喜欢新来的制香人。在他眼里，陶白只是误打误撞的门外汉，担不起这份工作。

陶白不以为意，不管他喜不喜欢自己，仍是亲切地唤他师兄。

下午，阮烟萝难得空闲，便亲自在店中教导陶白。

“按用途，可分为衙香、信香、贡香、帷香、淑媛香、文人香、礼佛香、宫廷香以及疗病之香。按形制可分为线香、盘香、签香、香粉、香膏、香丸以及香片。但无论是哪一种形制，都有其固定的香料成分。”阮烟萝边走边说。陶白则跟在她身后，飞速地在本子上记笔记。

“君香料，是香方中的主香剂；臣香料，辅佐君料和加强君料芬芳的香料，使香气变得更幽雅、醇厚，又称为辅佐剂或变调剂；佐香料，能调和制约香气的蒸腾速度和坚持主香的基调不变，有一定的持久性，又称为定香剂；使香料，则是最先从调和香药中蒸出，又称前味剂，一般都是顶香成分，给品香人一个出色的第一印象。”

“就拿此南朝夫人的香丸来说，采檀香、龙脑、桃花、细辛、丁香研磨融合。以檀香为引，气味初时清新提神，而后芳香宜人，便是相辅相成的典范。”阮烟萝拿起一丸墨色混着桃花的香丸，递到陶白眼前。陶白接过一闻，顿觉胸中灵气通透，大半的疲惫都一扫而空了。

这时候，阮烟萝见陶白的笔记已经写了大半，虽然是速记，但笔迹却十分工整，让人惊讶。

“都说字如其人，常曦不仅在制香方面有天赋，书写更是一绝，我可算是捡到宝了。”

阮掌柜是典型的江南女子，长发及腰，墨色如瀑。她来北方定居多年，虽终日在市井徘徊，却也丝毫不改她温柔如水的性子，一双眼睛好似会说话。被这样的妙人盯着看，女人都会把持不住，更何况是男人？

阮烟萝掩嘴一笑，便让陶白面上绯红一片。他飞快地低下头，不敢再直视她的眼睛。那一副紧张的模样，宛若初出茅庐的童子。

阮烟萝更觉有趣，眼含秋波地看了他一眼，亲昵地执了他的手，向另一面墙走去。

墙壁上有一整面的多宝格。格子里摆放着一些香料成品，有澡豆、香皂、香粉、蔷薇露、桂花头油、妆粉、眉黛、口脂和香片。香片可以用来含在嘴里，让女子呵气如兰。也有一些用来放在熏笼之中，用以晨起熏衣。

琳琅满目的香品，让陶白满目钦佩，欣喜不已。

钟灵爱香，每日却只点一炉香，如果能让他用上这些器物，会不会让他想起曾经当富家公子的光景？陶白一一记下，并将钟灵能用得上的东西画了重点。

看出陶白目光中的喜欢，阮烟萝拿来油纸袋，将澡豆、香皂、香粉和兰花香片各包了五份，递给陶白道："这些你拿回去。"

陶白见了标价，本想推拒，还不等他开口，阮烟萝又道："你是妙香堂的人，自然要熟悉妙香堂的香品，没有什么比亲自试用更妥帖的法子了。另外，我先给你预支三个月的薪水，你去买一身像样的衣裳和鞋，不要丢了我的人。"

陶白目中带着激动和期冀，郑重地颔首："我一定会好好努力！一定不辜负阮掌柜的信赖！"

陶白很轻松地通过了测试，得到了妙香堂的工作。

当天回去，陶白便用阮掌柜预支的银子，买了一只烧鸡和两件新衣裳。他给自己买了最下乘的灰色粗麻衣裳配草鞋。给钟灵买的却是柔软舒适的棉质长衫和与之配套的白色长靴，发尾系着一根赤色头绳。

钟灵换上新衣之后，陶白立刻止不住地夸他："钟少爷穿什么都好看，无论您站在哪里穿什么颜色的衣裳，您都是这世上最鲜亮、最好看的一抹颜色。"

"咳。"钟灵别过头去，轻咳了一声。

等等，他……好像脸红了？

陶白看得目瞪口呆，仿佛看见了十分好玩的事情。

按照钟灵的性子，他难道不应该扬起下巴，骄傲地一抬头，说"这世上除了我，没有人配穿白"吗？

他转性了？

半个月后，陶白已经是妙香堂可以独当一面的香师。

“今年常用的开运香，有白子贡香、天龙香、净庄严香。”陶白笑呵呵地与两名女客解释，“晨起焚香两炉，用以熏衣，香云可使满室升香，数日不散。比如这安息随喜珠。所谓安息香屑落沉香，岁岁年年可安魂。安魂香珠，取沉香、安息、乳香、白芷、蜂蜜等香料混合。香气浑厚舒缓，有助于平复心情，帮助睡眠。”

陶白拿起一串香珠，戴在客人手上：“安息香颇有异域风情，你甚至能闻到香气伴随叮当驼铃，从安息到景国。”

洁白的手腕戴着一串墨色香丸，赤色流苏垂在腕子下方，玲珑又别致。女客几乎不多想，便点了点头，红着脸说：“这一串我直接戴着了。再给我包三串，我送朋友。”她说着，晃了晃手腕，赤色流苏便随着她的摆动而舞，引起幽香浮动。

客人喜欢听陶白说话，认为他比店里的任何一名香童都更有亲和力，香品解释起来也浅显易懂。

陶白笑逐颜开，点头哈腰地将她的货物小心包好，放在柜台，由专门的香童包好，才放在女客手中。他小心翼翼不让自己的手碰到对方，以免引起女客人的不适。可那女客在给银子的时候，反倒在他手背上摸了一把。回眸一笑，眼中秋波满绽，惹人遐想。

店里的香童都很羡慕他，可陶白除了觉得面红耳赤，半点也没觉得有哪里值得开心的，摇了摇头便去招待下一位客人了。

“线香需要黏合剂和木炭粉，香丸一般是用蜜来做黏合剂。蜜也要分品种。因为花蜜里面是有花香的，不能影响香料的使用。就比如说，如果是制造梅花香丸，用了梨花蜜，那么梅花香就不纯粹。还有就是分前香和后香，用炭的火候也是不一样的。

“举个例子，就比如一款很有名的香：雪中春信。这款香的含义是梅花在雪中绽放。雪是有湿气，有寒气的，香的前调就必须体现出雪的感觉，后调是春信，也就是春天的气息，梅花的香味。像雪中春信，鹅梨帐中香，一般都是香丸或者香粉。

“但不论是何种香料，最重要的一个步骤就是水。我们的水源，在遥远的落溪山脉的起点。当然也有一些取用深井水、泉水或露水。露水也讲究从哪一种花、哪一片叶子上采集而来。比如这桂花头油，便是趁桂花才开放三四分的时候，从桂花叶上采集的露水。露水煮沸后，将桂花焯一下，用特质的熟蜜拌润，密封在瓷罐中，深埋入地下，进行一个月的窨香程序，再取出，才得制成。制香过程中的每一道工序，都倾尽了妙香堂制香人巧夺天工的心思，使用者可以闻见它朴素而又浓郁的天然芬芳。”

陶白向客人介绍着香品，阮掌柜教过的他能一字不落地复述出来，还能多添几句诗词。他的眉目属上乘，配合着温和而缓缓道来的细语，以及一动不动地盯着你的眼睛，让客人不买都觉得不好意思。

“来十盒！”女客人大手一挥，临走前，还给了他一两银子的赏钱，他分文都不敢收，女客人却执意要赏。陶白只得在下班后将银子交给阮掌柜。

阮掌柜笑道：“既然是客人赏的，你便收着就是，拿去买些新衣裳和新鞋，客人看着也高兴。”

“多谢掌柜！”陶白感恩戴德，开心地捧着钱离开了。

陶白回家的路走到一半，却又折返回了店里。

在妙香堂正中的架子上，有一整套纯铜锻造的镂空莲花香具。内有香炉、香篆、香粉罐、香道瓶、香铲、香勺、香扫和香压。件件精雕细琢，线条流畅。

这套香具是妙香堂的镇店之宝，喜欢熏香的客人只要进店，第一眼就能看见它，只可惜价格昂贵，让人望而却步，一整年也卖不出几套。

陶白用客人打赏的钱财和余下两个月的薪水，买了一套香具回去送钟灵。

陶白没有使用过如此繁复的品香套装，平日里也只见阮掌柜摆弄过一两回，本还有些担心，但见钟灵熟悉地在香炉内添加香灰，用灰押将香灰压制平整。再放入香篆，置入香粉压平。他轻叩香篆而后提起，致使香粉脱模，而后点燃。

徐徐青烟，袅袅升起，房间内一时芬芳扑鼻。

“你怎么什么都会？”陶白惊讶道。

“这是最基本的品香法。”钟灵淡淡说完，喝了一口茶。

“这些你都是跟谁学的？”陶白再次好奇。

钟灵睁开微闭的眼，看了他一会儿，缓缓道：“我自幼师承长曦仙主。”

长溪县主？

陶白想了想，好像……没听说过景国有个长溪县。

只怕是别国的吧？

陶白想到此处，看着眼前面目白皙的少年郎，他突然想起，钟灵从小便是过着烹一杯茶，熏一丸香，整日里静思看书的生活。

以茶会友，以香品书，细看时间流逝，才是他原本过的富足生活。

想起他好端端一个富家少爷忍辱负重背井离乡，茕茕孑立的孤独感，心中对他的疼惜更甚。

“读书以香为友，独处以香为伴，日子也算有滋味。你……不要难过了。”陶白说完，在钟灵的微怔中，走出门去做晚饭了。

钟灵嘴角带笑，目送他离开。他的眼睛里透着几许玩味——那是一种抹不掉、化不开的无奈，还有一丝若有似无的愁绪。

六月初，首夏犹清和，芳草亦未歇。正是凉风习习，阳光温暖和煦之时。

每年的六月二十六日，是妙香堂两年一次发布新香的日子。而今距离六月二十六日，还有不到一个月。

六月初一这一日，妙香堂里来了西市里几位极有身份的人物——东家成衣店的掌柜刘东顺，金玉首饰铺的掌柜池金玉，还有袭岚扇子铺的掌柜袭香月，三人皆携了本季的新品来妙香堂，央求阮烟萝务必在发布新香的那一日穿用上自家的衣裳、首饰和扇子。

阮烟萝没道理拒绝，便一一收下，而后回了些上好的香料，让他们带回铺子里，也算给自家铺子做了个广告。

下午，陶白送走了最后一位客人，便被阮烟萝叫去了二楼闺房。

陶白见到阮烟萝时，她一扫平日里江南女儿细腻如弱柳扶风的模样，盛装之下，是从前不曾有过的隆重奢华。她扫黛眉，抹胭脂，配以满头的银饰：柳叶式细银簪，尾部缀了碧绿色的螺钿，左右各六支，正好十二根银钗；身着素纱中单，戴披帛、蔽膝、璎珞，配香囊。如此装扮，比之豪门贵妇也毫不相让。

“这是发布新香之日所着的礼服，”阮烟萝拨弄着秀发，对陶白骄傲地挺了挺胸，“美吗？”

酥胸半露之下，陶白入目所及，便是她胸前起伏的波涛，白花花的一片。

陶白哪里见过这样的阵仗？蓦地脸一红，干着嗓子点头：“美。”

“你过来。”阮烟萝坐在床边，冲他招了招手。

陶白看了一眼，更是窘迫，慌忙低头看着自己的脚尖，双腿像灌了铅似的，一步也挪不动。

“傻站着做什么？过来帮我簪花。”阮烟萝从身后拿来一朵海棠，冲陶白招了招手。陶白见她确实是找自己有事，便点了点头，走了过去。

陶白刚想要伸出手去拿花，阮烟萝却将那花儿“不小心”掉在了双腿之间，陶白见那花掉在了一个十分尴尬的位置，立刻又不敢动了。

所谓男女授受不亲，他的右手便悬在空中，停滞了片刻，刚要往回缩，阮烟萝却握住他的手掌，往自己身上一带。

陶白失去了重心，整个人压在阮烟萝身上，双手撑在她的双耳边。两个人相距甚近，陶白明显能闻到她口中，因含着兰花香片所呼出的兰花香。

“你不喜欢我？”阮烟萝在陶白耳边柔声问道。

“不，不是，我很喜欢您。”陶白触电似的跳开来，摇头之后又飞速地点头，“但是……我的意思是，我很喜欢阮掌柜，但这种喜欢，用敬重来表示或许更为妥当。”

阮烟萝眯起眼，嘴角勾起一抹冷笑：“在景国的制香业，如果我认作第二，那么，就不会有人敢认第一。可是你却拒绝了我。”

陶白有些无所适从。

什么叫“拒绝”？

他拒绝什么了？

“你走吧。”阮烟萝冷冷道。

陶白抬头看了她两眼，想要说些什么缓解气氛，却又不知道自己能说什么，最后便一语不发地退了出去。

陶白回到家后，钟灵原本盘腿坐在床上调息，但当陶白推开门的那一瞬间，立即走下床，来到陶白身边，在他身上来回地嗅了几圈，道：“你今天去哪儿了？跟谁在一块儿？”

陶白一愣，如实回答道：“一直待在铺子里。”

“是吗？”钟灵眯起眼，道，“你的身上有特殊的香气。”

“什么香？”

“女人香。”

钟灵说完，陶白整个人像被捉奸在床似的，红着脸摆手道：“没、没有的事，我没有跟阮掌柜上床！”

“是吗？”钟灵眼睛眯得更小了，“上床？”

“才不是！我的意思是，我没有去她的房间，没有被她推倒！”陶白越解释越觉得有问题，钟灵整张脸黑得快要滴出墨来。

“总之，是她主动的，但是我什么都没有做！”陶白深吸一口气，做了结案陈词。

“哦——”钟灵长长的声线划过，让陶白羞愧得无地自容，紧接着辩解道，“你要相信我！虽然漂亮的女人自信起来尤其美丽，虽然阮掌柜与我从前见过的女子都不相同，但是我不喜欢她！我也不会与她……”陶白说到此处，顿住了。

“与她怎样？”钟灵催促道。

“……与她行苟且之事。”

“呵。”钟灵听他指天发誓之后，知道不应该再逗他，便松开了眉头，嘲笑他，“你见过几个女人？”

陶白掰起手指，数了半晌，最终哑哑道：“深交过的……只有一个。”

钟灵一副“看吧，我就知道”的模样，回了他高深莫测的一笑。

陶白接触过的女子，有深交的，其实只有陈秋碧一个人。

陈秋碧与他从小青梅竹马，十分熟悉。在陶白看来，陈秋碧温柔善良、美丽大方，既不攀附权贵，也不贪慕虚荣，已经算是世上女子的楷模，更是他心中永恒的女神。

虽说陈秋碧是慈幼局长大的孤儿，但陶白从小到大都十分呵护她，一众兄弟姐妹中也数他对她最好。毫不夸张地说，陈秋碧也算是被众人捧在手心里长大的一朵娇花。

而阮烟萝，与陈秋碧确实很不一样。

阮烟萝是在风雨中屹立不倒的铿锵玫瑰。她可以向你展示美艳无双的一面，在深处，却也带着刺。否则，一个手无缚鸡之力的女人，根本无法在这个世上立足。

陶白觉得气氛有些诡异，突然似想到什么似的，拿起《清心饮膳录》道："对了，你知不知道这个忘尘究竟是什么人？我在妙香堂待了许久，才知道芝兰此种香料，属千金难求的稀罕物，他竟用来做菜？"

钟灵一愣，旋即笑了。

做菜算什么？

儿时在清心泉中，他铺了满池芝兰花瓣为自己沐浴也是常有之事。回忆起往昔，钟灵不自觉地扬起嘴角，面上绽放的笑意让陶白不禁看痴了去。

许久，钟灵才微一摇头，淡淡道："抱歉，我不知道。"

三日后，是陶白和钟灵搬家的日子。

这半月来，陶白和房东软磨硬泡，终于谈妥了一间位于西市的二层小楼。小楼邻近西市，交通便利，但因整条街都是做丧葬买卖的，故而租金便宜。

陶白询问过钟灵，钟灵坦言自己不怕这些，于是他也不那么在意，只想着比贫民窟好，至少不会漏雨和起霉了。

搬家这日，陶白提早一个时辰下班，回到家中，钟灵已经收拾好一切。但虽说是收拾了，其实也就是两个包袱，吃饭用具，以及为数不多的香具和两本书。其余的物件便都留在了贫民窟中。

钟灵穿着白衣白绶白靴昂首走在前头，陶白背着两个大包袱走在后面，一路上吸引了众多人的注意。

不，确切来说，他们都是在看钟灵。

钟灵无疑是吸引人的。凤眸微挑，唇色殷红，下颌骨线条完美，微敞着的美人骨横梗在领口，双手自然下垂，踏着慵懒而随意的一字步，既不失大家风范，又没有刻意去端着，全身上下都散发着天生的贵族气质。

原本也算是上等之姿的陶白与他一比，活活被比成了一个其貌不扬的小跟班。

“哟，我当这是谁呢，原来是‘钟少爷’啊！”一声若有似无的嘲笑在身后响起，钟灵和陶白驻足，回头看了一眼，便见着一个英姿笔挺的红衣少年郎。

服饰古来以朱玄为贵重吉色，平民穿不了这样的衣裳。此人正是此前大闹疫症所，害得疫症所化为灰烬的九方术士，季寒羽。

“陶白，他究竟给了你什么好处，竟让你甘愿当个奴隶？”季寒羽走到陶白身前，掂了掂他背上的包袱，摇头叹道，“可不轻啊！”

钟灵理都懒得理他，继续往前行。

陶白对季寒羽道：“我没有要你的命，不代表我不恨你，你不要再出现在我们面前了。”陶白面露怨怼，做出一副“我很凶，我很生气，你快滚”的模样。说完，便一路小跑跟上了钟灵。

但陶白这副样子显然没有任何威慑力。季寒羽嘴角带笑，舔了舔后槽牙，冷眼看着钟灵的背影，恨恨道："总有一天，我要把你的皮撕下来，让陶白看看你究竟是人是鬼！"

季寒羽的出现无疑让围观人群更加惊喜。

钟灵属天人之姿，陶白亦算难得的眉目清秀的少年，而季寒羽则像一只骄傲得不可一世的火凤凰，纁衣玄绶，腰间佩金纹玉佩，背负一柄赤金宝剑。三人走在一处，好似刹那间点燃了整条街的光芒，傍晚的昏黄因他们的出现而一扫而光。

季寒羽背上的剑微微跳动，他忍住烦闷，反手执剑，道："莫要动，我知道他不好惹。"

剑此物，开双刃，身直头尖，横竖可伤人，击刺可透甲。凶险异常，生而为杀。但季寒羽的这把则不然。

此剑还没开刃，三面钝，只可用于做型，不可用于杀。剑身篆体刻着"寒羽"二字。

寒羽剑是二十年前，天下最顶尖的七大剑师联手所铸，长三尺四分，重二十斤，一般人根本挥不起来。

神剑出世那一日，剑谷举行了盛大的竞剑仪式，一干玄修界中人为它大打出手，而它却在最后亲自择了季寒羽为主。那时候的他尚在襁褓之中。这让玄清宗上下既骄傲又气氛微妙。

骄傲在玄清宗打败九国众门派弟子，夺得天下第一剑。微妙则在季寒羽并非玄清宗宗主之子，只是旁系叔伯与侍女在前往剑谷途中所生的下贱庶子，那时的他甚至连一个名字都没有。

从那以后，以剑为名，赐名季寒羽。他的名字象征了至高无上的荣耀，却也是不得重用的标识。

他的一切都简单而草率，他能倚仗的只有自己。

当晚，陶白将二楼靠窗的屋子收拾干净，为钟灵铺好了被褥，再煎了药之后才回到自己的房间。

支付了香具和房租之后，他已经没有钱买第二套被褥，他的房间里什么都没有，床板空荡荡的，但他丝毫也不觉得苦，反倒很开心。

不知道从什么时候起，他的人生里最重要的环节便是照顾好钟灵，其他的一切都不重要了。

六月初乍暖还寒，且他的房间背靠墙壁，没有窗户，说不出的阴冷。半夜，陶白冷得缩成一团，但仍觉得这是近日来，睡得最舒服的时候。

到了下半夜，陶白突然觉得自己不冷了，温热而柔软的什么东西将自己包裹着，仿似睡在火炉边。他越来越觉得身边的东西舒服，整个人不自觉地凑了过去。

等天亮之时，陶白才发现自己昨夜一整晚抱着的不是别人，正是钟灵。

钟灵搬了被褥来到他的房间，与他同榻而眠，同被而寝。

陶白闪身跳下床，原想道歉，但见钟灵双目紧闭，巨大的眼袋横梗在眼下，显然昨夜没睡好很是疲惫。

陶白不忍心吵醒钟灵，轻手轻脚退了出去，煮了早饭和药之后，便去了妙香堂，开始了新的一天。

这一整天，陶白都有些魂不守舍，他张开双手，似乎就能想起昨夜触手可及的温热和柔软。

那样光滑而细腻，是钟灵的肌肤？

男人的身体可以光滑到那个程度吗？

陶白摸了摸自己的脖子，虽说也不算粗糙，但较昨夜的感受来说，已经糙到泥土里了……

“陶白。”

“陶白？”阮烟萝在陶白身后叫了他好几声，陶白恍若未闻。

阮烟萝不得已，只能走到陶白身前，蹙眉道：“你在想什么？竟这样入神？”

阮烟萝姣好的眉目陡然出现在自己身前，陶白吓了一跳，蓦地一怔，半晌才脸一红，摇头道：“阮掌柜，我没想什么。”

他总不能说自己在想一个男人的肌肤。

那简直是一件不可思议的事情。

阮烟萝微微一笑，执了他的手，带着他往楼上去。

陶白原本有些抗拒，但细细一感受，低头看见她的手腕，突然觉得，就算是貌美如阮烟萝的女子，皮肤也不见得比钟灵好。

陶白想着想着，等再回过神的时候，自己已经身在阮烟萝的闺房之中。而阮烟萝竟背对着自己，除去了外衫，正要换一件透明软丝的罩衣。

陶白吞了口口水，大惊失色道：“阮、阮掌柜，铺子里还有事，我先下去了！”说着，他转身就走，阮烟萝却一步上前，整个人向他扑了过来。

“急什么？我又不会吃了你。”阮烟萝吐气如兰，热气覆在陶白耳边，让他整个人绷紧了身子。

“不要紧张，我只是邀你喝杯茶。”阮烟萝说完，从他身上退开，执了他的手在紫檀木雕花椅上落座。椅边置了一方矮几，其上放了一杯茶以及一方香炉。炉中香气扑鼻，甜腻芬芳，闻之好似有一股燥热从丹田升起。

陶白只觉背脊发冷，口干舌燥，慌忙喝了一口茶。但是这样窘迫的情形并没有因喝茶而缓解，喝茶之后，反倒更加燥热，热得他恨不得撕烂自己的衣裳。

不，不仅是自己的衣裳，就连阮烟萝的衣裳也恨不得一并除了。

阮烟萝走近陶白，在他的身前蹲下。她的鼻尖正对陶白的膝盖。

阮烟萝缓缓伸出手，在他的腿根部摸了一把，软软的触感传来，她蓦地一惊："你……你还没有做过吧？"阮烟萝眼神挑逗，用词大胆，哪里是陶白这种饱读圣贤书的人能接受的？

"掌柜自重！"陶白急忙起身，面色如火烧般红到了耳朵根。

"我让你舒服一次，可好？"阮烟萝说完，向他走去，但这时，走廊里突然传来一阵急促的脚步声，不止一人，而是好几人。

"嘭"的一声，兰生闯了进来，阮烟萝见状，忙将斗篷披在身上。

"谁让你进来的？滚！"阮烟萝大喝一声，眼底满含怒气。

陶白却似是见到了救命稻草，急忙向兰生跑去。可惜，下一刻，他便落在了随后进来的两名官差的手里。

兰生带了两名官差前来，指着陶白说："他偷了新香香谱，制了两年的陈香也全数不见。"

"你在说什么？"陶白大惊，"我没有偷香谱！更没有偷香料！"

"香料香谱不翼而飞，那间房间只有你有钥匙！"兰生说完，在陶白的腰间摸了一把，果然摸出了一把钥匙，"证据确凿。"

"我根本不知道什么新香房，更加没有拿过钥匙！"陶白大惊摇头，"是你污蔑我！"陶白说完，突然似想起什么似的，惊道，"前几日你让我取依兰花，我只取了一罐依兰花，我根本没有拿过别的东西！是你设计陷害我！你为什么要这样做？！"

兰生不理会陶白的叫屈，直接向着官差行礼道："大人，一切已经证据确凿，请您按律法行事。”

官差不由分说，给陶白上了一整套的枷锁，将他架出了妙香堂。

“我没有偷香谱！没有偷香丸！你们不能污蔑我！我没有偷——！”陶白看着自己满身枷锁，眸中愤怒万分。陶白一路走一路喊，惹来许多人的驻足，指指点点交头接耳的模样，让陶白备感耻辱。

从小到大，这或许是陶白经历过的，最惨的一刻。

兰生站在门口的台阶上，淡淡瞥了他一眼，随后对官差点了点头：“有劳了。”他转着小指上的金色尾戒，眸子里闪烁着异样的狰狞笑意。

官差头头便面不改色地扬了扬手：“带走。”

这所有的一切，阮烟萝看在眼里，却没有发表过多意见。只因兰生是总管事，管事与店主绝不能起冲突，否则在坊间又不知道会被传成什么样子。

官差走后，阮烟萝关了铺门，等房间里只剩下他二人时，她反手就给了兰生一巴掌：“你做的好事！”

阮烟萝眼中寒光闪过，赤裸裸的杀意迸发而出，她冷冷道：“三日，我只给你三日。三日后，陶白必须回来！”

兰生捂着脸，不说话，直到阮烟萝消失在二楼走道尽头，他才颓然地跌在地上，眼中充满了憎恨。

当夜，陶白便被扔进了京兆府衙门。

牢头先府尹审了他两次，陶白咬紧牙关，一口咬定自己没有偷香方和香丸。劳役们没耐心跟他耗着，便自己写了份口供，强迫他画押认罪，而后将他打入大牢，待上头商定劳改期限。

阴雨一连下了整晚，阴寒的牢房内入骨冰寒。陶白坐在牢房里，双手抱着膝，面上一丝血气都没有。原本充满了激情和希冀的眼里蒙上了一层灰白，眼眶发红，一副想哭又哭不出的模样。

难以挥散的阴霾在牢房里升腾，良久，他才听见有一个熟悉的脚步声阔步而来。

如豆的火苗在壁灯上跳跃，钟灵一袭白衣，从昏暗的火光中走来。清脆的铁链声响起，牢房门被他打开来。

钟灵站在门边朝着陶白挥了挥手，镇定道："走吧。"

"你怎么进来的？"陶白惊讶地看着他，不可置信道，"你怎么打开锁的？"

"如你所见，走进来的。"钟灵不无骄傲地扬了扬手中的香粉和钥匙，冷静道，"迷晕守卫，然后正大光明地开锁。"

陶白霍然起身，四下看了一圈。他被关在偏远的角落，四周都没有犯人，自然也就不会有人见到钟灵。

陶白长舒了一口气，将他往外赶："你快走，万不要被我连累了！"

钟灵蹙眉，不解道："你不跟我一起走吗？"

"不。"

陶白斩钉截铁地摇头："我没有偷东西，我相信官老爷一定会还我一个清白，如果不能证明自己的清白，我出去也是戴罪之身，我不愿意！"

"你……"钟灵愣愣地看了他半晌，释然一笑，紧接着从怀里掏出了一个油纸包，一副"我就知道"的模样，缓缓道，"一整天没吃东西了？"

陶白打开油纸包，发现里面有两个馒头、一只烧鸡。

陶白虽然生气自己含冤入狱，但也没有到茶饭不思的地步，立即拿了个鸡腿啃了大半，连连赞叹道："好吃，真好吃！"

见陶白吃得满嘴油，钟灵蹲下身，拿出手帕，擦了擦他的嘴角。

陶白面色有些红，急忙摆手道："钟少爷，您快走，别被人发现了与我一样成了阶下囚，我可就万死难辞其咎了！”

钟灵“嗯”了一声，道：“我明日再来看你。”他说完，一步三回头地退出了牢房，而后将牢房再次上锁。

钟灵走后，也不知道是填饱了肚子还是旁的什么缘故，陶白突然觉得自己不是那么可怜了。

有人关心他，记得他，不惜为他以身犯险，有这样的人在，他还有什么可害怕的？

如果一定要有害怕之处，他只怕自己没有力量，不能护在乎之人周全。

同时，他恨自己的愚蠢，竟会上了兰生的当。

接下来三日，钟灵每天夜里都会来见陶白，除了给他带来吃食以外，还带了些破布。这些布料与草堆颜色相仿，若无人仔细观察不会被发现。所以白日里衙役巡至此处，也不会发现。

每晚钟灵都来得悄无声息，走也没有引起任何人的注意。但陶白仍然很担心。像钟灵这样如皓月清辉的人，人生路上是不应该有污点的。

第四日，牢房里来了一个熟悉的身影。此人不是旁人，正是让他含冤入狱的兰生。

“陶白，你不要嘴硬了，这对你没有好处。”兰生站在劳外，冷冷地看着他，“唯有认罪，才是你唯一的出路。”

“你为什么要冤枉我！”陶白扑到牢房木柱上，张牙舞爪地大喊，“我与你无冤无仇，你为什么要害我？我只是想赚点钱养活我弟弟，你为什么不让我好过？”

陶白的眼里充满了悲愤，明眼人都能看出来他是被冤枉的。

但是在这个地方，兰生显然不希望他出去。

“我希望他离开靖城，滚得越远越好！”兰生转头对师爷扮相的人说完，从袖子里拿出了两锭金元宝，不动声色地塞进了师爷的手里。

师爷点头哈腰，笑容几乎从脸上溢出来，连连道：“兰公子想如何便如何，我一定办得妥妥帖帖。”

“你们欺人太甚！”陶白大恸，直觉这两锭金元宝或许就是自己的催命符，气得大呼道，“来人啊——！官商勾结！他们泯灭人性，要陷害无辜……”

“啪！”一鞭子准确无误地落在了陶白脸上。

“喊什么喊？再喊一句爷爷我扒了你的皮！”守卫闻声而来，看了师爷一眼，便道，“此人尚有些不清醒，待我抽他一顿就该老实了！”

“你抽我十顿我也还是要说！我就是冤枉的！”陶白仍旧大喊。

“啪！”“啪！”“啪！”

哪怕隔着牢门，陶白仍是被守卫抽得满脸血，他脸上有三道明显的血污，就连嘴角也吐出鲜血来：

“兰生！你分明是嫉妒我，你怕我再待下去会动摇你的地位，是也不是！”

兰生冷漠地看了他一眼，戏谑道：“不管是与不是，如今你在里面，我在外面，这才是事实。如果我是你，一定乖乖地待着，再不多言。”他说完，转身便走。

师爷跟在他身后，一口一个“兰公子”，叫得十分殷勤。看样子，二人早不是第一次结交。

“你回来！你不要走！我不是小偷——！我不是——！”喊到后面，陶白嗓子已经干枯哀哑，无论守卫抽了他多少鞭，他都没有松口，始终坚称自己没有偷东西。

守卫在这里干了三年，也是头一次见到陶白这样的书呆子。眼见他只剩下一口气，没办法，只能先停下，将他重新关好，便眼不见为净了。

当晚，钟灵被血肉模糊的陶白吓了一跳，眼中寒芒一闪，杀意凛凛。

陶白怕他做出些出格的事情，立即忍着痛站起身来，满不在乎地嬉笑道：“钟少爷，这伤看着吓人，实际上都是虚的。他们对我好得不得了，为了给上头交差，才故意做成这样，你不要担心。”

“是吗？”钟灵冷冷道，“这里也是做戏？”

钟灵说着，推了推陶白脚踝处露出的一小截鞭痕，陶白霎时汗如雨下，闷哼一声，倒了下去。

“跟我走。”钟灵一把将他抱在怀里，命令道。

陶白深吸了一口气，眼眶有些泛红，摇头道：“我已经受了这么多苦，若现在走了，这些苦就算白受了。”

“那你想如何？”

“等到公审那一日，我要请全城百姓为我做证，我没有偷东西，是兰生冤枉我！”

“你一定要如此？虚名对你就这么重要？”

“这不是虚名！”陶白双手握拳，坚定道，“人活在世上，总有一些坚持的东西，我若不能洗清身上冤屈，日后如何坦然生活？是，我问心无愧，可是既然我们生活在这个世界，就不可能脱离这个世界，人言可畏你懂吗？我不希望你与我在一起时，旁人都叫你‘小偷的弟弟’。”

“小偷的弟弟？”钟灵眼底有一瞬间的惊讶，随即目光变得柔软，悄声道，“你把我当弟弟？”

陶白坦然点头：“虽、虽然我不配当你的哥哥，但是我心里确实将你当作亲弟弟去照顾。在这世上，你算是我唯一的亲人了。”

“傻瓜。”钟灵摇头叹息，缓缓道，“我可从未拿你当哥哥看待。”

“是吗……”陶白吸了吸鼻子，有些失望。

旋即，钟灵紧接道：“但是你在我心里，是比哥哥还要亲密一百倍的人。我决不会让你白受这委屈。”

“你一定不要轻举妄动！你的香粉固然厉害，可与王军相比，又算得了什么？”陶白双手一紧，攥着他的衣领，着急道，“我受的委屈都不算委屈，只要你平平安安，我做什么都无所谓！你明白吗？”

“明白。”钟灵道，“你有你的坚持，我有我的原则。但是我答应你，我不会冲动，不会让自己陷入危险。”

“好……好好好，那我就放心了。”陶白说完，有些疲惫地闭上了眼。

钟灵陪了陶白一整晚，直到天光将亮才离开。

钟灵走后，陶白睁开了眼睛。这一刻，他突然明白“秀色可餐”的真正意思——钟灵的美色可以镇痛。

有他陪在身边，身上的痛和心里的痛，似乎都不那么疼了……

第二日，陶白被京兆府尹提审，提审前，为了让他不要乱说话，先打了他一顿，抽得他几乎分不清东南西北了才给他换了件干净衣裳，拖上了公堂。

公堂外，聚集了不少看戏的人，这些人倒不是对陶白感兴趣，而是对妙香堂感兴趣。

人人都知道，陶白偷走的是妙香堂月底将发布的新香，如果证据确凿，那是不是说明，妙香堂今年不会发布新香了？

陶白出现在公堂之时，一直在人群中搜寻，但见人群中没有钟灵，紧张的心便放了下来。

他其实不大愿意在钟灵面前被审，自己惹的麻烦，他不希望牵扯到钟灵。

“啪！”府尹一拍惊堂木，陶白便被扔在地上。

陶白双腿磕在砖块上，霎时牵动了伤口，磨破了皮肉。他疼得龇牙咧嘴，却不喊一个“疼”字。

“罪民陶白，你既已认罪，本官便念在你坦白从宽的分上，饶你牢狱之刑。即日起，将你流放至睦州，永生不得回京。”府尹的判决果然如兰生所愿，将陶白远远地赶出靖州。

他果然是嫉恨自己！

陶白念及此，突然似想起什么似的，瞬间惊愕抬头，脱口而出：“我若流放，那钟少爷怎么办？”

他气若游丝，声音极小，普通人根本听不到。堂外聚集了不少看戏之人，就算听到了也没有人知晓他口中的钟少爷是谁。

唯独一鲜衣怒马的红衣少年郎闻言，扬起了嘴角，无奈地冷哼道：“死到临头了，竟还想着别人。”

周围围观人群的巨大讨论声将他的不爽淹没。季寒羽想了想，还是决定暂时不趟这摊浑水了。如果那个姓钟的和陶白从此天涯成陌路，那才是他最乐于见到的结局。至于陶白是流放还是关押，都比现在和那个姓钟的不清不楚的关系要好得多。

以后的事情，能帮的地方，他会帮一把。

当天下午，陶白便被戴上脚链枷锁，被两名官差押解送去睦州。

睦州地处景国的西北部，毗邻琉国，属多年战乱之所在，并不适合生活。

陶白倒不怕苦累，也不怕颠沛流离，他怕的，其实是亲人分离，与钟灵再难相见。

陶白不肯再前行，支支吾吾地说要等人。他因踯躅被官差连声呵斥，原本当作充耳不闻，但待他被抬起，双脚踏出城门的那一刻，他的眼眶突然一红，整个人就像是被击垮了一般。

“我是冤枉的……我不想离开这里……我还有一个弟弟需要我照顾！”

陶白真不是软弱的人，他从小到大受的苦楚不少，但没有哪一刻会感到这样无助……他一直生活在靖州，这里有好有坏，有凌厉也有温暖。

最主要的是，这里有他的牵挂。

钟少爷病还没好，自己不在了，他该如何生活？

陶白在官差的督促下步步前行，他边走边回头，可从始至终都没有见到钟灵的身影。

他本以为自己不会这么快被审，也以为自己不会这么快离开，所以钟灵陪了自己一夜，白天应当是在住所休憩。

他没想到阴差阳错的错过，竟让昨夜成了永诀。

季寒羽站在城门底下，四周皆是官兵，原本这里是不让闲杂人等逗留的，但因季寒羽所着衣物，乃贵族世子所穿，再加上背上那把宝剑，一看便身价迫人，便没有人来管他。

他冷冷地看着陶白一步三回头，依依不舍的模样，他知道他在等人。但同时他也希望，陶白等的那个人，永远都不要来。

季寒羽不远不近地跟着陶白，打算走到一处无人之地劫囚，再给官差下点迷药，让他们忘了路途中事。计划很圆满，官差不是他的对手，但是他没想到，自己刚走了十丈，却听身后传来一阵急促的马蹄声——

“圣上有令，因蓬莱仙主驾临景国，颁布仙旨，故而大赦天下，所有犯人皆可免除一级刑罚。”

季寒羽回头，便见一官差踏马而出，疾驰到陶白身边。

陶白和季寒羽皆是一愣。

陶白惊讶之后，便是大喜。而季寒羽却是大惊。

陶白所犯盗窃罪，本已算是轻罪，被赦免后应当是当堂释放。他只当自己重获自由，而那蓬莱仙主是什么人，他丝毫也不关心。

但季寒羽是玄门中人，蓬莱仙主代表的是至高无上又光芒万丈的蓬莱仙岛，是所有玄修中人最向往的地方。蓬莱仙主更是统管蓬莱之人，凌驾于所有仙人之上。

千百年来，没有人去过蓬莱。而从蓬莱驾临的仙人，也屈指可数。而其中，究竟是真是假，也没人说得清。

这一次，蓬莱的仙主驾临景国，实乃不可思议的事情。如果他真的是蓬莱仙主，别说景国国主大赦天下，依照九方公约，其他九国也必定要实行惠国惠民的大好事，轻则减税半年，重则开仓放粮，普天同庆。

季寒羽见陶白已经平安无事，便立即掉头，决定去皇城探一探，那蓬莱仙主究竟长的什么模样……

陶白被带回了京兆府大牢。此时牢房外聚集了不少人，皆是听闻国主大赦天下后赶来与亲人团聚之人。

陶白看着他们一个个被释放，心中放下了悬着的大石——原来大赦天下是真的。

陶白被除去了枷锁和镣铐，本以为自己自由了，但下一刻，他却被人摁倒在地，一个冷冷的声音在头顶响起："你可以走，但是依照规矩，你需要留下些东西，用以区分你与常人的区别。"那声音里不带任何感情，仿佛接下来将要发生的事是一件再寻常不过的事。

对牢役而言再寻常不过，但对陶白而言却是灭顶之灾。

陶白尚在疑惑之际，却见两人分别铐住了自己的双手，而后一人抬起自己的下巴。

牢头将烧热的烙铁在水中掠过，而后印在陶白额头。

"刺啦"一声，陶白只觉额头一热，一股烧焦的肉味冲入鼻腔。

烙铁上的黑炭烟附着在额头，牢头拿起刺刷，在陶白额上迅速地刺下一个篆体的"盗"字，约莫指甲盖大小。

刺痛和灼热交替传来，但肉体的痛却远没有他心上疼痛之万一。

"下一个。"守卫轻轻说了句，看都没看陶白一眼，显然陶白在他心中毫无分量。

陶白心中大恸，回头看了眼排队受刑的人，他突然明白了，大赦天下赦的是自由，可他永远都不可能恢复从前的模样。他是戴罪之身，受了黥面之刑。所有人见了他的刺青，都会知道——哦，他曾是个小偷。

陶白原本想着，自己日后给钟灵置办了房产，再娶一房媳妇儿后，还能回去考科举，但现在……他已经不再是秀才，而是一个有着偷盗前科的罪犯，一个将永远顶着窃贼头衔过日子的人。

他不再有尊严了。

陶白离开天牢的时候，本以为自己是带着愉悦和轻快，却不想看到天上的阳光时，却突然被刺得睁不开眼睛。

"陶白。"不远处传来一道好听而又熟悉的女声，陶白有一瞬间的惊诧。

他原以为自己最想听到的声音是钟灵的，可这会儿传来的幻觉竟然属于陈秋碧。

陈秋碧……真是一个久远到只应该存在于记忆中的人。

“陶白，你怎么弄成这副模样？”陈秋碧的声音再次传来，却不再遥远，而是近在咫尺之间。

陶白抬头，便见陈秋碧站在身前，正满目痛惜地看着自己。

“你怎么来了？”陶白慌忙抬手，遮住了额头的伤痕。

“听说你过得不好，来接你回家。”陈秋碧握住陶白的手腕，像从前那般拿着自己的手绢，一丝丝去擦拭陶白嘴角的污渍。

陶白看着她姣好的眉目，再看看自己一身污浊，更加窘迫，恨不得找个地洞钻进去。

“陶白，对不起，是我来晚了，若不是柳儿告诉我，我还不知你险些就要远去睦州。”陈秋碧眼眶含泪，下一刻，两行清泪便夺眶而出。

陶白的心蓦地一紧。

他最怕看见陈秋碧哭，他曾经指天发誓说：“秋碧，我一定让你过最好的生活，一定不让任何人欺负你，一定不会让你流眼泪。”

那时候的他们好天真啊！

他笃定自己可以做到。

她也完全相信他能做到。

可现实却是如此不如意，它一点点蚕食了陶白的进取之心，也让陈秋碧远离了自己。

陶白在眼泪掉下来的那一刻转过身，道：“夫人，男女授受不亲，您还是不要理我了。”

“陶白，你我从小就是如此，又何须介怀？”

二人的对话引来四周人群驻足，不一会儿，陈秋碧的夫君便闻讯而至，见了陶白，第一句话便道：“贤兄，你若缺钱跟我说便是，何苦……何苦弄成这个样子？”言下之意就是：“你若缺钱，我可以给你，你何必去偷？”

陶白双拳紧握，连辩解的话都不屑说。

他是什么人，陈秋碧和宋冠廷很清楚，自己哪里会去偷东西？

他这样不过是想在陈秋碧面前驳自己的面子。

陶白只觉得宋冠廷在这时候踩自己一脚实在是没什么必要。他不可能再跟他争陈秋碧，她爱的人也不再是自己，他何必将自己当成敌人？

可是……他说的是事实啊！

陶白泄气地放开拳头，发现自己连反驳都毫无力气，一举一动都显得那么苍白。

“我没有偷东西。你们离我远一点，莫让旁人看了笑话。”陶白说完，扬起嘴角，给了他们一个大大的笑容，同时，放下了额上遮遮掩掩的手，露出了他面部的刺青。

他们早就知道一切了，不是吗？

自己遮遮掩掩的是为哪般呢？

陶白苦涩一笑，淡淡道：“我走了，还有人在等我回家。”

“陶白……”陈秋碧本还想说什么，但她被宋冠廷拉住了。

宋冠廷道：“陶兄，如果有困难，尽管跟我说，只要我能帮得上忙，我一定不会推辞。”

陶白背对着他挥了挥手，笑道：“好好对秋碧，只要秋碧幸福，我没有旁的愿景。”

“你放心，秋碧是我的妻子，我一定不会负她。”宋冠廷揽住陈秋碧的手臂，爱护之心溢于言表。

陶白长舒了一口气，拖着沉重而疲惫的步伐，一步步远离了他们。

傍晚，钟灵算准时辰，在家门口置了一方火盆，准备好了柚子叶，烧好了洗澡水，安心等陶白回家。但临到半夜，仍是没有等到陶白。

这还是陶白第一次没有按时回家。钟灵心头不安，终是忍不住，披了斗篷，执了一盏素纸灯，沿着往大牢的方向去寻找。

钟灵来回走了三次，却始终没有见到陶白的身影。寻了沿路的摊贩去询问，也没有人说自己见过他。

钟灵彻底急了。

陶白能去哪里？

“哟，这不是钟少爷吗，你终于肯出门啦？我还以为你只会窝在家里，等着陶白给你穿衣喂饭呢！”季寒羽怀抱两名美姬，站在钟灵身前一丈处。

钟灵天人之姿，在人群中十分惹眼。季寒羽看了他许久，见有一群地痞流氓跟了他一路，正打算动手时候站了出来。他巴不得钟灵被地痞无赖欺负，但他这一副紧张的模样，又让他有些奇怪。

莫不是陶白出事了？

钟灵不理他，径直绕过他去了别处。

季寒羽从兜里解下钱袋，给了两名美姬，便跟着钟灵，在他耳边不住道：“你去哪儿？是不是陶白出事了？”

“你见过他？”钟灵听出了他语气里的疑惑，猜出季寒羽今天一定见过陶白。

季寒羽大方点头道："下午我去城外送过他，但还没走几里，便有圣上大赦天下的旨意，我以为他没事了就离开了。"

"你为什么不把他带回来？！"钟灵蓦地大怒，提起季寒羽的衣领，眼神中迸发出惊天杀意。

"我为什么要救他？"季寒羽一愣，拍掉钟灵的手，失笑道，"何况，既然你那么关心他，为什么自己不去送他？"

"我……"钟灵闻言，才觉得自己似乎有些过了。

季寒羽没有义务保证陶白的安全，他们萍水相逢，甚至还有旧仇，他又如何要求季寒羽救陶白？

钟灵放开季寒羽，拾起灯笼，重新拿出火折子点燃，便继续去寻。

季寒羽看着他清冷的背影，动了动自己的肩膀，突然觉得，钟灵的身手或许比他的香粉还要厉害。

如果上次被他用香粉迷倒是巧合，可如果正面较量自己能赢吗？

季寒羽背后的长剑再次铮铮作响，季寒羽叹了口气，道："我知道不该靠近他，但这次情况特殊，以后我一定不会与他来往。"

季寒羽好似自说自话地说完，追上了钟灵，问他："陶白失踪了？"

钟灵自顾自地走，并不搭理他，但从他的眉目来看，自己猜的并没有错。

季寒羽道："我跟你一块儿找。"

钟灵仍是不理他。

季寒羽不由分说，从怀里摸出一个玄清宗的信号弹递给他："如果找到陶白，给我报个信。如果我先找到了，我也会通知你。"

钟灵看了他一眼，没有接，直接离开了。

"呵，这么自信？"季寒羽气得跳脚，但也知道现在不是与他计较的时候，便收起信号弹，往钟灵相反的方向走了去。

下半夜，季寒羽在城外的树林里找到了陶白。倒不是他与陶白心有灵犀，实是因为陶白将赴睦州时，他便在陶白的身上下了千里香。无论陶白走到哪里，他都能寻着千里香独有的香味找到他。

这是他没有告诉钟灵的。或许他打心眼里就不希望钟灵找到他，更别提主动告知陶白的行踪了。

季寒羽找到陶白的时候，陶白正双手抱膝，坐在溪水边的一块石头上。他将脸埋在双腿之间，背影看上去有些沮丧。

季寒羽觉得眼前人更加像从前的自己了。

虽然陶白年长自己几岁，但他为人处世竟还没有自己一半成熟。

季寒羽叹了一口气，走到他身边，拍了拍他的肩："你怎么在这里？"

陶白惊愕抬头，似乎全然没想到这荒郊野外会有人出现，而这个人还能算得上是熟人。

"你怎么来了？"陶白的眼眶红红的，脸上还留着未干的泪痕。

季寒羽再次叹息道："同是天涯沦落人，我不问你的过去，你也别管我。"

"哦……"陶白闻言，想一想还真是，便点了点头，再次埋下头去。

"你真的就什么都不问了？"季寒羽失笑道。

陶白抬头，一脸懵懂："你想要我问什么？"

"你不觉得我们很有缘吗？"

陶白摇头："不觉得。"

季寒羽出现之后总没好事，第一次遇到他，害得水笙狂躁；第二次疫症所化为了灰烬；第三次他锒铛入狱。而这是第四次……他不敢想象接下来会发生什么。

“你怎么一副吃坏肚子的表情？我有那么讨人厌吗？”季寒羽无奈道。

陶白漠然地看了他一眼，本想转过头，不搭理他。季寒羽却先他一步，抬起了他的下巴，盯着他的额头，不解道：“他们对你用刑了？”

陶白眼眶一红，一把打掉他的手：“如你所见，从今往后，我是个人人喊打的窃贼了。不管我有没有做过，这个刺青将永远留在我的脸上！”

“你很在意它？”季寒羽蹙眉道。

“难道我可以不在意？”陶白更加愤怒，紧接道，“它是我人生的污点，一个根本不属于我，却被人强加在身上的污点！”

“如果你不在意，那它就不是污点，如果你很不希望看到它，大可以将它遮起来。”季寒羽说完，从怀中拿出一只锦囊，锦囊里，是一条抹额，抹额乃绛红色锦缎，其上有玄色花纹，抹额正中有一块羊脂白玉。

季寒羽将抹额系在陶白额间，恰好遮住了他的刺青，他笑了笑，柔声道：“你看，这样就看不到了。”

陶白抚摸着额间的锦缎，柔滑的质地是他从未碰触过的上好的绸缎，看得出造价不菲，绝不是一般人能拥有的。

“这太贵重了，我不能要。”陶白说着，欲将抹额摘下来。

“送给你了，”季寒羽制止道，“这样的抹额我有一万条，不必放在心上，只不过……”

“只不过什么？”

“只不过这白玉最好取下来，它会给你带来灾难。”季寒羽说完，手上用了几分气，那白玉便从锦缎上脱落。

再华丽的锦缎也只是锦缎，白玉却是他难以消受的。季寒羽将白玉收回囊中，陶白才放下了心。虽然他还是很难过，但来自陌生人的关怀让他好受许多，往后若戴着抹额，或许也不失为一个好法子。

“你为什么这么帮我？”陶白沉下心后，呆呆地看着他。

他实在不记得自己与他有什么过多交集。按照正常人的逻辑，他怎么会三番五次地出现在自己面前？

季寒羽在陶白身边坐下，眼前是涓流而过的小溪，头顶是一望无垠的璀璨星空，身边是红着眼睛，一脸被欺负至极的男人，一个长得很好看，让人打心眼里觉得心疼的人。

“因为你长得很好看啊！”季寒羽毫不掩饰心头的赞许，嬉笑道，“你很好看，让人想要去保护。”

“只是因为这样？”陶白惊讶，“比我好看的人太多了，钟少爷就很好看！”

“呵，钟灵？他在我眼里属于青面獠牙那一类。”

“你怎么会这样想？”陶白不悦道，“钟少爷是这个世界上最好看的人，最好看最好看的人！”

他的强调对季寒羽来说没有丝毫的说服力，季寒羽冷冷道：“你对钟灵的感情是我最赞许的地方，你跟我很像，都有一个想要去保护的人。但是那个人却高高在上，完全不将我放在眼里，就像钟灵对你一样。”

“才不是！”陶白争辩道，“钟少爷对我很好，如果没有他，我早就死了！”

“是吗？你太天真了！”季寒羽眯起眼，“咱们要不要打个赌，赌他一旦找到更好的奴仆，他就会毫不犹豫地将你甩掉。”

“你说谎！钟少爷才不是这种人！”陶白说完，突然顿住了，他呆呆地看着季寒羽的身后。

季寒羽注意到陶白的不对劲，刚一转头，却迎来了钟灵毫不犹豫的一拳。“嘭”的一声过后，季寒羽只觉得鼻头腥甜，再一抹，便是一手鲜血。

“你不是说找到陶白会立刻通知我吗？现在又是在做什么？”钟灵满含怒气，提起季寒羽的衣领，将他整个人拎了起来。

季寒羽冷笑一声，耸肩摊手道：“是你自己说不需要，我就以为你不在意了。”他说完，刚想拔剑，却又是“啪”的一声脆响，钟灵毫不犹豫地给了季寒羽一巴掌。

季寒羽恼怒不已，刚想奋起反击，却发现自己全身一软，软软地倒了下去，随即就跟上次一样，整个人都被抽干了力气。

“你……阴险！”季寒羽气得呕血，却不能做什么，只能眼睁睁地看着钟灵走到陶白面前，怒气冲冲地看着他。

钟灵的眼神里迸发出的怒意，比看自己时还要多百倍。季寒羽甚至有点怀疑，难道钟灵想杀了陶白不成？

钟灵一步步向陶白走去，陶白还是第一次见到钟灵这样生气，他瑟缩着，苍白地辩解：“我只是心情不好，我只是出来散心……”

“散心？”钟灵眯起眼，一巴掌打在陶白面上，陶白歪着头，还没反应过来，紧接着钟灵又扯落了他额间的锦缎。

看着陶白白皙的面上陡然出现的“盗”字刺青，钟灵在心痛之余，更多的是愤怒。他一把拎起陶白的衣领，将他带至溪水边，朗朗道：“记住这一刻的屈辱，它能使你强大！逃避不是办法，迎难而上才是根本！你不能再软弱下去！”

陶白眼眶再次通红，豆大的眼泪夺眶而出，一颗接一颗，落在水中。他不说话，任由钟灵打骂。

“你不觉得自己太过分了吗？”季寒羽在一旁看着，很想帮助陶白，但喉咙里只能发出软弱而细小的声音，“陶白才刚出狱！他是受害者！”

“所以呢？”钟灵冷冷道，“像呵护婴儿一样去呵护他，就是为他好吗？你看看他现在的样子，根本是个废物！连女人都不会像他这样哭！”

钟灵说完，放下陶白的衣领，陶白整个人无力地跌在地上。

他呆呆地望着钟灵，在满月的银白光芒下，钟灵的眼睛里只有鄙夷。无垠夜空撒满星星，他只觉得自己渺小而无足轻重，就连自己唯一的亲人都看不起自己。自己真是太失败了。

就在这时，陶白突然注意到钟灵的双脚——他的脚上只有一只鞋，光着的那只脚上满是大大小小的伤痕，流血的伤口上甚至还沾满了泥土。

“钟、钟少爷，您的脚怎么了？”陶白倏尔抬头，停止了哭泣，心中的疼痛瞬间比刚才还要多，“您为了找我，将自己弄成这副模样？”

钟灵不说话，冷眼看他。算是默认了。

“你快坐下！我帮你清理。”陶白急忙走过去，一手抱着他的双腿，一手拉着他的衣袖，让他坐在溪边。

陶白撕下自己的衣裳，在水中打湿，一寸寸地清洗着钟灵脚上的伤口，而后脱下自己的鞋子，刚想给钟灵穿上，但一见这鞋上沾满了污泥，又决定放弃，而是整个人将他背在背上，急道：“对不起对不起，都是我的错。我不会再让你担心了，我这就带你回家！”

说完，他稳稳地背起钟灵，往树林外走。

“陶白，你有没有良心？”季寒羽张大了眼睛，看着他们离去，急切地呼救道，“我怎么办？喂——！”

季寒羽虽然在大声地呐喊，但陶白却充耳不闻。钟灵带着自负的笑意回头看了他一眼，便安稳地趴在陶白肩头，享受着陶白的好。

——你看，陶白在意的是我。

如果眼神能杀人，季寒羽已经死了千百次。

同样，如果季寒羽的眼神能杀人，那么钟灵也一定活不了……

二人一路没说话，钟灵将下巴枕在他的脖颈，不一会儿就睡着了，陶白能感觉到他微热的体温和柔软的双唇。若在平时，他一定会脸红到耳朵根，但今日，除了心疼和自责，他没有旁的情绪。

晨光熹微，空气清新，路上行人稀少。回到家的时候，钟灵准备的火盆里的炭火已经熄灭，洗澡水也已经凉透了。但就算如此，陶白心中的暖意也仍似不断地涌出。

陶白暗暗发誓，以后绝不会让钟灵失望和担心了。

陶白重新烧了热水，为钟灵洗脚更衣，盖好被子后，本想轻手轻脚地离开，却不想刚转身，钟灵便拉住了他的手腕："不准走……不准再消失……"

陶白挣扎了几次，见他眉头紧皱，一直说胡话，心头又是一酸，再一摸他的额头，发现他额间温度滚烫，整个人也泛着一股红晕，才惊觉他在野外寻了自己大半夜，着了凉，发起了高烧。

陶白更加自责，只觉得自己简直是十恶不赦，明知道钟灵担心自己，明知道钟灵有病在身，却还因自己那微不足道的自尊心害他病上加病，他真恨不得一死了之以解恨。对钟灵的内疚，已经掩盖了他内心所有的不如意。

陶白衣不解带在床边照顾了他一夜，端茶递水擦汗换毛巾，直到西市开业，他才赶忙出门找大夫。

陶白不放心贫民窟的赤脚医生，便找了城内赫赫有名的大夫。大夫上门为钟灵医治之后，开了一堆的药，这几乎花光了陶白所有的积蓄，但是他连眼睛都没有眨过。再多的钱财也没有钟灵重要。

当天，季寒羽到了下午才恢复力气，在河边吹了一整夜的风，又暴晒了半日后，整个人浑浑噩噩，循着陶白的香味，敲响了陶白的大门。

“咚咚咚……咚咚咚……”

陶白闻声，从窗户上往下看，便见季寒羽铁青着一张脸站在门外。他这才想起昨夜自己似乎将他忘在了荒郊野外，心中又是好一阵内疚。

陶白连忙下楼打开门，季寒羽见到陶白人畜无害的脸，想发火却没有力气。他只觉自己恍恍惚惚，下一刻，便两眼一黑，直直向陶白倒去，再不省人事。

季寒羽也病了。和钟灵一样，高烧。

陶白本想将他放在钟灵的床上，但转念一想，这两人明显的火药味，便将他背回了自己的房间放在床上，脱去外衣，盖上被子。

同样的药煎了两份，让二人服下后，陶白便回了钟灵的房间，守在他的身边。

一整夜，陶白都有些恍惚，他其实还没有被人这样对待过。

过去不论顺境还是逆境，他身边只有陈秋碧，而后陈秋碧离开了，他就只剩一人了。钟灵和季寒羽认识时间不算长，但他们对自己的关心他能明显感觉得到。如果可以，他甚至愿意拿命去还他们的情。

可是他也知道，钟灵不需要自己的命，他希望自己能珍惜自己的命。至于季寒羽……此人太神秘，不做评价，只等他病好了，还是早早远离了好。

陶白想着想着，便沉沉睡了过去，等他再醒来的时候，便发现已经躺在了钟灵的床上。钟灵则坐在窗户边上，手里正翻看一本书。

天光大亮，已是第二日晨。

“钟少爷，您怎么就醒了？我……”陶白大惊，慌忙下床。

钟灵看上去面色已经大好，微敞的领口露出白皙的肌肤，已经没有昨夜泛红的迹象。钟灵点了点头："我看你太累了，就抱你上床睡了。"

"哦……谢、谢谢！"陶白搔了搔头，面色一红，"我去给你煎药。"说完，飞快地跑下了床。

陶白将风寒药煎了两碗，先送了一碗去钟灵的房间："钟少爷，虽然您退烧了，但药还是得继续喝。"

钟灵点了点头，没有拒绝。

陶白将药碗放在嘴边吹了吹凉，才递给钟灵。钟灵喝完，他才端着另一碗药出门。

"你去哪儿？"钟灵不解。

"季公子病了，我给他也送一碗去。"陶白说着，端着药进了旁边的屋子。钟灵眼睛蓦地张大，一路小跑进了陶白的房间，果然见着季寒羽穿着雪白的亵衣睡在床上。

他眼带迷蒙，显然才刚醒。

"他怎么会在这里？"钟灵指着季寒羽问陶白。

"他晕倒在家门口，我见他生病了，便让他住在这里。等他病好了，我就让他走。"陶白如实回答。

季寒羽哼了一声，没力气说话，但是眼神里却狠狠地剜了他一刀，好似在说："你能拿我怎么样？"

钟灵冷笑一声，转身走了出去。

陶白放下药，道了句："你自己喝吧，小心烫！"说完，立即跟着钟灵跑了出去。

钟灵回到房里，倒也不见得有多生气，只是面色有些阴冷。不管陶白跟他说什么，他都充耳不闻。

陶白其实能理解，季寒羽是害了疫症所所有人的罪魁祸首，连自己都不喜欢他，何况是钟灵？

但是他也知道，季寒羽的所作所为，站在九方术士的角度，是能理解的。他只能将他当作陌生人，权当作上天有好生之德罢了。

季寒羽在陶白家中将养了三日，终于在钟灵杀人的目光中，准备离开了。

二人身体不错，恢复很快，陶白送他离开时，季寒羽突然回头，问他："你想不想跟我走？"

陶白一愣，还没回答，季寒羽接着便摆了摆手："我开玩笑的，你当我没说过吧。"

季寒羽背负长剑，绯色的背影在夕阳的映衬下竟显得有些寡淡。陶白不明白他的意思，季寒羽也不会告诉他，他驻足片刻，便真的当作没听见一般，回了屋子，继续洗衣煮饭煎药。

陶白将米缸里最后一点米煮成粥后端进了钟灵房里，钟灵原本微闭着眼睛单手撑头，在桌上小憩，见了陶白后，便身体向后，懒懒靠在墙上。他的眼神澄澈如平静的湖水，整个人笼罩在孤高的清俊里，安静又平和。

但是紧接着，却说出了让陶白内心大恸的话来："你可以跟季寒羽离开。"

陶白蹙眉，断然拒绝道："我不想跟他走！"他以为钟灵生气了，立即赶到他身边，拉着他的手说，"我只想好好照顾你，不想去别的地方。"

钟灵眉目一柔，道："季寒羽不是普通的九方术士，他身上那柄剑，曾经在九国引起过纷争。他能保护他的剑，足以说明他不简单。"

陶白疑惑了，看钟灵这副模样，似乎并不是在闹脾气。

钟灵接道："他是天玑山玄清宗的弟子，而玄清宗，是九国内数一数二的玄修大派，如果你跟他走，他不会亏待你。”

陶白沉默了半晌，问他：“什么是玄修？”

这下轮到钟灵哑然了，他怔怔地看了陶白半晌，便拿起筷子敲了敲碗，道：“吃饭。这个问题以后再说。”

“哦……”陶白听话地点了点头，夹了一些蔬菜放在钟灵碗里。

接下来直到陶白离开，钟灵都沉浸在异样的安静里，让陶白觉得，自己是不是又哪里做得不好，惹他生气了？

陶白必须出去找工作了。

经此牢狱之灾及钟灵大病一场，他已经花光了所有积蓄，再不出去找工作，他和钟灵将被房东赶出去，再次露宿街头。

下午，陶白走在路上，一路来都有人对他指指点点，其中以女人居多。

“看，就是那个人，他偷了妙香堂的新香谱，害得兰掌柜被责罚。”

“这样一来，今年岂不是买不到新香了？我为此可存了两年的银子！”

妙香堂在景国闻名遐迩，在女子中更是颇得认同，陶白之人几乎已经与妙香堂一样出名。

大家都知道妙香堂出了个叛徒，还是一个长得很好看，平日里老老实实的叛徒。

“真是人不可貌相。”女子掩嘴摇头，眉宇间尽是鄙夷。

陶白遮遮掩掩，试图挡住额间的刺青，但是他的模样仿佛深深印在了别人心上，挥之不去。

陶白没有再去西市，他从旁人的眼神里已经读到，不会再有人雇用自己，他不可能再在西市立足。

他去了码头，申请搬货。去过工地，申请搬砖，但是老板看了他的刺青没说什么，但见了他的身子板，便道："你不适合这份工作，不过我给你指一条明路，在东市的百花街有一男馆，你不如去那里试一试。"

陶白面色噌的一下就红了。

百花街他很熟悉，从前科举之前，总有士子相邀结伴，去那里吟诗作赋，顺便与一杨柳细腰、美艳绝伦的娘子产生一段姻缘。他去过一次，被人当作了陪酒的姑娘，便再也没去过那种地方。

他是男人！饱读诗书的七尺男儿！

倒夜香也比出卖色相好！自然不去。

陶白垂头丧气地回家，路过衙门，见到告示牌上贴了一张明晃晃的大字报，其上用朱砂写了几个大字：大赦天下。

大赦天下的理由与那日官差所说差不多，但也有所出入。

原来蓬莱仙主并没有来景国，他只是派仙使传达了仙旨，旨意中言：三年后的九月初九，天梯将打开，迎接五名最优秀的玄修者上达天厅。为此，九国同庆，依照九方公约，诸王皆大赦天下。

原来这个世界真的有神仙，真的有蓬莱仙山。

陶白突然有些羡慕玄修者了。传说中的蓬莱属仙山琼岛，其上之人生命无限，不受轮回所苦，那个蓬莱仙主，就是那样的人吗？能去到蓬莱的凡人，以后便算是得道飞升，位列仙班了？

真好！

陶白打心眼里为这些人高兴。

回去之后，他将这件事当新闻告诉钟灵，钟灵听完，只淡淡道："你想成为玄修者吗？"

“不想。”陶白摇头，“我知道自己是什么人。我只想做一个凡人，平平安安地过完一生。”

钟灵脸色更加冷淡，道：“那你听了玄修者的事，为什么这样高兴？”

“你不高兴吗？凡人可以成为仙人，这本该存在于神话故事里，可却成了真！我由衷地为他们感到开心和骄傲，我祝福他们前程似锦、平步青云。”

“该高兴的是那五个人，我高兴什么？你又高兴什么？”钟灵冷笑道，“还有你，今天没有收获，对不对？”

陶白哑然，点了点头：“我明天再出去找工作。”

钟灵毫不犹豫地继续说道：“你连饭都吃不饱了，还羡慕别人做什么？他们需要你的祝福吗？他们不需要。”

是啊，自己都已经沦为过街老鼠，还有什么资格祝福旁人？理当该担心自己才是。

六月底，离妙香堂发布新香的日子只剩三日。这段日子，妙香堂一直停业。

市井皆传言，因陶白偷盗了新香，妙香堂今年不会发布香品，而根据景国香会的规矩，连续五次拔得香会头筹，便是景国御用的大香师。

阮烟萝在景国已经参加了数届，已经蝉联多次头名，御用大香师的名号已经持续了三届。而这一次，如果她失败，虽然不会让她失去大香师的名号，但在香业中，这无异于坐实了她江郎才尽的传闻。

有人猜测，是阮烟萝自己设了局，就为了在发布新香这一日，有借口顺利逃过，所以嫁祸陶白。但阮烟萝的拥护者却说：“此次香会关系着三年后蓬莱选拔大会上，与圣上一起出行的人选。阮掌柜不会想要错过这次机会，她一定会反败为胜。”

大家都为她捏了一把汗。

发布新香这一日，阮烟萝一直没有动静，直到太阳西沉，香道会场最后一位斗香人离场，才见她穿着月前准备的服饰，盛装而行，娉婷妖娆地出现在香道会场。

一出场，她便引来所有人的侧目。阮烟萝的身上有一股特殊的香气，不同于在座任何人，也不同于过去的任何一种香。她整个人被包围在一股淡淡的光华里，众人定睛一看，才知晓，这样的光华来自于她手中的香炉。

香炉氤氲烟气,但是烟气被阳光一照,近似透明蒸汽,又似乳烟,缭绕芬芳。

“灵虚心香,是我研究多年的香品,由于新香被盗,我只能祭出十年藏香。”阮烟萝将香炉置在贡台上，摇着羽扇，让香味在空气中传播开来。

她一边摇扇，一边道：“灵虚心香在制作上，要求甲子日和料、丙子日研磨、戊子日和合、庚子日制香、壬子日封包窨藏，窨藏时要有寒水石为伴。不及则成效难求，过火则性味反失。窨藏过程错过一分一秒都不行。所以……抱歉各位，我来晚了。”

阮烟萝的香获一致好评，几乎没有任何悬念地拿下了当次香业大会的头魁。大香师的名号得以保留，江郎才尽的传闻不攻自破，陶白的处境更加糟糕了。

陶白从香道会场出来，便被人认出，砸了一脸的臭鸡蛋：“你个小偷，竟还好意思出现！阮掌柜养了你这么只白眼狼，真是倒了八辈子的血霉！”

“我没有偷东西！没有！”陶白的解释苍白且无力。连他自己都不知道该怎么辩解。

他唯一的出路是阮烟萝拿不出新香，自己或许成了一个挡箭牌。但现在，阮烟萝拿出了上好的香品，甚至超过了往年所有的香料。自己偷盗的行为成了板上钉钉，不容置疑。

陶白走在路上，不时被人扔菜叶、吐口水，他很想冲上去，给那些人一拳。可是他做不出来。他也打不过别人。

“啧啧啧，你怎么搞成这样？”

身前传来一道熟悉的声音，陶白抬头，便见季寒羽正嘴角带笑，看着自己。眼里的同情溢于言表，却没有过多的真实感。

他不是真的同情，他只是在看自己的笑话。

陶白不理他，只顾着扒下自己额头的菜叶，将它收好放进兜里。

“你在干什么？”季寒羽目瞪口呆地看着他。

“看不出来吗？这是我今天的晚饭。”陶白满不在意地笑了笑，从他身边绕过去。离开。

“你是不是疯了？”季寒羽一把拉住他，将他兜里的菜叶掏出来扔在地上，怒道，“这些东西猪都不会吃！”

“季大公子，您从来没有住过贫民窟吧？”陶白抬头，看着季寒羽，一字一顿道，“你住过漏雨的房子，吃过垃圾堆里的食物吗？这些再怎么脏，煮一煮也就好了。”

“……”季寒羽惊诧。

陶白接道：“你看不上的东西，在我眼里却有极大的价值。请您让开。”他说完，推了季寒羽一把，把他踩烂的叶子重新捡起来，重新放在兜里。

这时，钟灵从转角处走出，他见了季寒羽，面色便低了十几个温度。但他仍然没打算理会他。

钟灵看向陶白：“你很晚没有回来，我担心你。”

陶白摇了摇头，微笑道：“我去买菜了。”

钟灵看着他，还有他怀里的菜叶，没有拆穿他，点了点头，道："辛苦了。我们回家。"说完，便转身离开。

陶白几步跟上钟灵，不停地在他耳边诉说着今天的稀奇事。

他告诉他："阮掌柜好厉害，她的香品让我望尘莫及。可是她的管家兰生真不是个东西！若不是他，我也不会落得现在这个样子。"

钟灵不置一词，帮他擦了擦额头和手上的脏污，安静地听他说。

二人走远后，季寒羽仍抱着双手，"嘁"了一声，直到他们消失在拐角，才啐了一口："还真是个油盐不进的呆子！"

回到家，陶白将菜叶反复清洗，剁碎，煮了一锅蔬菜粥。钟灵有贵族气质，但无论陶白做什么，他都吃。

陶白看着钟灵一口一口细嚼慢咽，突然知道自己为什么跟这样的人相处起来没有任何的距离感了。

季寒羽一看也是世家公子，但是他是个高高在上，不会将菜叶吃进嘴里的人。但是钟灵，他有世家贵族的气质，却不会鄙夷任何穷苦人家的东西。他只是长得比自己好看，有着贵族的身子，却没有贵族的心。

这或许与他的经历有关。

陶白想起阿音说的故事，虽然离奇，但有一点肯定没有错。那就是钟灵曾经出生在条件优渥的世家，只不过家道中落了……

第二天，靖城大街小巷都流传着这样一件事：东市的百年老茶铺与妙香堂达成合作，收了阮烟萝除进贡给皇室的所有心香，做成心香茶饼。

广告词是这样写的：一盏新茶，一缕轻烟。清香一室，心香千里。

据说订单已经排到了三年后。

相比妙香堂的门庭若市，陶白的家中无疑一贫如洗。他们已经快要揭不开锅了。

当天，陶白出门，又收到了一大堆的烂菜叶和臭鸡蛋。当他发现这样也能养活自己之后，索性在找到工作之前，日日去妙香堂前，让大家发泄自己的情绪。他已经从屈辱中升华，领悟了生命的真谛——活下去，不惜代价地活下去。为了钟灵，也为了那些死去的孩子，他要带着他们的份，坚强地活着。

季寒羽原本得到门派飞鸽传书，令他即刻回去，但他一连三天都鬼使神差地来到妙香堂，一连三天都看见陶白将自己当作菜篮子，终于忍不下去了。

季寒羽走上前，拉住陶白的胳膊，问他："你究竟想干什么？"

"活着。"

陶白淡淡道："如果向我扔垃圾可以发泄他们的怨气，我无所谓。"

"你就这么窝囊？任由他们打骂？"季寒羽不可思议地看着周围的人，但见他身负长剑，再无人敢上前欺凌。

陶白不说话，季寒羽又道："你总不至于像这样过一辈子？"

不想。

可是他能怎么办？

他现在根本想不到更好的办法。

"也难怪你怎么都考不上，读那么多书有什么用？一根筋！"季寒羽一脸的恨铁不成钢。

"你调查我？"陶白倏尔抬头，蹙眉道。

季寒羽大方颔首："我对你很好奇，调查一下怎么了？"

"你想干什么？"

"我想带你走。"

陶白看了他半晌，断然摇头，甩开了他的手，“我不走，我不会离开钟少爷，我也不会离开景国！”

“哟，看不出你还挺爱国。”季寒羽调笑道，“也罢，你不跟我走我不怪你，但至少，我会帮你查出真相。”

在陶白惊讶的眼神中，季寒羽郑重颔首，道：“今夜子时，在妙香堂后门等我。切记，不要声张！”

“你想怎么做？”陶白问。

“冤有头债有主，谁害你，咱们找谁。”

陶白眼中虽然有明显的怀疑意味，但眸子里却出现了久违的光亮——那是一种对未来的期冀。

如果他可以找出真相，他能让自己昭雪，他还能像以前一样，代写书信，甚至找一份好的工作，那比当过街老鼠实在是好太多了！

当天夜里，陶白等钟灵睡下后，便轻手轻脚地出了门，直奔妙香堂。

妙香堂是二层井字结构，一面大堂即是店铺所在，另外三面都是仓库，中间一个天井。天井中，有一方巨大的鱼池，鱼池里只有一尾鱼，终年摇曳着巨大的彩虹尾，妖娆而冷艳，就像阮烟萝一样。

陶白在妙香堂待了一个月，没有见过人喂鱼，兰生也不让人碰它。

季寒羽带着陶白跳进天井，第一眼见到的就是这口鱼缸。

“这鱼真好看！”季寒羽忍不住称赞道。

陶白点头：“妙香堂最宝贵的是香，第二宝贵的就是这条鱼了。这是阮掌柜的风水鱼。”

季寒羽不置可否地冷笑了笑，随即带着陶白一间屋子一间屋子地去找，但将一楼的仓库翻了个底朝天，也没有找到任何线索。

二楼是阮烟萝的寝室，以及一些香童的房间，兰生的房间则在西北边。

“既然冤枉你的是兰生，我们直接去找他。”季寒羽眼眸中寒光一闪，便让陶白带路。

陶白从前觉得私闯民宅不好，但一想自己已经被他害成这样，已然没有害怕的道理，便带着他上了楼。

兰生的房间从外面上了锁，陶白“咦”了一声，压低了声音道：“睡觉的时候，你会把自己锁在里面吗？”

季寒羽摇头：“我就算想，也做不到吧？锁门之后从窗户爬进去？”

“也是。”陶白点了点头，“现在该怎么办？”

“能怎么办？砍掉它！”季寒羽说完，从背上抽出长剑，一剑砍向铜锁。

陶白刚想让他不要冲动，生怕这个声响会吵醒其他人，但是季寒羽的剑到之处，铜锁连声音都没有发出来，便化成两截。

季寒羽眼疾手快，捧起掉落的锁，整个过程行云流水，没有动静。

陶白终于知道什么叫削铁如泥了。

在陶白的目瞪口呆里，季寒羽做了个“嘘”的手势，然后轻轻推开门，走了进去。

陶白原以为兰生是不是做错了事，被阮烟萝关起来了，但从房间里清冷的意味，还有四处可见的白布看来，这里已经很久没有人来过了。

兰生呢？

陶白和季寒羽面面相觑，借着微弱的火折子开始搜这间房间。

柜子里兰生的衣服都在，梳妆台上有他最爱的发带，床头还摆着他看了一半的书。怎么看都不像是出远门的样子。

二人看了一圈，没有什么发现，季寒羽做了一个撤退的手势，便带着陶白一前一后出了屋子。

后院里，静静的水声流淌，二人坐在池边，大眼瞪小眼。

——“兰生呢？”

——“我怎么知道？我甚至没见过他。”

二人的眼神交会，都是满眼疑惑。今晚夜探妙香堂，几乎是无功而返，什么都没有找到。这跟原计划不符。就在这时，陶白突然定定地看着鱼池中的一个闪光点，与月光交相辉映，发出丝丝金光。

陶白定睛一看，认出来了，那不是旁的，正是兰生当宝贝一样的尾戒。他每日无论在做什么，都会摩挲这枚戒指，所以陶白几乎可以肯定，鱼池里的就是兰生的戒指！

但是……戒指下面是什么？

陶白整个人往前探去，想要仔细看看，他拿出火折子，对准了戒指。他的脸几乎就要贴到水面。

他这时终于看清了，那是一节骨头。

人类的小指骨。

“哗啦——”一声，陶白眼前出现了一个巴掌大的嘴，嘴里满是尖牙。眼见那嘴马上就要咬到自己，陶白突然觉得自己被拉了上去。

陶白惊魂未定地看着水面，才发现刚刚是那尾鱼的嘴巴，正打算咬自己！如果不是季寒羽，自己的鼻子怕是保不住了。

“你怎么了？不要命了？”季寒羽蹙眉，压低了声音骂他。

陶白颤抖着指着水中的戒指，道：“那是兰生的戒指，他……他一定是被鱼吃了！”

“说什么胡话！鱼怎么会吃人！”季寒羽说完，阮烟萝的房间里突然亮了灯，她似乎察觉到了什么，正打算出来。

季寒羽看了一眼，低声道：“走！”

陶白不依不饶，道：“我一定要拿到这只戒指，我会证明给你看！”

季寒羽见他有些轴，立刻御起剑，将那戒指和骨头捞起来，剑气过处，还不小心斩断了鱼的尾巴。

季寒羽一手握着戒指和骨头，一手拎起陶白，闪身飞出了妙香堂。

长剑似有生命一般，跟着他们飞出了院子，最终回到了他背上的剑鞘中。

季寒羽和陶白回到家的时候，已经五更天了。家里灯火通明，一楼大厅中，有一个孤清的人影映在窗户上。他仍用最舒适的姿势在看书。

陶白觉得，钟灵是除了自己外，他见过的最喜欢读书的人。他什么书都看。

陶白知道，自己离开一夜的事没有逃过钟灵的双眼，索性也不打算隐瞒，带着季寒羽走进屋去。

钟灵看着他们，再懒懒地瞥了一眼燃了一半的香，道：“你离开了十炷香的时间，是不是该解释一下？”

“我……”陶白刚想坦白，却听季寒羽不耐烦地打断道：“解释什么呀？他又不是你的奴隶，去哪儿还要跟你报备交代？”

“这里不欢迎你，请你出去。”钟灵淡淡说完，继续看向陶白，“等他走了，我再听你说。”说完，钟灵便再次拿起书，风轻云淡地翻看着。

陶白看了看季寒羽，季寒羽抱着双手，同样看着陶白。

陶白搔了搔头，沉默了半晌，终于开口道：“季公子，今天太晚了，要不然……”

“啪！”季寒羽一下抽出长剑，拍在钟灵眼前的桌上。

钟灵眼睛都没有眨一下。

季寒羽大怒道："我陪你忙活一晚上，你就让我这样走了？！"虽然话是跟陶白说的，但他却盯着钟灵。显然，他在观察钟灵，为什么在这样的剑下，还能保持这样的镇定，这实在是有些不可思议！

"我……"陶白面色发白，显得很是心虚。

他从来没有处理过这样的场面，总觉得自己是半夜偷人，被正室抓个正着，小三还不依不饶非要登堂入室。

等等，他在想什么啊？

陶白一时迷糊，显得很是痛苦。

"罢了，明日就明日。"

季寒羽说完，抽回剑，继而往外走，走到一半，似乎想起什么似的，将戒指和骨头放在桌上，道："你先看看清楚，这是不是兰生的东西。"

"哦，好的！"

季寒羽走后，陶白翻来覆去地看了看戒指，无比确定，这就是兰生每日都会把玩的那一枚尾戒。他曾经还很好奇，一个男人戴着戒指，这个戒指一定是他很珍贵的东西。说不定还是阮掌柜送的。

"你们刚才就是去找这个了？"钟灵问他。

陶白颔首，将今晚发生的事情全部告诉了他，末了总结道："兰生应该已经死了。可是他为什么会死？明明是他冤枉我，明明我该开心才对……可是当我看到这节骨头和戒指，我却开心不起来。"

"为什么？"

"我总觉得，他还没有坏到该死的程度……或许我觉得，这个世界上，任何一个人，都没有权利夺走另一个人的生命。"

钟灵叹了一口气："事情还没有真相大白，先不要这么着急下定论，或许他还活着，只不过戒指被扔在了水里。"

"希望如此……"就在这时，陶白突然猛一拍大腿，问他，"我能看见兰生的过去吗？"

"什么？"钟灵一愣。

"你不是说，只要有四段以上的徽章，就能看见旁人的过去？"

"理论上可以，但是不排除中间会有差错。而且……你有徽章吗？"钟灵眯起眼，道，"据我所知，你已经把徽章还给那个人了。我不允许你以这样的理由去找他。"

陶白红着脸，似乎被人看穿，但又觉得冤枉。

他确实已经把徽章还给季寒羽了，但是他要去找他，也真的是因为，这是他唯一的办法了。

"可是我真的很想知道，究竟发生了什么……"陶白嘟囔。

"那就自己去考，以你的资质，当上九方术士，拿到四段徽章，应当不是难事。"钟灵平静地说着陶白想都不敢想的事情。

陶白愣愣地看了他半晌，突然捧腹大笑道："钟少爷，您什么时候会讲笑话了？看不出来，您竟是这么幽默的一个人！"

钟灵"啪"的一声合上书，临走前，在楼梯口，转身对他说道："我没有在开玩笑，我真心希望你可以考虑一下。"他的眼神郑重而坚定，让陶白终于止住了笑意。

他没有开玩笑。

他希望自己当上九方术士。

陶白目瞪口呆，看了看自己的双手，一双整日与笔墨纸砚为伴的手去斩妖除魔？

这怎么可能？！

第二天，陶白还是去找了季寒羽。他们没有相约地点，但是在妙香堂的斜对面，是季寒羽天天都能遇见他的地方。陶白如此做，也不算是违背钟灵的意愿。

陶白见了季寒羽，便直截了当地说："我想借你的徽章一用。"

"徽章？"季寒羽蹙眉，问他，"你是说九方术士的徽章？"

陶白点头："就一晚上，我明天就还给你！"

季寒羽好奇，陶白是不是吃错药了，徽章这东西对个普通人来说有什么用？

"我可以借给你，但是你要告诉我，你用它来做什么。"

"我想看一看兰生的过去。"

"看兰生的过去？"季寒羽一愣，"怎么看？"

"只要我将你的徽章放在枕头底下，再一直想着兰生，我就能梦到他的过去。"陶白很天真地将自己所知道的一切都告诉了季寒羽。本以为季寒羽会夸奖自己，却不想季寒羽愣愣地看了他好久，突然捧腹大笑起来："哈哈哈哈哈哈哈哈哈——陶白，你是不是病了？"

"怎么了？"陶白不解。

"用灵力窥探旁人的过去，这是我师伯都难以做到的事情，你可以？你在开玩笑吗？"

"这……是很难的事情吗？"陶白不解，似乎前两次并没有什么难处。只不过一次他成功了，一次不知道看到了谁的过去，也或许，那只是一个寻常的梦……

季寒羽笑了许久，好不容易才止住笑意，才道："听我说，如果是我师伯想要看见别人的过去，需要焚香沐浴，在圣泉中浸泡七日。七日内，不吃不喝，而后由七人为其护法，才可进行探梦仪式。你……还是不要说笑话了，哈哈哈哈……"

陶白一脸黑线，觉得自己被钟灵骗了。

见陶白面色不大好看，季寒羽终于收起了笑，从怀里拿出了徽章，道："给你了，本也不是什么大事，你想玩我就送给你玩好了！"

陶白见他还是将徽章给了自己，心中有些感动。

"既然你不相信我，又为什么要帮我？"陶白问季寒羽。

季寒羽想了想，道："看见你，我就像看见了从前的自己。如果那时候有人能帮我一把，我也不至于是现在这个样子。"

"现在哪样？"陶白上下看了季寒羽好几遍，也没觉得他哪里不好。

季寒羽没有回答他，而是自顾自地说道："而钟灵，恰好就是我最讨厌的那种人。"

季寒羽说完，陶白刚想反驳，却被他捂住了嘴。

季寒羽接道："听我说，虽然我不知道钟灵是什么人，但是我知道，他一定不是好人。陶白，离他远一点。"

当晚，陶白睡觉前，一直都想着兰生。他的手里紧紧握着徽章，一次次地告诉自己他要知道真相。

梦里，陶白的眼前出现了一个穿着破布衣裳的小男孩。

男孩被关在黑暗的牢房里，一直在哭，而一个小女孩则趴在窗户上，用力地向他扔去了一个馒头。

——“兰生，你等我！”

——“等我成为大香师，我就来救你！”

小女孩离开之后，兰生一个人待在黑暗的牢房里，手里握着那只馒头，馒头上还有女孩的体温。他的心突然就不那么黑暗了。

在这个暗无天日的地方，他其实还是有朋友的。

这里是芳国的一个小镇，镇上家家户户都产香，但有一户人家垄断了香料市场，他们说什么就是什么。

兰生是被他们买来当香童的人，他的父母都是天才制香师，他们重金买来之后，却发现兰生没有那方面的天赋。细细一调查，才知道兰生不是他们亲生的孩子，他们也是买了孩子来顶包。而那对夫妇已经不知去向。

紧接着，毫无用处的兰生被净身了。八岁之后，他就不再是个男人。

兰生被送去陪伴年少的嫡小姐读书和侍香。他知道自己跟别人不一样，没有人想要跟他玩耍，除了那个小女孩。

小女孩就是后来的阮烟萝。她是家族中不受宠的庶子，但天赋极佳，兰生为了帮助她，一点一点下药害得嫡长女从此没有了嗅觉。

阮烟萝果然成为大香师，掌控了那个家族近一半的生意，但是他们的所作所为还是被发现了。

他们被赶出家门。

阮烟萝带着兰生来到景国国都靖城，开了一间妙香堂，蛰伏十年成为御用大香师之后，便不再惧怕任何事情。过去的制香世家也不敢来找他们的麻烦。

兰生的尾戒，与阮烟萝的是一对，是他们用赚到的第一笔属于自己的钱财买的。

他们本可以无波无澜地过一生，但是他们的麻烦却还是出现了。

阮烟萝江郎才尽，再制不出好香。

——“兰生，有什么是可以让芳香持久不散的呢？”

——“兰生，为什么我做不出这样的香来？”

——“兰生，我知道了。拿人的心头血肉炼香油，能让香味永久地保留下来。”

——“兰生，给我找一个人。干净、漂亮、无邪的人。我要他的心头血肉。”

这个人就是陶白。

心香，最重要的一味香引便是心头血肉。

陶白一直以为，是因为自己的学识才获得阮烟萝的青睐，却不想其实一开始，阮烟萝看中的只是自己的皮囊。

一个干净的、没有瑕疵的身体，用心头肉来提炼尸油。

“啪！”阮烟萝给了兰生一巴掌之后，兰生还是毫不顾忌地将陶白逐出了靖城，他希望自己走得远远的。

“啪！”“啪！”“啪！”

一下又一下。

厨房里的油灯昏黄，阮烟萝狞笑着，手起刀落，混合着血肉横飞，对着地上已经死去多时的兰生的碎尸说：“这是你逼我的，这是你逼我的！不是他死，那么就是你死！”

阮烟萝的表情狰狞可怖，与往日里艳冠群芳的模样大相径庭。说她是恶魔，一点都不过分。

那是从小伴她长大，一直在她身边不离不弃的兰生，也是纯粹而干净的男子，符合她的要求。

陶白终于知道，兰生冤枉自己，不是因为嫉妒他，而是想要救他。否则，他留下来，就会成为阮烟萝新香中的一味材料。

再深的感情，也经不起名利的考验。

在前程和伙伴之间，她毫不犹豫地选择了前者。

陶白大汗淋漓地从梦中醒来，他的床边是一脸焦急的钟灵。

“你终于醒了。”钟灵松了一口气，摸了摸他的额头，“你一直在做噩梦。”

“我看到了！钟少爷，我看到了！”陶白攥住钟灵的双臂，手指紧紧抠住，急道，“兰生为了救我，被阮烟萝剜掉了心头肉，制成了香油！他的尸体被剁碎，扔进了鱼池喂鱼！”

钟灵的面色明显有些不悦，立刻就知道陶白见过季寒羽。他本想责备，但见陶白瑟缩至此，也不忍再说他。

钟灵拍了拍陶白的背，道：“不要再想这件事情，这件事情已经过去了。”

“不！没有过去！”陶白手舞足蹈，急道，“我不能让兰生白白死去！我要将阮烟萝的阴谋公之于众！还有那个心香茶饼，那分明是人的血肉做的！哪里能入喉？”

“如果你一定坚持，那么请让我陪你。”钟灵说完，俯身，看向陶白的眼睛，一字一顿道，“你要答应我，如果我让你停止，你就一定不能再继续。”

陶白哑然地望着他，钟灵继续道：“我知道你想要什么，我也会纵容你去做这件事，但是前提是，我需要保证你的安全。”

陶白点了点头。

陶白知道，钟灵一定不会害自己。

拥有这样纯粹的眼睛的人，心灵一定如目光一般澄澈。

第二天，陶白一整天都沉浸在黑暗的情绪里。

他看到了兰生的过去。

一个完全超乎他想象的真相浮出水面，可是他没有证据。

他看着妙香堂的官差，看到阮烟萝梨花带雨地与他们哭诉，他突然有些想吐——明明兰生是被她亲手杀死，是她将他分尸，扔进了鱼缸做了食人鱼的食物。

明明一切都是她做的，明明兰生是为了救自己，明明她的心是黑色的，可她为什么还能笑得那样灿烂，那样好看？

现在在陶白的眼里，她就像是一朵长满了荆棘的黑色玫瑰，美艳绝伦却有着致命的黑心肠。

陶白觉得自己快要窒息了。

“啪！”“啪！”“啪！”

陶白身上再次充满了菜叶，可是从前那种被人冤枉的屈辱感却不见了。

兰生冤枉他是为了救他，自己如果没有入狱，那么现在做了鱼食和香料的人就会是自己！

“钟少爷，这样下去不是办法。为了生存，我已经有了决定和目标。”

钟灵侧过头，静静地看着他，等着他继续往下说。

“我没有偷东西，我身正不怕影子斜。我不会被他们打垮。”

钟灵面色缓和，对这样的陶白显得十分开心。

陶白接道：“我决定，无论用什么方法，都要在三十岁前存满三十两银子！等我赚够了钱，就在这里开一间自己的香堂。”

陶白站起身，指着前方不远处的妙香堂说：“就开在妙香堂的对面，与他们对着干！”

钟灵闻言，眸中微微亮起的光芒瞬时又暗了下去。

陶白没有注意到钟灵眼中明显的失落，只看着眼前的店铺，踌躇满志道：“妆粉、胭脂、香烛、香囊等，妙香堂现有的东西，我都会！而我会的，他们却不会！我要将药膳、茶室、香堂、书舍开在一处，做到饮食玩赏一条龙，让它成为景国最大的香堂！让旁人再也不敢污蔑我！名字就叫……灵曦堂！取你名中的灵字，我字号中的曦字。以后给你娶妻生子，可都指着这个了！你觉得如何？”

钟灵半晌没有搭话，陶白回头，便见他单手扶额，面无表情地看着前方。

陶白不知道他在想什么，但可以肯定的是，他并没有在听自己说话。

陶白推了推钟灵，问道：“你怎么了？”

钟灵一脸生无可恋：“头疼。”

“头疼？怎么会头疼？”陶白立刻蹲下身，摸着他的额头说，“莫不是近来变天之故，旧疾复发了？”

钟灵拂开他的手，淡淡道：“你一日不开窍，我就跟着你头疼一日。你自己想吧。”

钟灵说完，站起身来拍了拍灰，然后头也不回地离去了。

“钟少爷——钟少爷！”陶白在他身后喊了好几声，但他都没有丝毫要停下来的意思。

陶白担心他的身体，正准备追上去，却有一白衣人从天而降，生生挡住了他的去路。

来人正是季寒羽。

季寒羽对着钟灵的背影翻了个白眼，朗声道：“你别管他了！他就这臭脾气，见谁都一副欠了他五百两银子的模样。”季寒羽说着，又是猛地一挥手，说："不对！五百两都不够这张臭脸，那至少得是五千两啊！还外加掘了他家祖坟！"

季寒羽的声音极大，似乎是故意喊给钟灵听的，但对方全然没有把他放在眼里，他说的话也全然当作没听见，仍是大步地离去了。

陶白一边追，一边跟季寒羽解释道："钟灵脾气不坏的。"

季寒羽又是好一阵地皱眉，连连摆手道："得得得，你就护着他吧！带着这个病痨鬼，你迟早会被他拖累死！"

"我不怕死。如果没有钟灵，我早就已经死了。"陶白面色如常，坦然地提起那一段曾让他觉得人生灰暗而毫无意义的时光。

现在想来，真要那样死了，才是不值当呢！他已经错过了人生太多的精彩日子，往后的每一时每一刻，他都不想再浪费。

回到家里，吃过晚饭，钟灵躺在床上，看着陶白在眼前擦桌子椅子，突然问道："你说不想再浪费时光，是指什么？"

陶白一愣，又想起下午的事情，急道："你又用读心术偷听我说话！"

"我不是故意的。但是你的意愿太强烈，我想不听都难。"钟灵指了指自己的耳朵，而后一本正经地眨了眨眼，"这里，会自动接收你们的心声，如果想不听，除非把它割了。"

钟灵的眼睛大而明亮，眼中的无辜和天真呼之欲出，陶白立时便没了脾气。

"好吧，我以后自己注意。"

钟灵颔首："嗯。"

这时，陶白又是一奇，道："可是，你并非九方术士，又为什么能听见旁人的心语？而季寒羽努力这么多年，还是听不见？"

"这世上有两种人，一种靠努力，一种靠天赋，很明显我属于前者。"

钟灵嘴角咧开一个弧度，带着玩味和嘲讽笑道："而季寒羽……他属于努力不够，天赋也不够，这就怨不得旁人了。"

翌日，季寒羽离开靖城前，陶白在老地方将徽章还给了他。

季寒羽拒绝了，道："我这次离开，就不会再回景国了，以后我们也不会再有机会见面。这个就留给你当纪念吧！"

"你为什么不回来了？"陶白道。

"我要去我该去的地方，我不会停留在原地。"

"你要回家？"

季寒羽耸肩，没有否认。

陶白点了点头，向他抱拳告别："希望有机会我们还会见面。"

"你真的还想跟我见面？"季寒羽笑道。

陶白不说话。

虽然他现在不讨厌他，但是若说很熟络，倒也没那回事……

季寒羽想了想，低头从怀中摸出一个火折子，塞在陶白手里道："这是玄清宗的暗号，你若有难，便打开它，附近的玄清宗的弟子会来救你。"

陶白握着玄色火折，蹙眉道："那你呢？你会来吗？"

"看来，你真的很想见到我。"季寒羽再次露出狼看到猎物一般的笑意，让陶白全身发毛。

"我只认识你，"陶白不理会他的轻佻，正色道，"就算有玄清宗的弟子赶来，若见我只是一介书生不加理会，我又能如何？"

季寒羽摸了摸陶白的头，像抚慰小狗一样安慰道："你放心，只要有我玄清宗信物，他们就会相信你。如果那时我不能来，他们也一定会救你，然后把你安全地带回到我的身边。"

陶白脸一红，看着他近在咫尺的英气面庞，不自觉地竟想仰望他了。

他是真心地对自己好。

与钟灵对自己一样好。

“哗啦——”就在此时，一盆凉水浇下，不偏不倚地浇在季寒羽头上，那水里还混合着许多青菜叶。

季寒羽抬头，便见一老婶娘端着木盆，一脸木讷地茫然四顾：“奇怪，我明明在厨房洗菜，怎么会上二楼……哎呀！可惜了我的一盆菜哟！”

老婶娘的反应让季寒羽愣了一下，他细细一想，便气得直跺脚：“钟灵，是条好汉就给我滚出来！不要背地里耍阴招！”

季寒羽双拳紧握，拔出长剑四下挥舞。但这附近哪里有钟灵的影子？

陶白知道季寒羽不喜欢钟灵，但钟灵远在家中，又怎会是他泼了季寒羽一身水？

唉……季公子真是魔怔了！

陶白安抚了季寒羽几句，拍了拍他的肩，便回家了。后来季寒羽去了哪里，他便再不知晓了。

直到很久很久以后，他才知道，那时候季寒羽就已经下定决心，只有蓬莱，才是他唯一的目标，才是他唯一想要去的地方。哪怕给他九方术士协会的会长位置，他也并不放在眼里……

第五章 婠娳楼

陶白有雄心壮志，恢复了往日的活力，但是随之而来的是一个很现实的问题：陶白的盗名已经传遍了靖城，没有人愿意雇用他。

陶白走投无路，颓然地问钟灵："既然大家都说我偷了新香，我便去卖香。我瞧着你的香每一味都比阮烟萝的好，要不然咱俩合伙？"

钟灵一把抱住香炉，紧张地盯着他，摇了摇头："不。"

"为什么？难道你不希望自己的调香发扬光大吗？"

"不想。"钟灵斩钉截铁，没有任何迟疑。

陶白叹了口气，皱着眉头道："那我自己炼一个？"

钟灵仍是摇头："不管你现在做什么，都如过街老鼠，你若还想活，就不要再涉足这一行。"

"就这么放过阮烟萝？"陶白睁大了眼睛。

"不然呢？"钟灵狞笑道，"君子报仇十年不晚，你若现在一直想着她，只怕就出不去了。"

“走去哪里？”陶白不解。

钟灵指了指陶白的心：“这里。”

“你又打趣我。”陶白本想拍掉钟灵的手，岂料却被他反手一握说：“陶白，你记住，一个地方若让你接二连三地失望，你大可以换一个地方，没必要一门心思扑在上头。你想证明自己的清白，现在又走投无路，那么不妨换一条路。如果靖城待不下去，我们还有很多地方可以去。”

“你的意思是，让我离开靖城？”

钟灵颔首：“离开故土才能成长。”

“但也有可能客死异乡。”陶白充满了不舍和迟疑。

钟灵沉默片刻，接道：“解决阮烟萝的法子无非两种。一是权力，二是玄修者。如果你有了权力，大可以大张旗鼓地调查她。如果你是玄修者，那么法子就很多了。”

钟灵笑了笑，牵着陶白坐在桌旁，右手拿着一支笔，左手托起腮，边说边在纸上写道：“离魂术，让人魂魄分离，一魂一魄将听命于你，问什么答什么。厌胜术，施咒于千里之外，取其性命于无形。”

陶白听到这里，全身一抖。钟灵隐在火光中的双眸，似乎散发着透亮的光。

他怎么知道这么多？

钟灵继续道：“梦魇术，心香所及之处，闻者可见幻觉，这幻觉的内容由施术者定。”

“这个好！”陶白面上浮起光芒，“如果我会这个，就让他们都见到兰生死去的那一幕，到时候所有人都会讨厌阮烟萝了！”

“这个术是很好，可惜我不会。”钟灵摊手，道，“你会吗？”

陶白一脸怔忪地摇头，小心翼翼地问他：“季寒羽会吗？”

钟灵扬起嘴角，目光中透着一丝笃定，嘴里却道："我不知道。"

陶白心说，就算季寒羽会，他也已经走了两天了，自己哪里追得上他？

"这个咒，我能学吗？"陶白思来想去，不确定地问道。

钟灵想了想，点了点头："你可以学，但是能否学会，就看你的造化了。"

"谁可以教我？"

钟灵站起身，推开窗，指着皇城附近，飘着彩旗的尖塔道："那里或许有人可以教你。"

尖塔上飘扬着一面锦旗，旗子上写了什么陶白看不大清楚，但往下，四洲九国的国旗却十分明显。很显然，那里就是九方术士的大本营——九方寮。

"你让我去九方寮？"

钟灵颔首："那里有最全面的咒术大全。"

"不不不，我不去！"陶白连连摆手，恶狠狠道，"是他们害死了慈幼局的孩子们，今生我都不会原谅他们，更加别提加入他们！"

"你……"钟灵倏尔抬头，愣愣地看着他，"你还真是一根筋。"

"我会想别的办法。总有一天，我要让阮烟萝得到应有的惩罚！"陶白说完，跟钟灵道了晚安就回房了。

钟灵不置可否，燃了一炷香，便也合衣入睡了。

三天后，陶白最终还是听从了钟灵的建议，远离靖城，南下去到江南。这样他既没有离开景国，也没有人认得他。

在遥远的金陵，他不再是一只人人喊打的过街老鼠，他们可以过上正常人的生活。到时等攒够了钱，他会再回来，想法子将阮烟萝的恶行昭告天下。

南下需要盘缠，钟灵以十分之一的价钱当掉了陶白送他的香炉。当铺外，陶白咬着唇对他说："给我一点时间，我会把它们赎回来。"

"不必。"

钟灵微笑摇头："你能给我买更好的。"

陶白用力点头，稍稍宽心了。

有了盘缠后，他们省吃俭用，花了近一个月的时间，走水路顺秦淮河而下，终于在这天傍晚到达了金陵城郊。

烟笼寒水月笼沙，夜泊秦淮近酒家。秦淮河畔灯火辉映，雾色氤氲，乌衣巷口的夕阳斜倚着河面，为水乡景色洒上一片霓虹。这与靖城风景大不相同。

秦淮河绕过方山向西北至外城，又从上坊门流入金陵，横贯城区，陶白一路欣赏的就是水乡泽国的暮色美景。

"这里的酒家真美，每一户的楼台边都飘着粉色纱帘！"陶白一路都在兴奋地大喊，勾起钟灵嘴边浅浅笑意。

"现在还不是最美的时候，等到天色全然暗下，才是夜色魅艳之时。"

钟灵说完，陶白诧异："为什么夜晚更美？"

"暖饱思淫欲。等到夜幕降临，月上柳梢，脂正浓，粉正香。"钟灵噙着笑意，眉眼惑人。

陶白豁然开朗，才知这一路都是烟花柳巷之所在。

陶白端正坐好，尽量目不斜视。

钟灵好笑地看着他："你怎的又不看了？"

陶白义正词严地答："非礼勿听，非礼勿视。"

"呆子。"钟灵说完，单手撑头倚着船舷，微眯着眼睛看着沿岸风景，既没有陶白开始的兴奋，也没有他后来的冷淡。

钟灵始终一派淡然，犹如初夏和煦的微风。陶白有样学样，也不再畏缩，靠着船舷，不想看烟花柳巷之所，便看着钟灵。

河道中的船，数他们这一艘最夺人眼球。

两个翩翩少年郎，一个一身白衣惊艳夺目，一个头戴抹额温润如玉，自成一处风景，时不时便有小倌在岸上喊话："两位小哥，要不要来我家挂牌？"

一开始陶白还会客气地摇头说："不要。"到后来，他直接无视，不得已还给钟灵戴了半面轻纱。情况这才有所缓解。

等到了码头，下了船，二人走上青石板，沿着乌衣巷前行。巷内筑着高高的围墙，围墙边瘦弱的细草，正是江南好风光之时。

二人寻了一处便宜客栈，为了省钱只要了一间房。陶白给钟灵打了热水，让他在房中泡澡，自己则去了公共澡堂，迅速地洗了一把之后回到房里，钟灵还在泡着。

陶白秉持着非礼勿视的信条，拉了把椅子背对着钟灵开始数钱："一天，两天……四天。一顿，两顿……七顿……少爷，我们的钱只够住四天客栈，吃七顿饭了！"

"嗯。"钟灵淡淡应了句，丝毫也没觉得这是什么大问题。

陶白急得头疼："不行，我们不能再住城里，明天搬去城郊找农户租一间草房，或许还能撑上半个月。"

"嗯。"钟灵懒懒地答了句，动了动身子，惹来一片水花。

正在陶白心猿意马之时，钟灵道了句："过来。"

陶白闻言，连银子都顾不得收，立即跑到钟灵身前："少爷有事吩咐？"

"给我擦背。"

"什、什么？"陶白瞠目结舌。

钟灵蹙眉，一脸不解地看着他："不可以？"

陶白咽了口口水，看着钟灵的桃花面——虽说他们都是男人，但这钟少爷的眉目实在美艳绝伦，雌雄难辨，再加之他如白玉凝脂的肌肤，他……还真是下不去手。

“快点。”钟灵催促道。

“是……是。”陶白拿起澡帕，挽起袖子，在他的背脊和锁骨上流连。

钟灵的皮肤太嫩，他稍稍用力就能引起红印，心疼之余又放轻了些。到最后，与其说他是在搓背，不如说是在爱抚。

钟灵舒服地哼了哼，让陶白的手跟着抖了抖，不一会儿，他便觉着自己的鼻头有些热，两滴殷红的鲜血滴下，落在池子里，他大惊失色地叫道：“少爷，您、您快出来！”

“怎么？”钟灵疑惑地回头，便见陶白一脸血，惊惶地指着洗澡水道：“水、水被我弄脏了，我、我去给您换一盆。”

钟灵叹气，淡定地起身，光着身子从陶白身前走过，随手披了件衣裳后，便接过陶白手中的澡帕，细细地替他拭去脸上的血液。

“你啊……太嫩。”

钟灵的叹息让陶白更加无地自容，陶白蓦地脸红到了耳朵根。

被一个十七岁的少年称“太嫩”？

就算他再呆，也知道这绝不是夸奖！

当晚，钟灵睡在里边，到半夜时，他整个人不自觉地往陶白身上靠去，双手双脚搭在他身上，就像在抱一个玩具。

钟灵均匀的呼吸昭示着他睡得很好，然而陶白就不那么好过了。

陶白整个人一动也不敢动，生怕吵着钟灵。

钟灵身上淡淡的香气一整晚都飘荡在身侧，让他心猿意马想入非非，临到天光渐白，他才终于能够睡去……

辰时，钟灵睁开了眼睛，入目所及是陶白憔悴的脸。

他微微皱着眉，似乎一整夜没有睡好。

钟灵轻手轻脚爬起来，但还是惊动了陶白。

“少爷，您醒了？”陶白顶着巨大的黑眼圈，迷糊着问道，“饿了吗？想吃什么？我去给你买。”

钟灵睡得很好，但见陶白这副模样，一看就知道他还没睡醒。

钟灵摇摇头，故作惺忪：“我想再睡一会儿。”

“好。”陶白似松了一口气，翻个身继续睡。

钟灵躺在里边，看着他的背影……陶白略有些沉重的呼吸声让他很想叹气，但又怕自己吵着他，便一直保持着均匀的呼吸靠在他身边。

陶白的身上有淡淡的皂角香，钟灵不自觉就会被他吸引，双手轻轻环上他的腰，哪知陶白翻了个身，将他整个人圈在怀里。

“你今天好香……比从前任何时候都要香……”陶白在梦里呓语。

钟灵轻笑一声，缩在他怀里，任他抱着。

陶白搂紧钟灵，噙着嘴角，一直在笑。

钟灵略带红晕，忆起自己昨日并没有焚香。

他现在很想知道，在陶白的梦里，自己究竟是什么味道，竟让他觉得比以往更好闻？

梦里，陶白正在给钟灵带孩子。

钟灵娶了一房妻室，虽看不清颜面，但她知书达理，始终安静地陪伴在钟灵身边。而陶白正抱着他们的孩子换尿布。

孩子身上奶香阵阵，十分好闻，陶白见着孩子就忍不住想亲吻，终于……他亲了亲孩子的额头。

感受到停留在自己额心的吻，钟灵浑身一颤，整个人僵住。

也就是这么一瞬的工夫，陶白睁开了眼睛。

陶白目瞪口呆地看着自己怀里的钟灵，有些无措："钟少爷……我……我是不是做了什么错事？"

"你梦到什么？"钟灵愣道。

"我、我正在帮你带孩子……"

"带孩子？"钟灵从僵硬中转醒。

孩子……难道在他心里，自己身上的味道是奶香？！

自己被他当成了毛孩子？

钟灵铁青着脸直起身子走下床，随手披了件衣服便坐在桌边，一手翻书，一手敲着桌面，冷冷道："我饿了，去做饭。"

"哦，好！"陶白迅速下床，去后院洗漱过后，又给钟灵打了水，"钟少爷，您先洗漱，我这就去给您买早饭。"

钟灵翻着书，没理他。

他虽然表面镇定，但飞速敲击桌面的右手和拿反的书册却出卖了他凌乱的内心。

陶白走后，钟灵轻轻抚上自己额头——温热早已不在，但那柔软的触感却似乎一直从眉心印入胸腔，随着心脏而起伏跳动，久久不愿平息……

这样的吻，是幼时的自己最稀松平常的爱抚。但自从成年后，自从那一夜之后……他再也没有亲近过自己。

这样的吻，是过去的自己无论如何低声下气，却求也求不来的。

“钟少爷，早点铺子都关门了，我们退房离开，去外头吃饭吧？”老远就听见陶白在走道上喊，直到他走进屋，钟灵才收拾好一地寂寥。

“知道了。”钟灵应了一声，起身洗漱。

陶白站在门边，有些疑惑地看着他忙碌——钟灵最是注重个人卫生，今日竟起床这么久都不洗漱？

然而更惊讶的事情发生了，钟灵漱口后，拿着帕子擦了擦嘴便将它放在一边，道：“走吧。”

自己看见了什么？

钟灵没洗脸？！

陶白压抑不住内心的困惑，急忙道：“钟少爷，您还没洗脸！”

钟灵冷眼看向他，不置一词，冰冷的眼神里好似在说：“你有意见？”

陶白连连摆手：“没、没意见！”

钟灵更加疑惑了，眼中疑惑更甚，自己分明什么都没说。

陶白蓦地闭嘴，背起包袱走在前头，再不敢回头。

离开客栈后，陶白带着钟灵去对面的小面摊吃了一碗阳春面。虽说面上只有些许葱花，但因二人饿极之故，此时也成了珍馐美馔。

吃完饭后，二人踏着青石板，穿过乌衣巷，走过柳阴桥，最后离开了金陵城。

金陵城郊，秦淮河岸青草遍地，三不五时有供过往行旅的茶肆糕点铺，人声喧闹。但再往前走两里，离开官道后便没有什么人烟了。

没有人就意味着房租便宜，如若遇上破庙之类免费的栖身之所，那就再好不过了。

二人走上山坡，眼前陡然出现了一片花圃。

花圃被小山坡包围，盆地中心，漫山遍野的绿草被粉色的鲜花所取代，美则美矣，却有些妖异。

“少爷，您看那是什么？”陶白指着花圃中心一块斑驳的青石板道。

钟灵顺着他手指的方向望去，不动声色道：“过去看看便知。”

天光大好，二人顺着山坡下行，越走近越能看清，被成千上万鲜花包围着的，是一座坟。

墓碑上刻着篆体的“花冢”二字，碑上虽然斑驳，但却没有脏污，昭示着这个坟墓存在已久，经历着岁月的侵蚀，但不缺人祭奠。这里经常会有人打扫，墓中人想来也不至于寂寞。

“她真幸福！”陶白歆羡道，“长眠在如此美丽的地方，还有人时常来探望她，她一定是一个好人。”

钟灵沉着一张脸，眼神似有异，但仍是点头道：“是啊。”

“希望我死去时，也能找一山清水秀之地，也有人守我黄土白骨。”陶白目光灼灼地看着钟灵，笑道，“我比你大了近十岁，能给我送终的只有你了。”

钟灵没说话，表示默认。

“可是钟少爷也需有人送终。”陶白说着，拍了拍钟灵的肩膀，一脸笃定道，“我一定努力工作，好好赚钱，尽快给你娶一个妻子，让你们开枝散……”

“够了。”钟灵拂开陶白的手，冷淡道，“时间不早了，走。”

钟灵率先走在前头，陶白看着他的背影，知道自己怕是又说错话了……

——为什么钟少爷不想娶妻？

——哦，他一定是还没到年纪。

自己像他那么大的时候，也没有娶妻。

虽然那时的自己早已经坚定地要娶陈秋碧，但……算了，造化弄人，都是命，不提也罢。

陶白忧心忡忡地跟在钟灵后头，心里想的全是怎么帮他开窍。

陶白再次清点了盘缠，想着明儿回城里，带钟灵去一次烟花柳巷，让他见见世面，或许就能让他对女人有心了……

陶白思及此，钟灵陡然停住步子。陶白一个没注意，便撞了上去。

“对、对不起，是我没看路……”陶白捂着鼻子道歉。

钟灵寒着脸回头，冷笑道：“怎么，你还想带我见世面？”

陶白一愣，面色一红：“你又偷窥我的心声！”

陶白惊怒交加，然被钟灵一瞪眼，哪里还敢有怒气？

钟灵摆明了一副“我就偷窥了，你想如何”的模样，冷冷道：“我的事情不用你操心，我的身后事也不用旁人来管。”

钟灵说着，陶白还来不及插嘴，又听他接道：“如果你死了，我也不会独活。我会与你合葬一处。”

“……”陶白睁大了眼睛看着他：“你说的，是真的？”

“嗯。”

听到钟灵肯定的答复，陶白眼眶一红。

钟灵看见他这副软弱的模样就生气，微微一蹙眉，转身继续往前走。

陶白吸了吸鼻子，有些感动，但内心更加坚定了自己的想法——钟少爷是天姿般的人物，怎能跟着自己一起死？他一定要让钟灵快快乐乐、健健康康地活下去。

离开花冢，天地又恢复一派绿意，再往前走几步便有一片森林，此时一樵夫背着柴火走近，陶白忍不住唤住他：“老伯，您可知这附近哪有栖身之所？”

樵夫擦了擦额上的汗，指着林中道：“林中有几间猎人的木屋，具体在哪儿我不清楚，你找找便可知道。”

陶白面露喜色，躬身作揖：“多谢老伯指路！”

樵夫摆了摆手，正准备离开，陶白又道：“胆敢再问老伯一句，前头那片花冢里埋的是谁？可有守墓人在附近？”

樵夫“啊”了一声，惊道：“花冢？你见到花冢了？”

陶白愣愣点头。直觉告诉他，老伯这副模样，显然花冢不是什么好兆头。

“作孽啊……”樵夫说完，再也不看陶白，连忙跑开去，嘴里还一直念叨着“天灵灵地灵灵”“菩萨保佑”之语。

不一会儿，樵夫便消失在山野间。

“他怎么了？”陶白惊异交加。

“这还不简单吗？”钟灵勾起嘴角，难得露出笑意，淡道，“我们见鬼了。”

“见鬼？！”陶白惊呼。

“是。”钟灵不疾不徐，始终言笑淡淡。

陶白颤抖着唇，拉着钟灵往林子里跑，生怕后头有什么东西追上来。跑着跑着，天暗了。

树林里的树叶发出哗哗的响声，一簇簇枝叶如鬼手一般摇曳。陶白更加紧张。也就在这时，前头出现了一间木屋。木屋四周有篱笆，篱笆不高，可以看见院子里的小灶台。想必这就是山中猎户歇脚之处。

陶白气喘吁吁，带着钟灵走了进去。屋子里蛛网盘结，已是很久没有人烟，但好在床铺桌椅俱全，只要稍事整修，倒不失为一处落脚之所。

陶白放下心，拍着胸脯道：“我们暂且住下。”

“嗯。”钟灵颔首，很快便拿出一方手帕，往床铺上一铺，随即双手一摆，盘腿坐了上去。

钟灵背脊直挺，下颔微收，眼睛微闭，面色从容。

他这一番坐姿仪态超然，若不是处在这荒屋之中，单看他的神色，仿若正君临天下。

君临天下？！

陶白惊讶地皱着眉头，寻思着自己脑海里怎么会冒出这么个词。

“点香。”钟灵微扬嘴角，淡淡吩咐。

陶白得令，立即从包袱里拿出一方破旧香台，用火折子燃了一盘香。

烟气袅袅，荒芜之中泛起一股清香，突然便多了几分人气，显得不那么死气沉沉了……

当夜，陶白将自己的旧衣铺在床上，二人和衣就寝，想是累极之故，倒也一夜无梦。

第二日，陶白起了个大早，便对钟灵道：“我去城中觅活，晚上会给你带晚饭。”

钟灵点了点头，道：“小心些，不要靠近花冢。”

一提起花冢，陶白又是内心惶恐。

钟灵看出他的恐惧，又道：“不必担心，青天白日里，鬼不敢作恶。”

陶白舒了一口气。

“不过……”钟灵欲言又止。

陶白的一颗心又吊了起来：“不过什么？”

钟灵笑着看他：“不过如果她是魔，就不一定了。”

陶白陡然想起水笙扭曲腐烂的脸，更加不好了。他拖着瑟缩的身子，胆战心惊地走在山间，直到看到了金陵城的官道，才终于放下心，顺着官道进了城……

午时，秦淮河岸歌休舞歇，一派清寂。陶白避开飘着粉丝带的小楼，敲响了一幢通体黑砖黑瓦的建筑的大门。

门“吱呀”一声打开来，门里探出一张老人的脸，目光凶狠。

陶白吓了一跳，仍是硬着头皮笑道：“敢问老伯，府上可需要打杂伙计？我能吃苦！我什么都能做！”陶白说话时，不自觉地摸了摸抹额，生怕自己抹额掉下，露出额间的刺青。

老伯看了他半晌，移开目光，让开了门：“跟我来！”

“谢谢！谢谢！”陶白连声道谢，跨进门去。

进了门，陶白才知道什么叫作“屋不可貌相”。

墨色只是建筑外墙的颜色，内里则是几进几出，通体灿黄的宫殿群。廊柱和墙面由赤金建造，其上遍布宝石，白色纱帘从横梁落下，随风而舞。纱帘既冲淡了金子的俗气，又平添了几分仙气。

但，这里的气氛仍有些淫靡。

照壁后头有一方戏台，戏台上，一名身姿妖娆的青衣女子正在起舞，舞步袅袅，白纱在周身摇曳。

她见了陶白，勾魂摄魄的眸子便一直停留在他身上。此后不论她正在做何动作，不论舞步跳到了哪一节，她的眼睛总是盯着陶白看，一瞬也不挪动。

这样的眼神让陶白想起了阮烟萝。他不敢再看她，只低头跟着老伯往里走。

戏台四周是一间间的小屋，一路行来，里头没有半点人声。

陶白不禁好奇，光天化日之下，这么大一幢宅子，里头的人都去哪儿了？

老伯带着他三进三出，最终在宅邸最末的三层高楼前停下，他打开门，道：

“夫人要见你，你进去吧。”

“夫人？”陶白一愣，“敢问夫人是……”

老伯没有回答他，转身就走，顷刻间便消失在长廊尽头。

陶白揉了揉眼睛，怀疑自己看错了。

这老伯的腿脚……还真是快啊！

陶白硬着头皮往里走，从楼梯旋转而上直至三楼，才发现三楼的露台东面可以看尽秦淮河风光，西面可以将整座宅子尽收眼底。风景绝好。

“这位公子，你是应试仕子？”身后传来一声好听的嘤咛，陶白回头，便见一绯衣女子一步步向他走来。她看上去很年轻，腰肢扭捏，柔若无骨，不染铅华的面却比世间绝大多数妖艳女子更加惑人。那是一种从骨子里散发出来的魅惑。

陶白躬身作揖：“回姑娘的话，小生姓陶，名白，字常曦，曾……是应考仕子。”

“曾？”绯衣女子贝齿微张，有些惊讶，“我见你书卷气浓厚，与那芸芸学子一般高雅，不知为何是‘曾’呢？”

“小生没有中举之命，屡屡落第，已不再做那白日之梦。”陶白叹息，实话实说，“如今家中还有一幼弟，只得放弃诗书，出来寻些活计养家糊口。”

“原来如此。”女子点了点头，二人说话间她已经来到陶白身前。她执了他的手，走到露台边坐下，懒懒地斜倚栏杆，安慰道，“今日遇见公子也算是缘分，我向来怜惜读书人，以后你便留在姽婳楼吧，我不会亏待于你。”

“姽婳楼？”陶白惊道，“这幢宅子叫姽婳楼？”

女子颔首：“这件宅子以我名命名，有何不妥？”

陶白连连摇头道：“没有不妥，我只是觉得很好听。”

陶白想起在戏台上翩跹起舞的女子，又脱口而出："所谓既嫞婳于幽静兮，又婆娑乎人间。应时应景，十分妥帖。"

嫞婳掩嘴而笑："你倒真是一位饱读诗书的公子。"

面对嫞婳的夸赞，陶白拱手答谢，丝毫没注意到嫞婳眼中的惊讶闪过。

如果换作是钟灵或季寒羽，他们怕是早已听出嫞婳言语中的矛盾——她此前竟不相信陶白是一介书生。那么她留下他的缘由便十分可疑了。

这时，楼下来了一名婢子，沏了两杯茶，陶白赶路半日，口渴难耐，几乎一饮而尽。而嫞婳却皱着眉头推向一旁："天气闷热，喝不下。"

"夫人可是胃口不好？"陶白问她。

嫞婳点了点头："入夏以来便吃不下，睡不好。"

陶白猛地一拍手，想起《清心饮膳录》中的夏季饮品，道："我去厨房给夫人做些解热汤水，劳烦姑娘带路？"后头这一句话是对婢子说的。

婢子看向嫞婳，嫞婳点了点头："去吧。"

嫞婳慵懒困乏，眸子里情绪无波，显然没将陶白的话放在心上。

在这嫞婳楼中，什么珍馐美馔没吃过？什么汤水饮品没喝过？想陶白手艺再好，也是于事无补。这时候，只期盼有个后羿，将那天上的太阳射下来才好。

陶白进了厨房，见厨房中竟有琉璃杯，便决定做《清心饮膳录》中的葵锦香草茶。据说此茶制成之后，将呈现三色，瑰丽不凡。在夏天饮用，有清热解暑、增进食欲的作用。

陶白兴致勃勃，立即寻人要了葵锦干茶，加水煮沸之后，置至常温留用。而后在琉璃杯中加入鲜奶和冰块，再缓缓倒入葵锦香茶。很快，杯中便呈现出白、粉、紫三色来。白色为鲜奶，紫色为葵锦茶，而葵锦茶与鲜奶之间过渡之处呈现粉色。

四周的仆从见了，纷纷赶来围观。陶白搅动了香茶，那茶便全部呈现出粉色来。

掌管膳房的洪娘被鲜丽的颜色所诱，忍不住率先尝了一口。原本只想尝一小口，但很快她便将这杯茶一饮而空。

喝完，她豪气地一抹嘴，连连赞道："陶公子，你这心思之巧，简直妙不可言哪！"她说着，用力地拍打他的肩膀以示赞赏。

陶白又做了一杯送去了婋婳阁，婋婳饮罢，便吩咐自己往后的一切饮用吃食全权交由陶白负责。

婋婳缓缓道："我每日午时将起，你需在午时之前做好早膳，直至夜晚子时下工，每月三两银子，可好？"

陶白点头如捣蒜："没问题！"这里的薪资待遇竟比靖城还高！

"那你今日先回去，明日开始上工。"婋婳说完，便让管家将他领走了。

当晚，陶白带了些晚饭回去给钟灵。回去的路上，他见到秦淮河两岸莺莺燕燕的馆子都开门迎客了，就连婋婳楼也是如此。

只不过婋婳楼中的人都是达官显贵，并不是寻常百姓寻欢作乐之所。这一点，从后院停泊的精致画舫便可得知。

陶白脸上一阵红一阵白，虽然得知了自己也是在声乐场中工作，但只做厨子，他还是能接受的。

回去的路上，陶白想起婋婳姑娘，想起她的天人之姿竟然流落风尘……真是让人惋惜。惋惜之至。

陶白回到家，将婋婳楼中带回来的一荤一素放在钟灵桌上后，便早早地洗漱歇下了。他这一日赶路实在是累，累到钟灵唤他好几次，他都全无反应。

钟灵看了眼桌上的菜肴，在陶白熟睡后，便一拂袖子，将它们全数扔去了遥远的山沟里。

第二天一早，陶白起床后，就开始研究《清心饮膳录》。

钟灵喝着粥，看着一动不动的陶白，突然有些后悔把书交给陶白了。

从前他只当陶白是为了提高自己的饮食水平，如今可好，它简直是把陶白往歪路上带，把自己往绝路上逼……他必须想个法子，让陶白心甘情愿地做回他的本职工作——除魔卫道，重振天纲，才是他该走的正路。

钟灵咳嗽一声，刚要说话，陶白猛地将书合上："糟了，迟到了！"

陶白火急火燎地跑出门，边跑边喊："灶上有馒头和咸菜，少爷自个儿煮来吃，我要很晚才会回来。"

"……"钟灵面无表情，看着他急忙离去的背影，很是头疼。

当晚，陶白到家的时候几乎已近三更天。钟灵一直在等他，可与昨天一样，陶白回来之后便倒头就睡。

陶白一人负责娩婳楼数十人的餐食，来回还需要走上两个时辰的山路，已然疲累至极。钟灵没有吵他，随他去了。

第三天、第四天……接连到了第十天，钟灵终于忍不住了。

这一晚三更天，钟灵听见门外有窸窸窣窣的声音，起身开门，便见陶白在院子里，正在脱身上的衣服。

"你在做什么？"钟灵的眉目隐在夜色里。月光下，只有他殷红的薄唇在张合，一如陶白初见他时的妖异。

陶白看痴了，全然忘记自己手头的事情。钟灵一步步走来，便见到陶白身上青红交加的伤痕。

“怎么回事？”钟灵的眼神更加冰冷了。

“被……被别人摸……摸了……”陶白瘪着嘴，像是十分疑惑。

“摸了？”钟灵冷冷道，“被人打了还差不多。”

“没有没有，真没有人打我。”陶白慌忙摇头，懊恼道，“几位姑娘摸了我几下，就变成了这样……前几日没大注意，直到今日发现青痕才有所察觉……这红色的怕是今日摸的。”

陶白说完，钟灵仔细地看了两眼，发现他身上有些痕迹确实像是手印。而陶白只说自己被人摸了，怕是对方确实也没在他面前表现出恶意来。

“回去睡吧，或许过两天就好了。”钟灵转身，走回房里。

这就……结束了？

陶白松了一口气，还以为钟灵会大惊小怪，见他如此淡然，便放下心来。

这些日子，娩婳楼中的人都对他极好，吃穿用度都比从前好许多，没有一个人给他脸色看。而他做的工作也是他最喜欢的工作之一，他很开心，极不希望钟灵因为担心自己而强迫自己离开。

还好，钟灵没有这样做。

与此同时，娩婳楼里，结束一日营生后，娩婳和青衣、素弥、锦芝四人坐在娩婳阁上，望着楼下的秦淮河夜景，吃着陶白离开前做的糕点，好一派惬意。

“陶白做的食物真好吃！我都舍不得吃他了！”年纪最小，宛如八岁稚童的素弥说完，稍微年长的锦芝也连连点头：“可不是？陶白手艺精湛，实在教我难以割舍！”

“或许，他跟旁的男人真不一样呢？”双十年华、魅惑无双的青衣看向婉娴，道，“这些日子，他在婉娴楼里看尽旖旎风光，但是完全没有被我们影响，他没有吃任何不该吃的食物，没有拿过一分不该拿的钱财，就连看……都没有多看过我一眼。”

婉娴扬起嘴角，在口中放下一口桂花糖糕，懒懒道：“日久见人心，且留着看看。”

第二天，钟灵跟着陶白去了婉娴楼。

陶白一开始是不同意的，但钟灵言语笃定，他又不敢忤逆，便道：“去了楼中，少爷千万不可发脾气！”

钟灵看怪物似的看陶白，眼神里好似在说：“我为什么要发脾气？”

陶白红着脸，道：“那些姐姐为人豪爽奔放，若她们不小心‘碰’到您，您可千万不要放在心上！”

“她们哪里是豪爽奔放？”钟灵眼一横，冷哼道，“她们分明是喜欢你。”

“不会的！”陶白搔了搔头，不说话。

其实她们的意思陶白心里明白，表面装作不知罢了。她们抛来的橄榄枝他一根都不接，有婉娴撑腰，她们也就只占占小便宜，并不做旁的逾越之举。在人身安全这一点上，陶白还是很放心的。

步行一个时辰后，陶白和钟灵到了婉娴楼。

婉娴楼中的姑娘们临近午时才起床，陶白会在她们醒来之时做好早饭，分派给婢子奴仆，让他们送到各个房里。陶白不知道这里有多少姑娘，只知道这里有四间上房，还有三十六间下人房，分派在各个院落。陶白是唯一一个不住在婉娴楼的下人。

“哟，本以为陶白已经是天上有地上无的俊气小哥，却不想这一位更是俊俏！”洪娘见了钟灵，张开手就想摸他的脸，然手伸到一半，便被钟灵冷峻的目光所阻。

“就是这脾气……似乎没有陶白好啊！”洪娘说完，看着陶白。

陶白忙出来打圆场：“这是我弟弟，他不大喜欢与人接触，还请洪娘见谅。”

“原来你就是陶白的弟弟！”洪娘恍然，“看模样就是一个爹娘生的。真俊！”

洪娘又想亲近钟灵，陶白连忙拦在前头，道：“他今日不念私塾，想来旎婳楼陪我，不知洪娘可否行个方便？”

洪娘看出钟灵的疏离，看在陶白的面上也不逗他了，摆摆手：“行吧，别去打扰主子就是。”她说完，多看了钟灵两眼便下去干活了。

陶白让钟灵不要离开后院，钟灵便寻了院子里大榕树下的秋千坐着。

他看着满院子人为布莱而走来走去，目光冷冽，毫无温度，仿佛在看一个个死人。

与之相反的是，每一个见到钟灵的下人都舍不得移开眸子——因为他实在是太好看了！

钟灵身体侧倚在秋千左侧，眼睛澄澈如平静的湖水，清俊风骨一览无余。

旎婳楼中人眸中精光闪烁，恨不得将钟灵连皮带骨地吞下肚。

陶白担心钟灵，出来看过一次，但钟灵却始终怡然自得地坐在秋千上嗑瓜子。到后来，他身边竟还站着一婢女，手捧簸箕，给他盛着瓜子壳。

钟少爷……还真是天生带着让人臣服的王者气场，这才多大会儿工夫，连婢女都有了！

陶白放下心，只管自己干活去了。

午后，婉婳楼中的四位姑娘都起身了，其中青衣或是听了下人之言，对钟灵充满好奇。

青衣幻化成小婢女的模样来后院看过钟灵一次，还主动给他捧着瓜子壳，然钟灵边嗑瓜子边懒懒道：“我很高兴你们没有对陶白起杀心，但他不能再留在此处。”

“公子，您在说什么呀？”青衣干笑着，一副听不懂的样子。

“陶白是肉体凡身，承受不起这里的戾气。你明白我的意思，何必装糊涂？”

青衣收起笑脸，冷然相向：“你究竟是谁？”

“我是谁不重要，重要的是，你们若就此收手，我可以当作什么都没有发生。但若执迷不悟，就不要怪我了。”钟灵说完，“咔嚓”几声脆响，连嗑了几颗瓜子，丝毫也不忌惮青衣身上越来越重的鬼气。

“陶白会不会离开，要看他自己的意愿了。”青衣说完，将簸箕放在桌上，恢复本尊之后，走进厨房，挽起陶白的手，“陶白，婉婳姐姐想让你亲自送早餐。”

厨房里的下人见着青衣，全都俯下身子跪拜：“见过四姑娘。”

婉婳楼虽然是青楼，但在这里，尊卑分明。除了四位姑娘，其他人都是下人，见了必然行礼。

陶白点了点头，端起早已备好的餐盘，跟着青衣离开了。

临走前，青衣深深地看了钟灵一眼。钟灵面不改色，始终坐在秋千上嗑瓜子。没了端簸箕的侍女，四周的瓜子壳便散落了一地。

陶白在一个时辰之后才回来，他回来的时候，双手腕上有紫黑的爪痕。他虽然极力地掩饰，但仍被钟灵看见。

“怎么回事？”钟灵蹙眉。

“没事，就是被婋婳姑娘扶了一下。”陶白言辞闪烁，转身往厨房走。

“等等。”钟灵跳下秋千，站在树下，对陶白说道，“你过来。”

“我真的没事。”陶白驻足，低着头对钟灵道，“可能是最近的身体出了什么问题，但……”

“过来。”钟灵声音冰冷，吓了陶白一跳。

陶白不得已，只能去到钟灵身边。钟灵很快上前一步，将他拦在身后。

紧接着，让陶白意想不到的一幕发生了——一团火焰自钟灵手心炸裂，随后他一掌向下，那火焰便落在地上，呈直线向前而去。

火焰越来越大，径直烧往婋婳阁。无数仆从在接触到火花之后便化作了灰烬。洪娘痛苦的模样在脸上定格，下一刻，她就变成了一具焦尸。

陶白蓦地张大了眸子，半晌说不出话来。

钟灵面不改色，冷眼看着身前的熊熊大火。

火焰在烧到婋婳阁后停了下来，它包裹着婋婳阁，使其周遭的土地付之一炬，但火焰却始终烧不进里屋。

“呵呵呵……”空气里飘扬出一阵铃铛般的笑声，婋婳身穿绯衣，走到阁楼边，大笑道，“我当你有多大本事，原来也不过如此。”

婋婳居高临下看着钟灵。

钟灵眉头微蹙，再次举起双手，两团青色的火焰在掌心跳跃，发出似闪电般的嗞嗞声。

婋婳面色一变，素手一指：“不要轻举妄动，你且看看，你身后站着的究竟是谁？”

钟灵闻言回头，只见牵着自己的那只手的指甲已然变成了青黑色。

青衣巧笑嫣然，攀附在钟灵背后，双手环绕着钟灵的腰，笑道：“公子，你不仅模样一等一的好看，法力也是一流。”

“滚！”钟灵一声怒喝，手上青焰瞬间燃烧数倍。

“公子，莫非您想让陶公子与我们陪葬？”青衣面不改色，算准了钟灵与陶白的关系，嘤咛道：“你看，陶公子在那儿呢！”

媲媔拍了拍手，她身后立即出现两名女子，正是锦芝和素弥。她们押着陶白站在阁楼之上。

“现在，你还想烧死我们吗？”青衣说完，钟灵的眼睛陡然睁大。

钟灵见到素弥的鬼爪扼住了陶白的喉咙，猛然收紧，陶白神色充满了痛苦。

“呵……”钟灵轻笑，不得已只能熄灭了手中的火焰，与此同时，就连媲媔阁四周的火焰也熄灭殆尽。

“一早便知你身份不简单，想不到竟是玄修者。”青衣算准了钟灵不敢妄动，说着，轻轻执起他的手腕，在他的腕子上下了两个咒，使其不能再使用任何玄修术语。钟灵几乎等于是个废人了。

“带我去见陶白。”钟灵的过分沉着和冷峻双眸，让青衣的心随之一颤。末了，青衣就像是着了魔似的带着他飞身上了阁楼。

陶白亲眼目睹钟灵掌心的火焰，又见到青衣青天白日飞身而起。若不是锦芝束缚了他的双手，他真想给自己两巴掌，看看自己是不是在做梦。但很快，脖颈处传来的清晰的疼痛感也告诉他：自己绝不是在做梦。

“放开他。”钟灵站在媲媔身前，双手被缚，然眸子里没有半分害怕。

“你好大的胆子！”媲媔手腕一动，指尖闪过白光，钟灵的双膝前屈，直挺挺地跪了下去。

他的膝盖磕在地上，发出一声脆响，陶白的心跳漏了一拍——他不知道为什么，无法见到钟灵受任何一点的苦。

如皎月清辉的人物，怎能与人下跪?

“你会后悔的。”钟灵面不改色，冷冷说完，一屋子女人都笑开了去。

“阶下之囚，何以言勇？”媿婳“啪”的给了钟灵一巴掌，恶狠狠道，“你现在是个废人了！唯一可以做的，就是求我给你一个全尸！”

钟灵冷笑，眸子里轻蔑光芒更甚。

“你无所畏惧是吗？那我先杀了他，如何？”媿婳说着，看向陶白，她的指甲飞速生长，尖利直指陶白。

“慢着！”钟灵打断她，急道，“我知道你想要什么，不如，我们来做一个交易。”

“啪！”的一声脆响，媿婳又是一巴掌打在钟灵面上，他白皙的脸颊清晰可见两个交叠的青色五指印。

“你有什么资格跟我谈交易？”媿婳怒目相向，虽然嘴里拒绝了她，但是她没有再向陶白发难。

钟灵一动不动地看着媿婳，淡道：“因为我知道你想要什么。”

在媿婳的震惊中，在陶白的不解里，在青衣、素弥、锦芝的疑惑下，钟灵缓缓说出了一个故事——

百年前，媿婳还不叫媿婳。她是尹家的长女，名叫清月。

清月与子月是一对双生姐妹。清月是姐姐，子月是妹妹。二人出生时刻只差毫厘，相貌相去无几。

清月大门不出二门不迈，然子月却天生带反骨，总与不三不四的人来往。

清月与宋璃青梅竹马，一同长大，她大婚前几日，子月哭着来求清月，告诉清月她怀孕了，但孩子的父亲是谁却不知晓，恳求清月让自己代替她嫁给宋璃，这样能瞒天过海，将此事压下。

清月迟疑，一面是青梅竹马的郎君，一面是唯一的妹妹，两相比较难以抉择。然子月癸水见迟，尹母请来大夫，致不堪之事浮出水面。子月被赶出家门。

子月落子，受尽苦楚，心中暗恨滋生，终在清月大婚之日，联合地痞流氓将其绑走，让她在破庙中待了一夜后，才将她送去了城东宋家。

“你很确定宋璃对你的爱，那我们看一看，他究竟会不会相信你的清白。”子月对清月说。

“他一定会相信我！他不会中你的计！”清月哭着答她。

“呵……是吗？我在地府等你，到那时你亲口与我说说，他究竟值不值得你相信！”这是子月在人世的最后一句话，而后子月投湖自尽。尸首无人认领。

宋家对尹清月的不清白十分气恼，城中议论纷纷。虽然宋家知道错不在清月，但宋母对她却十分恶毒，为保子嗣不被旁人所污，勒令宋璃不许碰她。

尹清月在宋家待了两个月，有了身孕，原是婚前与宋璃的子嗣，然宋璃却因颜面，不得不承认清月的身子被山贼所污，一碗红花断送了她的性命。

尹清月含恨而亡。从此，世间多了一只魅魃，她的名字叫媲婳。

“你怎么会知道这些？”媲婳脸色一变，浑身发抖。

钟灵跪在地上，仰头看她，但那眉目里丝毫不是仰视，而是一种悲悯的俯视——他像是站在世界的顶端，俯视一个渺小而迷茫的灵魂。

“我不只知道你的过去，我还知道你憎恨的那一个人在哪里。”

“在哪里？”媲婳双唇惨白，不复血色，她蹲下身子，抓住钟灵的双肩，急道：“宋、璃、在、哪、里？！”

“陶白知道。”

钟灵话音刚落，陶白蓦然大惊。素弥和锦芝放开扼住陶白喉咙的手，陶白大急：“小生不……”

“陶白，你还记得玄清宗的卷宗吗？”钟灵打断陶白。

陶白一愣，刚想问他什么卷宗，突然又明白了——钟灵知道季寒羽曾给过自己一个信号弹，在危险时刻能救自己一命。

钟少爷，他怎么什么都知道？

陶白此时顾不得疑惑，只点头道：“记得。”

“去把卷宗拿来。”钟灵说完，又对嫵嫿道，“放他离去，他会将宋璃带回来。”

“我凭什么相信你？”嫵嫿眼神里充满了不信任，但这几十年来，钟灵是头一个说出宋璃此人名讳之人，她又难以放弃希望。

“不管你相不相信我，这是你唯一的机会，何况我在此处，你不必担心陶白会逃跑，也不必担心我会伤害你们。”钟灵动了动肩膀，用行动告诉她们：我已经被你们禁锢法术，插翅难逃了。

“好，我给你一次机会。”嫵嫿说话时，扬了扬手，锦芝和素弥便将陶白带到阁楼边。她二人一人架住陶白的一只手，将他扔进了秦淮河……

陶白被推下嫵嫿阁，整个人往下坠入秦淮河水之中。他分明看见周身水花四溅，但不知为何，再次睁开眼，却发现自己身处一片花海之中。

绯红的鲜花漫山遍野，身前是那一座名曰“花冢”的墓。

天上雷电交加，与这些日子里的风和日丽全不相同。

陶白这才明白，原来自己根本没有离开过花冢，这些日子的一切都是幻觉！

那钟灵呢？

“钟少爷——钟少爷——！”

陶白在花间寻觅许久，始终没有钟灵的影子。

他难道还在梦中？还是在这墓里？

陶白心急如焚，立即绕到墓碑后，双手掘土，妄想在墓中救出钟灵。然而他只挖出一只黑金棺椁。

陶白咽了口口水，诚惶诚恐地掀开棺盖，便见里头躺着一个面色苍白的女子。她头戴丝质的绯色葬帽，一身绯罗裙，袖口上嵌一圈金丝捻成的合欢花。正是婠婳。然而此时从她的面色和毫无温度的体温可知，这是一具尸体。

“嘭！”一声巨响，陶白只觉后脑勺一痛，随即两眼一黑，整个人失去了意识，倒在花丛中……

“轰隆隆——”

夏季多雷雨，大雨倾盆落下，世界陷入一片水雾中。

陶白只觉得头很痛，很痛……一望无际的水雾里，只有自身的疼痛是清晰的。但是水雾的后面，似乎有什么东西正在呼唤自己。

“陶白，救我……”

“陶白，快醒醒，救救我……救救我！”

陶白一直在做噩梦，梦里，钟灵一直在呼唤自己。

傍晚，陶白醒来的时候，发现自己正躺在木屋的床上。

木屋的陈设与这几日住的相似，却又不尽相似——桌上的茶杯里正往外冒着水汽，烛台上有红色蜡痕，而这几天钟灵用的是白色，床铺上的衣物不属于陶白或是钟灵，被单也换作了沉重的黑色。这里有人烟。

显然，他回到了真实的世界，而这座屋子有它真正的主人。

陶白清醒过来后，看见自己手腕上的青痕，知道自己不是在做梦。

钟少爷，他还在婝婳楼里！

对了，玄清宗的信号弹！钟少爷说过，玄清宗的信号弹可以救他们！

陶白的后脑勺很疼，但他现在顾不得疼痛。他四处寻找，终于在门边看见自己的包袱。

陶白打开包袱，里头赫然躺着季寒羽送的临别礼物。

幸好，信号弹还在！

陶白立即跑出门，用火折子点燃了信号弹的引线。一声尖啸过后，五彩的烟火冲上云霄，最终在苍穹之上以银色六芒星的姿态炸裂。

然后……就没有然后了。

烟花绚烂，归于沉寂，并没有话本子里所说的“一支穿云箭，千军万马来相见”。

“你在干什么？”正在陶白失落之际，身前突然出现一个苍老的声音。

陶白抬头，便见那樵夫站在篱笆后，一脸阴郁地看着自己。

樵夫腰间别着斧头，怀里抱着柴火，缓步走进院里。

“是你打我？”陶白站起身，抚着后脑勺，警觉地看着他。

樵夫放下柴火，又从腰间拿出斧头。

“你、你别过来！”陶白惊骇地大喊，但这并不能阻止樵夫的步步逼近。

樵夫拿着斧头，从陶白身边走过，而后将斧头放在桌上，端起杯子喝了一大口茶。

“我不会伤害你。”

樵夫喝完水，看着陶白，一字一顿道：“既然你能离开婝婳楼，说明你命不该绝。”

“你也知道媲嫲楼？”陶白大惊。

“你走吧。”樵夫没有回答他的问题，只是重复着，“走得越远越好，永远不要再回来了。”

“你去过媲嫲楼，对不对？我要怎么才能回去？”陶白抓住樵夫的袖子，哀求道，“我弟弟还在里面，我求求你，救救他！”

樵夫深深地看了他一眼，缓缓道：“能从媲嫲楼里出来的人少之又少，你不是第一个，但或许是最后一个。快走吧，忘掉那里发生过的一切。”

“我不走！救不出钟少爷，我绝不离开！”陶白心急如焚，樵夫长叹一口气，坐在床边。他见陶白激动的模样，便给陶白讲了一个故事：“乌衣巷，玉竹扇，朱雀桥边，含恨身亡的女子坟头开满了绯色鲜花，经过的人会被她的执念迷惑，坠入温柔乡中。最后，便连尸骨都找不到。”

“花冢就是媲嫲……不，就是清月的坟墓对不对？”

陶白说到“清月”二字时，樵夫的神色很明显地一紧：“你知道清月？她连这个都告诉你了？”

陶白根本不管樵夫的惊惶，只顾问出自己心头的疑惑：“清月，她是什么时候死的？”

樵夫低头，沉默片刻，缓缓道：“算一算，有近五十年了。”

“五十年了！”陶白惊呼，“为什么她的尸体还没有腐烂？”

“那些被蛊惑的人，都沦为她的食物，供她长命百岁，尸身不腐。”樵夫说话时，眸子里带着几乎朝圣的光芒。

“荒谬！”陶白一掌拍在桌上，“她早已经死了，又哪里来的长命百岁？”

“只要媲嫲楼存在一日，她就一日不死。只要我还在这世上，就守她尸身无虞。”

“你这是自欺欺人！你究竟是谁？”陶白目光灼灼地看着他，此时，樵夫皱纹横生的面上已经恢复了平静，道：“一个行将就木的老人罢了。”

“你……”陶白不敢肯定，试探性地问道：“你是宋璃？”

樵夫再次全身一颤：“我不是！”樵夫站起来，迅速走到门边，拿起斧头对准陶白：“快走！离开这里！”

陶白起初被他这副模样吓着，但很快明白过来：如果他不是宋璃，他不会这样激动。

“你就是宋璃！你就是清月的夫婿，是你辜负了她，害她变成这样，对不对？”陶白接近宋璃。

“我不是！”宋璃的斧头在空气里挥舞，他竭力阻止陶白靠近自己，“你不要逼我！滚！滚啊！”

“宋璃，你跟我去见清月，只有你能救钟少爷了！”陶白看出宋璃并不是真的想杀自己，很快便躲开他的斧头，握住他的手，“难道你不想见到清月吗？”

“不想！”宋璃双眼通红，发狂似的拿起斧头，朝陶白的肩膀砍去。

陶白闪身一躲，避免了断臂的命运，但肩上还是被拉开了一道血花。

“这、这是你逼我的！如果你再不走，我就让你变成那千万亡魂中的一个！”

“你不要再助纣为虐了！”陶白跌在门边，忍着痛楚，急道，“清月她一直在找你！”

“她一直在找我？”宋璃一愣，怔忪道，“不，不会的，她永远都不会想再见到宋璃！是他辜负了她，是他害死了她！”

“啪！”宋璃的斧头掉在地上，他也跌坐在地，掩面恸哭。

“她放我出来，就是为了让我去找你。我求求你，跟我去见她吧！”

“如何见？”宋璃抬起头，神色痛苦地看着陶白：“我在花冢守了她四十年，可是我从来没有进到过花冢。你告诉我，我该如何去见她？”

“你进不去？”陶白一愣，惊讶道，“难道不是你将我和钟灵送进去的？”

宋璃摇头：“我没有做过任何事情，我唯一能做的，只是打理这十里花海，让她在最美的地方沉眠。”

“那你如何知道婉婳楼？”

“是幸存者说的。”

宋璃目光空洞，凄凉道：“他们在婉婳楼里看尽风花雪月、旖旎情事。他们说，婉婳楼里最美的人叫婉婳，她永远穿着一身绯色衣裳，手执一把白玉竹节伞，那伞上面的，便是这漫山遍野的绯色月季花。”

“可是，这并不能说明婉婳就是清月。”

陶白说完，宋璃深深地吸了一口气，道：“他们还说，在婉婳的后腰，有一个花色疤痕，摸上去并不平整，似是烫伤。”

宋璃捂着脸，擦了一把眼泪：“那是她儿时被马夫燕青不小心烫出的伤痕，这还不能证明她的身份吗？若一人如此说，我不会放在心上。可这些年来，接连有好几人说起，我能从他们的口中，看到婉婳的模样……”

宋璃说着，号啕大哭起来。

坟墓里的人一心想要找到宋璃。宋璃却一直徘徊在门外，不得其门而入。不仅如此，还要隔三岔五听到她与别的男子的旖旎情事。

陶白能感受到他的哀恸，可不知道该怎么安慰他。

“妖气好重，若再不阻止，怕会成魔！”就在这时，门外传来一道银铃般的女声，还有一连串的脚步声。

陶白起身回头，便见四个身穿月白衣衫的人走了过来。为首的女子手执长剑，气势汹汹。

“喂，刚刚是不是你发的信号弹？”女子长剑一指，推开栅栏，问陶白。

来人让陶白有一丝恍惚。她的五官与陈秋碧仿似一个模子刻出，但气场又绝不会让他认错人。

女子眉目坚毅，线条分明，五官带着一股英气，举手投足间都带着骄傲，与羸弱的陈秋碧大不一样。而她身后的三个男子与她一比，也显得眉目懦弱，明显是她的跟班。

“问你话，哑巴了？”女子目露凶狠，疾声喝道。

陶白这才回神，连连颔首：“正是在下。”陶白听出来了，他们都是玄清宗的弟子，见到信号弹而来。

“你是什么人？寒羽师兄跟你是什么关系？”女子咄咄逼人，似乎非常在意季寒羽。

陶白作揖行礼，恳求道：“小生姓陶名白，字常曦，是季公子的朋友。他临走前留了信号弹于我，说只要我有难，就会有人来帮助我。各位大侠，你们是来帮助我的吗？”陶白说完，带着十足的低姿态问他们。

陶白的恭敬让她十分受用，女子道：“我叫季清婉，是季寒羽的小师妹，你既然是师兄的朋友，我当然会帮助你。说，出了何事？”

陶白连连道谢，连忙将最近发生的事情与她说了一遍。

听完，季清婉自负一笑，长剑向外一指，冷哼道：“走！去会会她！”

陶白与宋璃互看一眼，宋璃长叹了一口气，道：“事情由我而起，我跟你们一起去。”

“当真？”

“嗯。”

“太好了！”陶白想也没想，应承下来。

这样再好不过，有降妖伏魔的玄修者和当事人一起，无异于双重保险。

一行人走出门，为首的女子似乎看得见妖气一般，不需要宋璃带路，便一步都没有踏错地往花冢走去。

“清婉师姐，我们需不需要做准备？”一小师弟面带犹豫，仿佛有些担忧。

季清婉道：“你看得见妖气吗？”

“看得见。”

“那不就得了？看得见的妖气，还需要防范吗？”清婉翻了个白眼，继续前行。

一路上，陶白已经从几人的对话里听出，他们都是玄清宗的内家弟子，都姓季。

为首的女子叫清婉，另外三个人分别叫子涵、穆远和仲黎。三名师弟里，其中以穆远最为年长，但也最为小心翼翼，一直劝说清婉的就是他。

陶白因惦念着钟灵，也顾不得害怕了，只恨不得自己能长双翅膀飞过去。

待到达花冢，几人停在墓碑前，季清婉看了一会儿，用脚尖在地上扫了一个阵法，而后率先拔剑，对另外三名弟子点了点头：“出阵！”

三人应声拔出自己的长剑，而后双手举高，在同一时刻，四把剑准确地插入阵法的四个阵眼之上。

片刻之后，巨大的迷雾在空气里飘荡，陶白只觉得自己在云海烟雾中飘荡，一阵风过后，烟气吹散，巨大的铜门上，挂着明晃晃的大牌匾，上书“媲婳楼”三个大字。

媲婳楼前，只剩下玄清宗的四名弟子以及陶白。几人互看一眼，才知道少了一个人。

穆远疑惑："那个樵夫呢？"

仲黎回答："不见了！"

季清婉奇怪道："他没有跟来？"

子涵叹息："他肯定被吓跑了！"

陶白心中一凛，倒是没有多奇怪。因为宋璃之前说过，他无法进入花冢。他本以为他在说谎，但现在看来，他并没有骗自己。

他看不见花冢，他无法进入媲婳的世界。

"先不管他，我们进去看看。"季清婉说着，推开了媲婳楼的大门。

就在这时，原本风和日丽的世界因她的到来而卷起狂风。树叶哗哗作响，雨水夹杂着雪花在空气中旋转飘飞。

陶白身上有好几处地方被狂风割开口子，就连脸上也被飞起的石子划出血花。

"怎么回事？"陶白被突如其来的天气变化弄得不知所措，他不得不用双手遮住脸，以免被疾速飞过的石子刮伤。

"那妖物察觉到生人，怕是生气了！"季穆远说完，困难地带着四人往媲婳阁走去。

"不要担心，这只是幻觉。"季清婉剑花一挽，在身前扫出一个扇形白光。在她的预计里，白光闪过，天地将恢复安宁，眼前的一切骤雨狂风都将平息。然而事实并非如此。

雨越来越大，风越来越大，在他们眼前盘卷成龙卷风，他们几乎就要被飓风吹走。

"出什么事了？"季子涵亦双手抱头，扯着嗓子问季清婉。

季清婉神色有变，急道：“我也不知道，照理说她法力不会这么高！”

“轰隆隆——”

突然，天空一声巨响，一道惊雷在几人眼前炸开，季清婉下意识祭起长剑，向一旁飞去，恰好躲过了龙卷风的袭击。其他人也想起御风飞行的法子，纷纷上剑，在大雨里，小心绕开龙卷风前行。

只有陶白，还依靠着树干和墙壁躲风遮雨。

“哗啦——”几枚石子在脸颊掠过，他伸手一挡，三道血花在手背浮现。

好疼！

陶白忍痛，抬起头，便见几道白影与漆黑的夜幕形成鲜明对比。玄清宗四人在剑上衣袖飞舞，姿态超然。

他突然有那么一点点羡慕他们——如果自己也是玄修者，可以像他们一样自由飞行，那该多好？

如果自己是玄修者，也不至于让钟灵为了自己而犯险……

就在陶白歆羡之际，空中的四人却接二连三地从剑上掉落。先是季仲黎，而后是穆远和子涵，三位师弟摔在地上，口吐鲜血，看样子伤得不轻。最后仅剩季清婉还在剑上。

“你们怎么了？……什么东西？给我滚出来！”季清婉感受到来自四面八方的劲力，却看不清是什么，只得没有方向地四处飞舞，以求躲开看不见的力量。

然而陶白看清了，在飓风中，有一道道冰箭，密集地从四面八方包围季清婉。

“啊——！”季清婉再是逃离，也逃不过越来越多的冰箭围攻，从剑上摔落。

“布阵！”季清婉气急败坏，刚站起身，便招来佩剑竖在额前。其余三人见状，皆执剑配合，瞬间工夫，一个乳白色的结界在四人周身张开。

飓风中，他们眉头紧皱，衣摆翻飞，承受了巨大的压力。

“过来！”季清婉回头冲陶白喊了一声。

陶白也不知道哪里来的勇气，只知道自己要去救钟灵，于是想也没想便飞扑上前，落在结界之中。

结界里十分平静，周遭的飓风被暂且阻隔在外，但陶白看得出，他们已经用尽了全身的气力，而结界上的裂纹却越来越多。

他们能否支撑走到姽婳阁都是个问题，更别说到了姽婳阁之后对付姽婳了。

“我们回去把宋璃带来，就能平息姽婳的怒气！”陶白提醒他们。

“我们已经出不去了！”季清婉没好气地吼道，“如今不是她死就是我们亡，我们别无选择！”

陶白只得闭嘴，跟着四人的结界向前挺进。

几进几出之后，终于到达姽婳楼里最高之处——姽婳阁。

阁楼之上，姽婳一身绯衣，身边跟着青衣、素弥和锦芝。除了姽婳面带愤怒，其余三人都面无表情。而钟灵跪在她们脚边，五官隐在黑暗里，看不见表情。

“钟少爷！”陶白激动地大喊，“钟少爷——你还好吗？”

“他听不见，你别白费力气了！”季清婉提点道，“结界里与外界阻断了联系，外面的事情无法打扰我们，我们也无法传递声音出去！”

陶白也不管他听不听得见，一双眼睛只盯着钟灵。

此时，姽婳扬起手，青衣、素弥和锦芝就像三只鬼影，张牙舞爪地从阁楼飞下，朝着陶白五人飞去。她们的面目再不复往日娇艳，个个青面獠牙，指甲尖利，十指抠在结界上，发出了“吱呀”的刺耳声，就像刀片划过玻璃。

结界摇摇欲坠，三人的手指每划过结界一次，在穆远、子涵和仲黎的身上，就会出现一道血痕。片刻工夫下来，三人已经浑身浴血。虽不是致命伤，但看上去形状极其可怖。

“师姐，我撑不住了！”子涵咬紧牙关，握剑的双手颤抖，连膝盖都在向前弯曲。

季清婉吃力地回头，见身后三人都是一脸痛苦，恶狠狠道：“再坚持一会儿！我开启天网！”季清婉说完，对陶白道，“在我怀里有一个锦囊，把它拿出来！”

“怀、怀里？”陶白一愣。

在结界里，只有陶白还能走动。他感受到了外界的压力，却无法切身体会四人所承受的痛苦。所以，当季清婉让他摸进胸口时，饱读圣贤书的他迟疑了：“男女授受不亲，小生……”

“快点！”季清婉催促道，“这都什么时候了？不想死就别废话！”

“是、是！”陶白点头哈腰，快速走上前，闭着眼睛，颤悠地伸出手，可是半晌摸不到入口。

“快点！”季清婉喝道，“睁大眼睛！”

陶白一撇嘴，立马拉开她的外衣，将手伸进去，果然在腰间摸到一个金色锦囊。

“打开它！”季清婉大喊。

陶白不敢耽误，立刻打开了锦囊。只见一道金光闪过，一张巴掌大的金色小网飞出，落在季清婉手边。

季清婉右手执剑，左手将小网托在手上。那金网便在她的手上越张越大，而后呈现遮天蔽日的状态。

“收阵！”季清婉大喝一声，穆远、子涵和仲黎同时撤剑。

眼看青衣、素弥和锦芝三人的攻击转瞬而至，金网迅速代替结界将其阻拦在外。而后金网越缩越小，将三人网在里头。

金色的丝线勒紧，青衣、素弥和锦芝形态焦灼，身上开始冒起黑烟，不一会儿便化作一摊黑水，自网中消失。漫天的飓风在这一刻停止，婉嫕阁上的婉嫕吐出一大口血，而后右边脸颊和手臂溃烂，只剩半副骨架。

“你们好大的胆子！今天，我要让你们全部死在这里！”空气里传来婉嫕的尖啸，那已经不能称之为人的声音，而是一种野兽的嘶吼。

“她到底是什么东西？”穆远皱着眉，心有戚戚。

“不知道。”季清婉摇了摇头，“我也是第一次见到如此凶悍的魔物。”

“魅魃。”陶白接了一句，随即迎来四人奇怪的目光。

陶白不知道魅魃是什么，也不知道她是怎么产生的，但经他一提点，学过《妖异志》的玄清宗门人便都如醍醐灌顶了。

魅魃，多是生前还留着一口气，被人活埋，而后吸入地里的精鬼邪秽，自身尸化而成的产物，靠吞噬所害之人的欲望和怨气助长自己的力量。按照宋璃的说法，婉嫕在此已经待了四十年，显然已经成了精。然而为什么这么多年都没有九方术士或者玄修者来收她，也是一个谜。

“拿命来！”婉嫕大喝一声，从阁楼飞掠而来。季清婉见状，当机立断撒网，让穆远、子涵和仲黎握住网的另外三头，自己扯着最前头，向婉嫕扑去。

陶白见婉嫕与四人缠斗在一起，立即快速跑进了婉嫕阁。

陶白一路上到三楼，终于在阁楼边找到了钟灵。

钟灵跪在地上，除了脸上有五指印外，没有多添伤痕。他没有关心楼下的战况，反而似在思索什么，等听到脚步声抬头看见了陶白，才疑惑道：“樵夫呢？”

“樵夫不见了！”陶白找来剪刀，想要剪开钟灵手上的绳子，然而那并不是绳子，那是青衣下的咒法。虽然青衣已死，但那咒语并没有解开，想来青衣的法力来源于婝婳，那这解咒之法自然也要婝婳才行。

“钟少爷，您手腕上的伤……”陶白扶起钟灵，一眼见到他手腕上的紫黑斑痕，心痛如绞。

钟灵动了动手腕，摇头道：“没事，就是看上去可怖罢了。”

“只是难看一些？”陶白担忧道，“那为什么……”

“真的没事。”钟灵再次宽慰，而后看向楼下。

此时，婝婳与玄清宗四人的缠斗已近尾声，虽然她的法力在四人之上，但季清婉的金网力量却不容小觑。她根本不能碰触到网线，否则身上就会烧灼。然而那金网可大可小，她难以避开。最终，婝婳落在网中，三人一收紧，她便被裹住四肢，动弹不得。

“成了！”季清婉兴奋地呼喊，另外三人面色也是一松。然而开心没有持续多久，那金网却开始剧烈地抖动。

婝婳的皮肤被金线焚烧，只剩下一堆白骨，然而白骨却不畏惧金网，四肢大力地撕扯着，眼看着金网就要被撕破。

“把她带上来！”钟灵大喝一句。

危急时刻，季清婉来不及思考为什么要进铜镜，直接与另外三人一齐，飞身将那金网用力拉至三楼阁楼前。

就在这时，婝婳似乎看准了时机，用力向钟灵飞去，妄想再次用他要挟陶白，然而陶白下意识飞扑上前，整个身子挡在钟灵面前，被婝婳用力一撞，猛吐了一口血，晕了过去。

钟灵神色一滞，而后迅速反应过来，指着身后的巨大铜镜，喝道：“将她关到铜镜里去！”

季清婉听话地抓起金网，带着另外三人来到一面巨大的铜镜前。而后钟灵看准时机，右手用力一掌祭出，天网四周震荡出一圈金纹，而后一绯色光芒没入铜镜之中。

金网内的劲力突然消散，执网的四人像是突然失去了重心，跌倒在地上。

“她进去了？”季清婉惊魂未定，不确定地问。

“应该是！”季子涵看向钟灵，钟灵面无表情，盯着铜镜。

此时，铜镜镜面发生了些许变化——一圈圈金纹似湖水泛起的涟漪，在镜面荡漾。镜面正中，似乎有两只手掌用力向外推，而后是一张扭曲的脸，她张大了嘴，仿佛在咆哮着：“放我出去！”

“怎、怎么办？她要出来了！”季清婉花容失色，爬到钟灵脚边，攥紧了他的衣摆。

钟灵看也不看她，不动声色地抽出衣摆，问她：“你有没有镜子？”

“什么？”季清婉一愣，有些不明白。

“女子梳妆之用的随身配镜。”

“啊，有！”季清婉从怀里摸出小镜子，虽然不知道钟灵要用它来做什么，但很快便递给了他。

钟灵接过镜子，豪不怜香惜玉地将季清婉踢到一边，而后拿起小镜子，对准了铜镜镜面。

就在姽婳即将挣脱铜镜的一刹，红光一闪，她再次进入了钟灵手执的梳妆镜中。

小镜不停地抖动，昭示着媲婳的不甘和愤怒。

“拿着！”钟灵另一只手拎起脚边的季穆远，将镜子交到他手中，“将两面镜子对准，确保她跑不出镜面的映射。”

季穆远被吓得魂飞魄散，傻傻地点头，而后双手握紧了小镜子，眼睛一动不动地盯着铜镜。

媲婳徒在两面镜子之间奔逃，但如何都出不去。

满屋子人见状，这才舒了一口气，暂且放下心来。只有季穆远冷汗淋漓，他还保持着高度紧张，连擦汗的空闲都没有。

“这魅魃未免也太凶狠了！”季清婉惊魂甫定，看向钟灵。

钟灵没有理她，径直走到陶白身边坐下。

陶白替他挡了一下煞气，至今未清醒。

“清婉在跟你说话，你怎么不回答？”季子涵不满钟灵的高傲，替清婉抱不平。

季清婉虽有不满，但阻止了子涵，道：“不得无礼，他是我们的救命恩人。”

“可是……”

“闭嘴！”

玄清宗的弟子们你一言我一语地吵起来，但钟灵谁都不理会，只管手掌泛起白光，将灵力缓缓输入陶白的身体。陶白面色渐渐恢复血色，不多时便睁开了眼睛。

“钟少爷，您没事吧？”陶白坐直身子，死死盯着钟灵，生怕他哪里伤着。

钟灵摇了摇头：“我没事。”

“媲婳呢？清月呢？她死了吗？”陶白一连串的问话，让在场的人又随之一紧。刚才情况之凶险，没有人想再去回忆。

钟灵拍了拍他的手背，缓缓道：“你放心，她已经被季姑娘的镜像收服。”

陶白下意识反手握住钟灵，看向季清婉：“真的？”

季清婉闻言，微微一愣，旋即便眉开眼笑。

尽管她知道那只是一面普通的镜子，但仍是骄傲地说道：“有我玄清宗的法宝在，你尽管放心！”

“那就好……”陶白长叹一声，跌坐在地，但他的手仍紧紧握着钟灵，不肯放开。

钟灵也不挣脱，随他握着。

“怎么处置她？”良久，季穆远又忍不住颤声问。

季清婉想了想，用她所学的知识道：“《妖异录》中说过，一切精怪魔物最根本源自于魂，只要将她的魂魄击碎，就能彻底制伏她！如果能同时打碎两面镜子……她的魂魄就一定会跟镜子一起七零八落！”

“好办法！”季子涵附和道，“我来帮你！”

“如果我是你们，我就不会这样做。”此时，一直没说话的钟灵打断了他们，“你们能保证两面镜子同一时刻破碎吗？”

此言一出，屋子里的人都看着他，钟灵继续道：“你确定她的魂魄在一面镜子里？若她存在于两面镜子，而镜子有一面破损，哪怕只是一瞬，她也一定会跑出来，到那时，你们还有信心捉住她？”

季清婉迟疑了：“那按照公子的说法，穆远师弟只能一直拿着镜子了？”

钟灵颔首，道：“解铃还须系铃人，在找到宋璃之前，只能如此。”

“这简直太强人所难了！”季穆远难过地大哭，“师、师姐，要不然我跟子涵和仲黎换着来？我……我实在撑不下去了！”季穆远大汗淋漓，双肩抖动，看得出来他是真的很吃力。

季清婉想了想，说：“子涵和仲黎，你们留在这里，跟穆远交换着来，我和他去找宋璃。”

季清婉指着钟灵，哪知钟灵看也没看她，只是用另一只手拍了拍陶白的手背，道：“我和陶白去就好。”

“你们？”季清婉嘲笑道，“你们一个普通人，一个……”她说着，上下打量着钟灵。

季清婉先是被钟灵的容貌所惊艳，但见他双手的印记，又道：“你是玄修者？”

钟灵没有承认，也没有否认，季清婉又道：“不管你是什么人，至少你现在无法使用法力，对不对？”

钟灵冷哼一声，表示默认。

“没有我，你们连出都出不去，还想找人？”季清婉负起双手，摆出一副“求我啊，求我就带你们出去”的模样。

陶白知道钟灵的脾气，也知道季清婉脾气火暴，生怕二人起冲突。但谁知，钟灵顿了顿，便低头道：“那便劳姑娘带路。”

季清婉也没想到冷艳的钟灵会突然服软，一肚子要说的话都来不及说，便点头走在前头，道：“跟我来吧！”

出去的路与上一次相比平坦许多，三人走出娩婳楼，季清婉从怀里拿出火折子，点燃了一支香。

此香是玄清宗的独门法宝，专门用来对付幻境，只有高阶弟子才能享用。陶白闻着香味，眼睁睁地看着四周景致变得扭曲，而后变幻旋转，最终回到了花冢前。

“太神奇了！”陶白惊呼。

钟灵也肯定地赞道：“玄清宗果然名不虚传。”

“那是自然！”季清婉骄傲地一挺胸，随后看向四周，但这山里除了绯色红花和孤零零的坟墓，其余什么都没有。

三人一路西行，走到林中的小屋，然而屋子里空空荡荡，那宋璃就像是凭空消失了一般。

“他去哪儿了？”季清婉疑惑。

陶白不确定道：“是不是在婋婳楼里？”

季清婉摇头：“他没有跟来。”

钟灵沉思片刻，问陶白：“你跟我说说，你回来之后发生的事。”

陶白将他与宋璃的对话完完整整地叙述了一遍，钟灵沉默些许，道：“走，回花冢。”

“去做什么？”季清婉疑惑。

“挖坟。”

花冢的土之前被陶白挖开过一次，土壤松软，没花多少工夫便挖到了里头的棺椁。三人合力打开棺椁，便见里头躺着一名容貌娇丽，与活人无异的貌美女子。除了不能呼吸，她几乎就像是睡着了。

而在女子的身边，原本空荡荡的坟墓中又多了一具白骨。白骨身型高大，明显是成年男子。而他身上的衣服，与樵夫穿的一模一样。

“宋璃？！”陶白惊讶道，“白骨莫非是宋璃？”

钟灵叹息：“不知道。”

“是与不是，让他开口就知道了！”季清婉说完，又从怀里摸出一道符纸，而后咬破了自己的食指，用自己的鲜血在符纸上书写。

“这是真言咒，不管他是人是鬼，是妖是魔，中了咒就只能说实话。”季清婉写完，便将符纸贴在白骨额头。

在陶白的惊讶中，血光一闪，那符纸没入白骨之中。很快，白骨的牙关开始开合，发出“铮铮”的打战声。

季清婉道：“你是谁？”

“燕……青……”

白骨此言一出，陶白脸色一变，惊诧地看向季清婉，眼神似乎在说：“他难道不是宋璃？”

钟灵和季清婉都没说话，季清婉又问白骨：“你为什么睡在棺材里？”

“陪……小姐……”

“你的小姐是谁？”

“尹……清……月……”

真言咒的失效只有半个时辰，从白骨口中得知，棺材里的女子就是尹清月，然而她只是一具尸体，没有魂魄，没有作恶，她甚至从来没有睁开过眼睛。而这整个花冢的阵法，都是姓燕的奴仆所做。

燕青是尹家的马夫，从小与清月一起长大。儿时曾因烫伤清月被鞭打濒死，是清月救了他。而后燕青便对她忠心不二。

尹清月含恨而亡后，燕青希望能永远保存小姐的美丽，便以己身为引，铸造了一座媲婳楼，用生人的血肉延续尹清月肉身不腐。

媲婳楼里的女子，根本不是尹清月，那只是燕青心中的清月。而且，他从来只伤害自愿永远留在媲婳楼的人。那么这些人都不会有怨，自然也就不会吸引九方术士。这也就是他多年没有被九方术士盯上的原因。

弄清楚事件始末，季清婉在最后一刻问了最关键的问题：“怎么才能彻底毁掉旎婳楼？”

“毁……毁掉……小姐的……肉身……”

白骨说完最后一句，闭上了牙关，不再动弹。

季清婉长舒了一口气，不等钟灵说话，便高高举起长剑，一剑刺入了女子的身体。没有血液喷涌而出，在长剑刺入身体之时顿时火光乍现，“轰”的一声，瞬间工夫，大火吞噬了女子的身体，将她烧成了一把灰，风一吹便随风散去。

就在这时，大地突然剧烈地震颤，白骨牙关大颤，发出声声嘶喊，仿佛有无尽的怒火要宣泄。四周的绯色红花燃起火焰，三人转瞬间便身处火海。

火浪滔天，四周温度陡然升高，三人近乎被烤焦。

“不好！旎婳楼要塌了！”钟灵说完，不等他有下一步动作，只见白骨扭动着身子从棺材里爬出来，直扑上去掐住了季清婉的喉咙：“你害死清月小姐，我要你陪葬！”

“救……救命……”季清婉从喉咙里发出几个字节。

陶白见状，也不知道哪里来的胆子，冲上去抓住白骨的手，情急之下又用牙齿去咬白骨的手腕。然而白骨纹丝不动，稍一抬手就将陶白打飞出去。

钟灵飞速掠去，将陶白拦腰抱住：“你不要命了！”

“快救季姑娘！她不能死！”陶白捂住胸口，挣扎着从钟灵身上跳下，再次冲向白骨。

钟灵叹息一声，右手食指在袖中不动声色地一指，一道白光没入白骨的额心。也就在这一刹那，漫山遍野的火焰熄灭，绯色鲜花燃烧殆尽。

季穆远、季子涵和季仲黎三人从天掉落，跌在地上，入眼的便是白骨扼住季清婉喉咙的模样。

季穆远手里握着的镜子已经碎了，那白骨显然是被媠婳附身，再次有了自己的意识。

“你害死小姐，今天，你们一个都跑不了！”

白骨用尽最后的力气嘶吼，季穆远、季子涵和季仲黎三人回过神，立刻祭起长剑，向白骨砍去。

白骨没有了媠婳楼中的幻影的庇护，在三人面前只是一堆骨头，长剑分别砍在他的头骨、手臂和盆骨。

刹那间，白骨断裂，倒在地上。

“咳咳咳咳……”季清婉落在地上，大声地咳嗽，她刚回过神，便从怀里掏出金网，将白骨网在里面。

白骨失去护身之法，很快化作一摊黑水，其上冒着丝丝黑烟。

“终于……结束了吗？”季清婉惊魂未定。

“大概结束了吧？”季穆远也是一脸懵懂。

子涵和仲黎浑身大汗跌坐在旁边，都是一脸心有余悸。陶白松了一口气，整个人也跟被抽尽了力气一样，坐在地上。

只有钟灵，跟什么都没有发生过一样，垂手站在陶白身边。

半刻钟后，天地恢复平静，四周只剩焦坑。白骨裂在四周，散落一地。而不腐尸身和黑金棺椁都化作了烟消云散。

“接下来，你们有什么打算？”季清婉面上带着自然而然的优越感，问陶白和钟灵。

钟灵双眼细长飞挑，微一抬眉，看着陶白，似乎是在询问他的意思。

陶白握着钟灵的双手，将他的衣袖拉起，却见他双手仍带着媠婳留下的印记。

“不知各位少侠，你们可有法子让钟少爷恢复正常？”陶白问道。

季清婉几人面面相觑，最终摇了摇头：“我不会，但我的长辈们一定可以！”

“求求小姐救救我家少爷！”陶白急道。

季清婉迟疑了一会儿，问他：“你们究竟是什么关系？一会儿弟弟一会儿少爷。”

陶白面色一红，道：“他比我小，所以是我的弟弟。我……其实是他的仆人。”

陶白说话时，钟灵快速地转头看了他一眼。他眼睛微闭，似有些不满，但最终也没有反驳。

季清婉“哦”了一声，点头道：“无所谓，你们是什么关系对我而言不重要。这样吧，你们随我们回天玑山，请师叔、师伯为他诊治，可好？”季清婉指着钟灵。

“可以吗？”陶白问钟灵。

钟灵没有说话，不反对也不应承。

陶白见他不反对便直接站起身，郑重其事地拱手作揖：“那就拜托季姑娘了！”

季清婉很满意陶白的礼数周全，见二人对自己很客气，便也端起对师弟们的高高在上的态度，淡然地点了点头。

六人歇息了一会儿，天色渐暗，临走前，陶白将散落在地的白骨拢至一处，而后开始挖坑。穆远和清婉十分不理解他的做法。

清婉蹙眉道：“这等魔物，曝尸荒野也罢，管他作甚？”

陶白一边挖土一边道：“若看不见也罢了，既然看见了，还是不希望他曝尸荒野。他……其实也是个可怜人。”

“他可怜？那那些死去的人可不可怜？”季清婉翻了个白眼，“就连我们也差点葬送在他手里！”

陶白没有停下手中的活，沉默一会儿，道：“他在媲婳楼中待我不错，并没有为难我，是我们扰了他的安宁。”

“迂腐！”季清婉气得跳脚，但也没有很强硬地阻止他。其余三人便也没有多说什么。

陶白抬头看向钟灵，生怕钟灵责骂自己迂腐。但钟灵没有那样做。

钟灵站在一旁，面对夕阳，陶白只能看见他的背影。

他的背影修长高挑，宛若出没人间的精灵。

怪不得总觉得他气质与众不同，原来他也是一个玄修者……

陶白将燕青葬了，傍晚，山里便多了一个小坟包。没有墓碑，没有棺椁，只是避免了曝尸荒野的命运。

当晚，陶白和钟灵随玄清宗人去了金陵城中最好的客栈。

陶白没有钱，本有些犹豫，但季清婉大手一挥，道：“既然你们是季师兄的朋友，我必不会亏待你！”说完，给二人要了两间上房，还将二人的房费付了。

“多谢季小姐！”陶白激动不已。季清婉虽然脾气不好，但这多半个月来，她算是真正对自己还不错的人。

季清婉想是累极了，没有多说话，点了点头便回了自己房去。

陶白先是陪伴钟灵去了他的房间，为他铺好床了才回自己房，而后便在自己房里翻来覆去地睡不着，最终忍不住去找了钟灵。

“钟少爷，您是玄修者吗？”陶白站在钟灵床前，问出了萦绕心头许久的疑惑。

钟灵摇了摇头：“不是。”

“那你……”陶白踯躅，正寻思着合适的语言，但还没想清楚，便听钟灵道，

“身逢乱世，略懂皮毛傍身罢了。”

“原来是这样！”陶白如醍醐灌顶，用力地点头。而后便盯着钟灵看。

“还有事？”钟灵问他。

陶白：“我……我就想问问，燕青后来怎么样了？他的尸骨散了，娩婳楼也塌了，娩婳死了吗？”

钟灵扬起嘴角，好笑道：“你喜欢她？”

陶白飞快地摇头：“不是，我就是觉得她并不坏，她没有伤害我……你们为什么一定要杀了她？”

钟灵蹙眉，扬起自己的手腕，露出双手腕的印记道：“这就是你所说的没有伤害？你身上的青紫瘢痕不是伤害？”

钟灵手腕的印记已经从青黑变成了赤紫，眼看有腐烂的迹象，陶白心疼到无以复加。

“我的伤是小事，可你的伤……对不起，是我没有在乎你的感受！”陶白懊悔道，“他们伤害你，比伤害我更可恶！”

“我没事。”钟灵心头一暖，道，“我的伤等去了玄清宗就好了，你不必担心。”

钟灵拍了拍陶白的肩膀，犹豫了一会儿，又道：“如果你对近日之事感到愧疚和后悔，不如做一些对你我有助益的事去预防这类事情的再次发生。”

“什么事？”陶白睁大了眼睛，期冀道，“只要能帮助你，不再拖你的后腿，我什么都愿意做！”

“进入玄门，成为玄修者，这样你就可以保护我了。”

“我……”陶白一愣，泄气道，“我就是个什么都不懂的书生，被水笙一吓连门都找不到，又怎么能成为玄修者……”

“只要有心去做，总会可以，我不勉强你，但我希望你答应我，去试一试。就算最后无法成为玄修者，至少你努力过，对不对？”

陶白怔怔地看着他，沉默了许久，才点了点头：“我答应你。”

“乖，回去睡吧。”钟灵拍了拍他的手背，温润的触感让陶白有些脸红。

离开钟灵后，陶白回到自己的床上，想起钟灵带着慈爱的目光，越想越觉得害臊。自己比钟灵大了近十岁，居然总让他安慰，自己真是太没用了！

陶白叹气，在对自我的强烈不满下睡了过去。

子时，客栈中所有人都睡去了。钟灵才睁开眼睛，坐直身子，抬起双腕。

他的双腕指印渗透入骨，乍看上去十分凶险，然钟灵面不改色，口中念念有词，再用中指和食指一抹，白光闪过，手腕上的紫红伤痕便化作一道绯色流光盘旋在他身前。而后一个绯色的透明身影显现在空气里，正是婉婳。

这是婉婳留在人间的最后一抹气息，一点执念。钟灵必须除掉她，否则时日一长，必然会再次凝聚成魅魃。

“留恋尘世越深，罪孽越深重。你只是燕青的一点执念，如今燕青已死，你又何必徘徊人间？”钟灵面色镇定，不带一丝表情。此言一出，让婉婳目中凶光乍现。

婉婳知道自己打不过他，也知道自己即将从这个世间消失。但是她不甘心，不甘心自己在人间数十年，最后竟栽在一个连玄修者都称不上的人手里！

“好一个留恋尘世越深，罪孽越深重！”婉婳恶狠狠地说完，深深地看了钟灵一眼，“虽然我不知道你究竟是什么身份，但我知道你玄修者的身份只是一个幌子！你与我一样，都是没有后世的人，不是吗？”

钟灵不说话，表示默认。

媿婳目光灼灼地盯着钟灵："你说我留恋凡尘，那你呢？你现在又在坚持些什么？"

"我跟你不一样。"

钟灵沉默片刻，才轻轻摇头："你没有来世，是因为你已经用今生输掉了后世。而我没有来世，是因为我此生已不老不灭，不伤不死。"

钟灵此语，无异于告诉她：自己与天地齐寿。

"不可能！"媿婳斩钉截铁道，"这世上没有人可以长生不死！"

"有一个人不会，那个人就是我。"钟灵冷傲浅笑，气定神闲。

他虽穿着粗衣麻布，但贵气尽显无遗。

这话放在旁的任何一个人身上，媿婳都不会相信，但这一刻，她却打心眼里被钟灵的气场所折服——他的身上，有一种从骨子里散发出的高贵和清俊，优雅而沉敛，一如天上的明月光辉。

媿婳虽然嘴上说不信，但她的眼神已然出卖了她。

"你究竟是谁？"媿婳的身体渐渐趋于透明，在她消失前一刻，忍不住问道。

"你没有资格知道。"钟灵淡淡说完，身上却闪耀着一层华光。

媿婳眼中闪过一丝疑惑，但一瞬过后，她的眼睛陡然睁大。这一刻，她仿佛看到钟灵舒展的眉间有一颗血红的眉心玉。

红光闪耀，华光万丈。

这天地即他，他即天地。何来伤，何来灭？

在陶白不知道的时候，在这小小的一瞬之间，仿佛天地在此合二为一，变成了一个看得见摸得到的人。媿婳瞬间明白了钟灵身上的光芒从何而来，可是她已经不能说话了……

第二天，陶白和钟灵离开了金陵，继续南下。

路上，陶白问钟灵：“为什么燕青在这里待了五十年，都见不到婂孋？婂孋究竟是不是清月？”

钟灵面无表情道：“燕青就是婂孋，婂孋就是燕青，她只是燕青心中的魔，并不是清月。”

“燕青就是婂孋？！”陶白惊呼。

钟灵颔首：“婂孋代表的是燕青心中的清月。燕青守的，是自己的执念。而清月早在为自己捍卫名誉时死去了，只不过燕青自己不愿意承认罢了。”

陶白似懂非懂，半晌又道：“那什么人会进入婂孋楼？”

“心中有爱的人才会进入花冢，从而受到四位女子的诱惑，如果他背叛心中所爱，便再也回不到人间。”

“你的意思是，心中有爱人，所以才会进入花冢？”

“不错。”钟灵颔首。

“那钟少爷……你也有心上人？”

陶白没说完，钟灵横了他一眼：“这很奇怪吗”

“不奇怪不奇怪……”陶白飞速摇头，“我只是好奇，你心中的那个人，她是谁呀？”

钟灵不答他，骄傲地一仰头向前走了。不论陶白再问他什么，他都不再理他。

去往天玑山的路上，钟灵步履轻松，嘴角带着笑，看上去像是一行人里最开心的一个。

陶白发现了他的不同寻常，但又不好过问，只当是劫后余生的喜悦罢了。

第六章 玄清宗

一行人向着玄清宗而去。

玄清宗建立在天玑山山顶，而天玑山则矗立在琉国皇城锦绣城以西三百里。

天玑山的西面是鬼村，东面是大义庄，南有景妃坟，北有炎黄陵……总之，全是怨气冲天的风水宝地。就算木讷普通如陶白，一路走来，也感受到了天地之间回荡的阵阵阴气。

“钟、钟少爷……我们是不是进鬼窟了？”陶白不敢问季清婉，只得偷偷问钟灵。

“不是。”钟灵摇了摇头，示意他无事。陶白心下惴惴，但还是选择无条件地信任钟灵——钟少爷说没有，那就是没有！

季仲黎似是看出了陶白的担忧，便一路来跟他科普了一下玄清宗的历史——数百年前，琉国只是一个深受周边国家欺压的小国，战乱不断，民怨沸腾，终致冤魂不散。而后，琉国国师季宣晴为了压制锦绣城皇宫的阴气，在天玑山脚下建立了玄清庙。玄清庙常年香火不断，广受百姓追捧。

几年后，国师年迈，搬出皇宫，便在天玑山顶建立了一座宝塔，自己镇守在宝塔之中。而后越来越多的人慕名而来，上了天玑山拜师学艺，便有了后来的玄清宗。玄清宗经过几代人的努力，竟在九国之中成了数一数二的玄门大派，也算是无心插柳柳成荫的典范。

连续赶路数月之后，陶白和钟灵终于登上了天玑山顶。

玄清宗四周除了阴气冲天以外，更让人津津乐道的是，玄清宗是九国之中唯一没有树的门派。原因很简单，天玑山所在地属“金”，金木相克，而一旦有了树，就成了“困”局，十分不吉利。国师死前，曾下令将山头几里地的树木尽数砍去，再铺上洁白的汉白玉石板，一来是为了解“困”，二来是为了美观。后来的玄清宗弟子们，陆陆续续将所有房舍都换成了白玉，此一举，再次让玄清宗声名鹊起——因为每每日出，阳光洒在白玉石板上，便成了世上绝顶美妙的风景——

天玑金顶，日照佛光。山顶只见白茫茫的一片，山下是云海，山上是白玉金顶，宛若置身仙山幻境，不似凡尘。

一行人到达金顶时，金顶的广场前聚集了上千人，他们将玄清宗的宫门围得水泄不通，就像是在朝圣。

陶白正奇怪，便听季清婉笑道：“又是一年一度的招新大会，今年比往年人数更多了。”

季仲黎附和：“可不是？想来皆是因为蓬莱仙主下了仙令，于是各个都想加入玄门，妄想在两年内成为大玄修者，跻身去往蓬莱的五人之一罢了。”

季穆远鄙夷地扫视了一圈，摇头叹息：“都是些歪瓜裂枣，成天做些不切实际的白日梦，也不撒泡尿照照镜子！”

陶白闻言一颤，在他看来，这些人里，大多数资质都比自己强，他们若都是歪瓜裂枣，那自己……怎么可能成为玄修者？

钟灵看出了他的忐忑，在袖子底下轻轻握住他的手腕，用眼神告诉他："不要担心，一切有我。"

陶白稍稍定心，却听季清婉又道："也不全是歪瓜裂枣，你们看，那一个不就挺好？"

几人顺着她手指的方向看去，便见一辆白色轿子前，站着一名身穿白衫、头戴白玉冠的少年，他身边跟着六名随从。一人给他扇风，一人给他撑伞遮阳，一人手托长剑，其余三人拎着行李，气势非凡。

"资质不错，可这脾气怕是不可小觑……"季子涵半张着嘴，说完招来季清婉一记重拳。

"那人来头不小，以后你别在他面前口无遮拦、胡言乱语！"季清婉说完，季子涵含着眼泪点头："谢师姐教诲，子涵知道了！"

"走吧，我们先回去见师父。"季清婉说完，看了陶白和钟灵一眼，又道，"你们也跟我来。"

"多谢季姑娘，"陶白和钟灵跟着季清婉往里走，排队的众人见了季清婉的服饰，便自动让出一条道来。陶白在众人的歆羡，以及白衣公子记恨的眼神中，走进了玄清宫。

直到后来他才知道，自己今日的所作所为有多引人注目。

季清婉几人身穿的月白衣裳是内家弟子专有的服饰，这些人要么是玄清宗掌事的血亲，要么是从小出生在玄清宗，所以他们不用排队便可进入金顶。而钟灵天人之姿，气场斐然，自然也无人说他。只有自己……是最平凡而不起眼的那一个，却与他们享受着同样的待遇。所谓匹夫无罪，怀璧其罪。这是大忌！

入了山门之后，玄清宗金顶上，总共有五座院子。中央大殿玄清殿金碧辉煌，耸入云霄。最高的阁楼顶上有一颗巨大的明珠，无论白天黑夜都散发着光芒，与日月齐辉。这里是处理整个玄清宗政务之所在，最顶楼是宗主的居所，除了宗主或得其召见者，任何人不得擅入。

而在玄清殿的四周，顺着天玑山的四条山脉延伸，各有一座十二进出的宫殿，分别为乾元宫、九星宫、三梵宫和素女宫。

四宫以乾元宫为首，是宗主直接管辖教诲的一宫，弟子综合发展，是四宫之中最强盛的派系。而后九星宫主修剑术，三梵宫主修冥想，素女宫则主修炼制药品，有“毒霸天下”之称，只可惜门下弟子战斗力最弱，入不得大雅之堂，被称为最不像玄修者的玄修弟子。

季寒羽从来不跟素女宫的弟子说话，由此可见，素女宫在玄清宗里有多受鄙视。

当然，在玄清宗中，敢堂而皇之不可一世的人也只有季寒羽。

季寒羽一出生便有神剑择主，又因他的父亲是玄清宗宗主的亲弟弟，虽然他是庶出，但仍地位超然。但季寒羽从来没有当着众人的面叫过他一声父亲，私下关系也并不好。

一路走来，季清婉说了不少关于季寒羽的事情，看得出来她很崇拜他。

“为什么季公子不认他？”陶白问季清婉。

“那是因为……”季清婉高深莫测地咳嗽了一声，学着季寒羽最经典的怀抱神剑的动作，朗朗道，“季师兄最常说的一句话，便是‘我跟那些废物不一样，我从来只凭自己的实力说话，而不是靠关系’。他如今的所有地位都是自己努力得来的，与师伯全无干系。”

“原来是这样！”陶白听闻，很是惊讶。

季清婉口中的人是他认识的季寒羽吗？

在他的印象里，季寒羽可是连水笙都打不过的！

钟灵在一旁轻蔑地翻了个白眼，一语不发。

陶白看着钟灵，见到他明显的不满，也不好意思再谈论季寒羽。他只能私底下背着钟灵去求季寒羽，让他求玄清宗的长辈们能救救钟灵，治好他的病。

“呵。”钟灵面上的轻蔑之意更明显了，陶白知道他定是又察觉了自己心中的想法。

陶白无法控制自己心中所想，便只能低着头，选择不看钟灵责骂的眼神。

季清婉将陶白和钟灵安置在玄清殿的客房，吩咐了两名婢女侍奉，而后便带着三名师弟离开了。

这是陶白第一次住在如此豪华的房间里，他坐立不安，生怕自己身上的灰尘沾染了奢华的布料，始终不敢乱碰房间里的陈设。

“公子有事吩咐？”婢女疑惑地看着陶白。

陶白连连摆手：“不、不，我没什么事。”

“公子没事的话奴婢就先退下了。”婢女说完，陶白“嗯”了一声，她便躬身退出了房间。

婢女走后，陶白松了一口气，没有人再盯着自己，他便寻了床边的脚踏坐下。季清婉应当通知了季寒羽，他便只需在此处静静地等着季寒羽的到来。

另一间客房内，钟灵让婢子端茶递水，还点了一支香后才让她离开。而后，他便褪去外衣，自然而然地躺在床上午憩。这与如坐针毡的陶白大不一样。他知道陶白住在这种地方很束手束脚，但他也不打算去安慰他。

华衣美服、雕栏玉砌……这些都不是造成陶白难受的根本原因。他难受的根本原因，是他骨子里的自卑感。这种自卑感外人无法消除它，只有陶白自己从内心开始强大，才能真正坚强起来。否则，如今陶白的低姿态是习惯了也好，麻木了也罢，这样的自卑却永远不会离他而去，那么自己的目的也就无法达成了……

“唉……”钟灵皱着眉头，想起未来的日子，只觉得十分头疼。

傍晚，陶白听见门外有人在叫自己的名字，他快速地站起身，打开门走出去，便见院子里的大树边，一个玄衣少年叼着根杂草靠在树干上。他的头上戴着白玉金冠，两条赤色发带垂在腰上，与身上的玄色衣衫形成了鲜明的对比，腰间长剑更在夕阳的映衬下熠熠生光。他是一个让人看一眼就移不开目光的少年剑客，正气凛然。来人正是季寒羽。

“季公子！”陶白激动不已，张开双手快步向他跑去。

“你竟真的来了。”季寒羽微微一笑，叼着杂草的嘴角上扬，正气便一扫而光，只剩下痞气了。

“你不欢迎我？”陶白嗫嚅着搓着双手，原本想要亲切地去握季寒羽的手，但这一刻，似乎有些不知道该往哪儿放了。

“我开玩笑的。”季寒羽说着，凑近陶白，拍了拍他满是灰尘的头顶，“怎么弄得这么脏？”

季寒羽近在眼前，动作还略显冒昧，让陶白有些无所适从。无论如何，自己比他年长几岁，他这样的动作，似乎太过逾越了……

陶白不动声色地退后一步，对他扬起一个大大的笑脸：“一路赶路，今天刚到，所以有些脏了。”

“什么事这样着急？”季寒羽好奇。

陶白将钟灵负伤一事原原本本地告诉给季寒羽，季寒羽神色有些怪异，道：“你是说，钟灵为了救你才受伤？”

陶白颔首：“如果不是钟少爷，我现在已经死了。”说话时，他的表情带着感激，还有温柔，这是他自己没有意识到的。

季寒羽沉默了一会儿，再次微笑靠近陶白，俯身问他：“如果我求父傅救钟灵，你要如何报答我？”

陶白想了想，突然双手抱拳，一本正经地回答他：“季公子大恩大德没齿难忘，来世定当结草衔环以报之。”

季寒羽扑哧一笑：“我不要你下一辈子，我要你这一世。这一世，留在玄清宗陪我，可好？”

“我……”陶白脸色一红，正要说话，却听身后传来开门声。陶白转头，便见钟灵一脸铁青地站在门口。

“你在干什么？”钟灵咳嗽了一声，单薄踉跄的身子无一不昭示着他的病情正在加重。

“你怎么了？是不是病情加重了？”陶白飞快地跑过去，扶住钟灵。

钟灵摇了摇头：“我没事。”他说完，弓起身子用力地咳嗽了几声，手腕上的印记变成了彻底的黑色。

“先回去躺下，不要再出门！”陶白心痛不已，扶着钟灵回屋。

屋门关上前，陶白回头，用口型对季寒羽道：“我答应你。”

季寒羽抱着双手，一脸不满地看着二人进了屋。

“呵，真是个傻子！”他良久不见陶白出门，只得吐掉了嘴里的杂草，转身离开。空气里传来他无奈的沉吟，让人听不出究竟是怒气还是好笑。

陶白和钟灵进屋后，钟灵没有多说什么，只是继续躺回床上，并且不让陶白出去。

钟灵很快就睡着了，并且在梦里还一直拉着陶白的手。他手腕上那一道黑色的痕迹，让陶白一步都不敢离他而去。

陶白就这样一直坐在床边，直到晚饭时分，侍女进来叫他们去大殿用晚膳，他才唤醒钟灵："钟少爷，该用晚膳了。"

"嗯。"钟灵一声叹息，虽然看似睡眼惺忪，但语气却很镇定自若，丝毫没有刚睡醒的感觉。仿佛他这一个下午，都是在假寐。

陶白和钟灵来到大殿外，才发现这里与他们想象的不同。

大殿里坐满了人，统共五十余张大圆桌旁看不出一丝空余。这些人皆身穿浅蓝色的新手试炼装，谈笑间神采飞扬。陶白猜想这些人应该就是今年新晋的玄清宗弟子了。

钟灵跟在陶白后面，有些不想进去。陶白在门口探头探脑，也不知道自己该坐在哪里用膳。

"陶白，到这儿来！"

就在陶白不知所措之际，大殿里突然传来一声大喊。陶白循声望去才发现说话的正是季寒羽。

季寒羽坐在内家弟子席位上，一只脚踩在桌子上，一只脚踩在凳子上，不成体统。但因为他是季寒羽，所以没人会说他。

"陶白，愣着干吗？还不快过来！"季寒羽再次招手大喊，让人们齐刷刷地向陶白看去。

陶白穿得很朴素，一身书卷气，看上去弱不禁风又一无是处的样子。唯一的优点怕是只有五官俊俏、眉目温和了。

少数女弟子对他有些好奇，男弟子们则有些不屑——显然，在崇尚力量的地方，他们不喜欢这种手无缚鸡之力的小白脸。

“钟少爷，我们去找季公子！”陶白见有了自己的位置，立刻兴奋地将钟灵拉了进来。

当钟灵的身影出现在大殿的那一瞬，大殿里突然安静了下来，随之而来的是碗筷掉在地上的声音——越来越多的人看见钟灵，越来越多的人倒吸一口凉气。

人们盯着一些人看的时候，心理活动是“他好高，身材真好”或者“他手指真好看”，你能看见他身上的一些闪光点，但不会觉得他耀眼夺目，一眼难忘。而当大家第一次见到钟灵的时候，心理活动永远都会是：“他长得实在太美了！”

钟灵白衣翩翩，面无表情，但如画的眉眼却让人见之难忘。他就是那种放在人群中，总能让人第一眼就看到，且让四周所有人都暗淡无光的存在。

陶白拉着钟灵的手，一路从新晋弟子们的桌前走过，最后停在季寒羽跟前。

季寒羽脚踩在桌子上，目光温柔、居高临下地看着陶白。确切来说，是目光温柔地看着陶白，居高临下地对着钟灵。他对陶白的关心溢于言表，对钟灵的敌视也同样浮于表面。

“病秧子，你还没死呢？”季寒羽嘴角带笑，从桌子上跳下，落在陶白面前，手搭在陶白的背上，在他的耳边看着钟灵冷笑道：“他除了长得好看，还会什么？你究竟看上他哪一点了？”

“我……”陶白第一次被这么多人盯着看，显得有些不自然。钟灵知道他的紧张和窘迫，上前一步握住季寒羽的手腕，仿佛不费吹灰之力便将他的手甩开。

整个过程看似简单，但只有季寒羽自己知道，他用了多大的力气，都没能阻止自己被钟灵从陶白身上拉开。

“你，离陶白远点。”钟灵眼神冰冷，语气凶狠，与他如玉般的模样形成了鲜明对比。整个人的气场阴森，让人不寒而栗。

“你居然敢这么对寒羽师兄说话？”季寒羽对面的玄清宗弟子一声大喝，拍案而起。

季寒羽立即抬起手，示意对方不要着急。

他走到钟灵跟前，不动声色地甩了甩手腕，压低了声音嬉笑道：“看不出来，你还有几分本事。”

钟灵冷眼看他，没有说话。

陶白夹在二人中间，很有些不知所以，连忙打圆场：“消消气消消气，你们都是好人，都是我的朋友……”

“闭嘴！”钟灵和季寒羽同时开口，让陶白猛地缩起了脖子。

四周的人看着二人针锋相对，都有些发愣和期待——钟灵来历不明，却有着天人之姿，季寒羽则是玄清宗最年少有成的少年天才，二人之间的火花一触即发，让人不得不关注，静待一场战争的爆发。

“闹够了吗？都给我坐下！”前方传来一声怒喝，将大家的目光都吸引了过去。

只见大殿台阶之上，三张桌子并排放置，说话的人便是坐在最左边的一人。他身穿素藤锦的衣裳，一身华丽的璀璨蓝，严肃的外表让人一看就知道他的脾气一定很糟糕。

此人也正是季寒羽的父亲，九星宫的主人季幕严。

季寒羽看也没看他一眼，冷哼一声坐了下来，又长剑一指，指着身边空着的凳子对陶白道：“你就坐这里。至于你……坐那里。”季寒羽说完，冲着十张桌子外的一个角落里的空位对钟灵扬了扬眉毛。

那空位显然是新晋弟子区的，吃食饮品都不如内室弟子。

陶白看了一眼，怯生生地说：“钟少爷，您坐这里，我去那边。”

钟灵默然地看了陶白一眼，点了点头，陶白便立刻狗腿似的将凳子往外拉了一下。钟灵一步跨过，坦然落座。

季寒羽气得脸色发青，见陶白真的转身就走，便不得已只能拉住陶白，随后亲自去新晋弟子区，将那凳子搬来放在自己身边，将陶白摁在凳子上，随后恶狠狠地对钟灵说：“你真不要脸！”

钟灵气定神闲地看着季寒羽，微笑。

那眼神似乎在说：“我就料到你舍不得陶白受委屈。”

季寒羽哑巴吃黄连，一连喝了三杯酒。而陶白似是少了一根筋，见了一桌子好菜，连忙给钟灵夹菜：“钟少爷，多吃点，这些都是从前吃不到的！”

钟灵一口接一口地吃着，缓慢而淡然，不但没觉得一桌子菜肴有多珍贵，并且还将陶白所有的好都当作理所当然。

季寒羽更加生气了，恨不得把自己的眼睛挖掉！看着陶白始终跟奴仆一样的模样，还不如让他们坐到外面去，眼不见为净！

三人闹出来的小风波持续了一会儿便停息了，但偷看钟灵的人却不在少数，就连台阶上的四人都时不时地看向钟灵。

台阶上，四张桌子的桌布颜色各不相同，分别代表的是乾元宫、九星宫、三梵宫和素女宫。

乾元宫的桌布底色为紫色，其上绣着祥云。九星宫的是蓝色，其上有银色星辰。三梵宫的是黄底，绣着满满当当的曼陀罗花。而素女宫一如它的名字，粉色缎面绣着桃花，枝叶分明，显得十分艳丽。好看是好看，但用季寒羽的话来说就是女里女气，一点都不阳刚。

四张桌子的后面坐着他们的主人，除了素女宫的主人季邱云一脸络腮胡子，头发蓬乱，其他人都是一派仙风道骨的模样。尤其是坐在大殿正中间、台阶最高处的乾元宫的主人季莫清，谦谦君子的模样让人一眼折服。

“那是新晋的弟子？”季莫清望向季幕严，眼神中带着疑惑。

季幕严摇了摇头：“新晋弟子中没有他二人。”

“那是羽儿的朋友了？”

“我看未必。”三梵宫的主人季哲涵道，“看羽儿那神态，敌人还差不多。”

季幕严冷哼一声：“季寒羽见谁都是鼻子长在额头上，对我都是不屑一顾的姿态，对旁人又能好到哪里去？”

“唉，此话差矣！”季哲涵接道，“他对宗主倒是十分恭顺，对那小公子也是和颜悦色，不是吗？”季哲涵说完，瞟了陶白一眼。

几人想起刚刚季寒羽帮陶白拿凳子的模样，也都暗暗地点了点头，同意这陶白在季寒羽心里，地位确实与旁人不同。

“去查查看两人的来历。”季莫清淡淡说完，统管内务的季幕严便重重地一点头：“是，我这就吩咐下去。”

季幕严说完，指尖在杯中一点，一片淡淡的光晕便漾开来，在旁人留意不到的地方化作一张信笺飞了出去。

宴会进行到一半，三梵宫的宫主季哲涵走下台阶，来到新晋弟子席最上席的一名年少公子身边。陶白看见大家都在看他，认出那人正是白天在宫门口见过的华服公子。

陶白离他较远，听不见他们在说什么，但见季哲涵眉目恭敬，二人谈笑间丝毫没有不对等的感觉，便知道这华服公子身份定不简单。

华服公子很快被季哲涵迎上台阶，觐见玄清宗宗主季莫清。谁承想华服公子刚一俯首行礼，季莫清便走下台阶，亲自将他扶起。

“他到底什么来头？连师尊都对他礼敬三分？”坐在季寒羽对面的少年弟子忍不住开口。

陶白心中也有此疑惑，但因自己身份低微，故不便好奇他宗内之事，只能竖着耳朵，看看能不能听见些许消息以满足心中的好奇。

“不知道。”季寒羽头也不回，顾自闷声喝酒。

这会儿台阶上又多了一人，季清婉被季莫清叫上台阶，与华服公子寒暄了一番，又退下台阶，来到季寒羽身边。

“师兄，师尊叫你上去呢！”季清婉双手搭在季寒羽肩上。

季寒羽扭了扭身子，冷冷道：“不去。”

“为什么？”季清婉眨巴眨巴大眼睛，在桌上扫视了一圈，十分不明白季寒羽为什么突然心情如此糟糕。

陶白轻轻摇头，表示自己不知道。

钟灵自顾自吃东西，没有任何反应。

“没有为什么，就是不想去。”季寒羽斜睨了她一眼，接道，“什么阿猫阿狗都来了，身为师兄，对一个实习弟子恭恭敬敬的，你不嫌丢人，我还嫌丢人！”

“那位公子绝不是什么阿猫阿狗，他是……”季清婉说到一半，见人太多，又没有继续往下说，只是缠着季寒羽的胳膊，撒娇道，“去嘛去嘛，你不去就是公然违抗师令，要被罚的！”

季清婉说完，见季寒羽还是不为所动，又低下身，轻轻道：“你如果现在惹师父生气了，你的朋友就没得救了！”季清婉说完，看向钟灵的手腕。

季寒羽双眼一瞪，冷笑一声：“没救正好！我巴不得他死了！”

陶白一听，心脏都漏跳了半拍，急忙哀求：“季公子，您一定要救救钟少爷呀！”他的眼睛里带着十成的乞求，让季寒羽一看就心烦意乱。

季清婉又道：“真不去？”

季寒羽没有动，也没有反驳。

陶白双手合十，一双眼睛都快滴出泪来。

“陶白，你欠我一个人情！”季寒羽说完，极不情愿地离开座位，走上了台阶。

陶白松了一口气，远远看着季寒羽一脸不耐烦地跟华服公子寒暄，面上的表情跟见钟灵的时候差不多。倒是季清婉很会说话，周旋于二人之间，看得出来是在打圆场。

几人后来聊天甚为愉快，季莫清直接叫人多搬了两张桌子安在台阶上，而季清婉则直接坐在季莫清的身边。

虽然陶白听不见他们说话，但从季清婉的口型得知，她一口一个唤季莫清的，正是“爹爹”两个字。

——原来季清婉是季莫清的女儿，玄清宗宗主的掌上明珠。

怪不得她跟陈秋碧有相似的脸，却有着截然不同的性子——秋碧从来都是一副温婉可人的模样，是一个永远不会与人红脸的女子。

华服公子的身份没有几个人知道，但季清婉是宗主的掌上明珠，知道其身份并不奇怪。

看那架势，季莫清还有将二人撮合在一处的打算。

想到华服公子一来就受到宗主的召见，未来还有机会娶到如花似玉的季清婉，陶白打心眼里羡慕。

“你不必羡慕他。”钟灵提点陶白，“他根本比不上你。”

陶白一愣，脸色一红，蹙眉道：“我什么时候才能让你察觉不到我的想法？”

“你不喜欢我窥伺你的思想吗？”

“谁会喜欢？”在钟灵灼灼目光下，陶白顶着巨大的压力，压低了声音在他耳边道，“没有人会希望自己跟透明人一样，被人里里外外看个遍！”

“是吗，我还以为你不会介意。”钟灵长长地叹了一口气，缓缓低下头去。看上去有些难过。

“你、你别难过！钟少爷，我不是那个意思！”陶白大急，生怕钟灵生气，连忙道歉，“钟少爷，我只是有点羡慕他而已。”

“为什么要羡慕？”

陶白想了想，道：“羡慕是人之常情，谁不希望自己能有个好家世、好外貌呢？那能省去多少痛苦啊！”

钟灵轻轻摇头，在桌子底下握住了陶白的手，道：“这些你都有。”

“你不用安慰我。”陶白苦笑，“……我是孤儿，我什么都没有，二十八岁了，却仍一事无成。”

“可是你有我。”钟灵飞速接了一句，惹来陶白一阵错愕。

“我会给你好家世，好背景，我拥有的一切都会与你分享。”钟灵一字一句，字字恳切，全然不似在开玩笑。

陶白心中一暖，用力地点了点头：“我也是。这世上仍让我在乎的人，只有你了，哪怕以命相待，也无所畏惧。”

“傻瓜。”钟灵轻轻失笑，不再说话，只是桌下握着他的那只手，一直到宴席结束都没有松开过。

当天晚上，宴席结束之后，钟灵和陶白回了房间，一晚上再没见到季寒羽。

第二天，钟灵被人引到后山圣水边，并被告知，他将由九星宫的宫主季幕严亲自治病，但先要在圣水中洗去一身戾气。

陶白本想跟过去，但被玄清宗的守卫拦在院外。原来圣泉并不是人人可以进去。

钟灵全身赤裸，泡在圣泉之中。季幕严告诉季莫清，钟灵天资上佳，是修炼玄学最好的胚子，其天赋甚至超过季寒羽。

季莫清从季清婉那里听说过一些钟灵的事情，找来钟灵细心盘问，才知道他曾经在云游散人那儿见过一些旁门左道的捉妖法子。

“只是见过就会了？”季莫清惊讶地问。

钟灵轻轻颔首：“那并不难。”

季莫清郑重颔首，让他先回去休息。

钟灵从圣泉出来之后，脸色大好，双手手腕处的黑色印记消失无踪，就连平时经常的咳嗽也不再复发。

玄清宗人彻底治好了他的病症，但这并非没有代价。钟灵答应拜入玄清宗门下，成为入室弟子。钟灵也提出要求，让陶白与自己一起学习。

四宫宫主商议了一番，同意没什么天赋的陶白加入玄清宗，但他没有钟灵这样的好待遇，他需要通过考试，决定最终进入哪一宫学习。

钟灵想了想，同意了。

陶白在院门口等了钟灵整整三天，三天内路过的人来来往往，都向陶白投来异样的注目礼。陶白也无所谓，反正他从来都当自己是个配角，像一棵树似的伫立在院子里，也没什么可丢人的。

季幕严扔下新晋弟子，亲自为钟灵医病三天的事情在宗内掀起了轩然大波，但陶白却毫不知情。直到后来陶白才知道，自己在玄清宗里开创了先河——季寒羽从小到大无论遇到多艰难的困境，他都没有求过自己的父亲，然而他却为了钟灵的事向季幕严低了头。

不对，确切来说，他是为了陶白。

从那以后，无论陶白行为处事多么低调，在玄清宗内都不免遭人排挤。不为别的，就因他们是季寒羽的朋友——当一个天才少年季寒羽有一个软弱好欺的好朋友陶白之后，那么大家对季寒羽的嫉妒便会全部加之在陶白身上。

至于为什么不欺负钟灵，原因就更简单了——钟灵并不好欺负。

陶白再见到钟灵的时候，他一起带来的，还有玄清宗新晋弟子统一的衣裳。

“从今天起，你我都是玄清宗的门人了。”钟灵说完，将衣服都给了陶白。

陶白略微发愣，但见到健健康康的钟灵，便什么都不畏惧了。不管是在玄清宗当弟子也好，还是当看门人，他都无所谓。

当晚，陶白和钟灵被分配到了新晋弟子房。

新晋弟子的住所在玄清宫的后面，是一个三进三出的院子，四周都是二层小楼。钟灵和陶白到得晚，住在最末尾的房间。想来近年来新弟子都没有今年多，这间屋子已经鲜少有人居住，空气里有些潮湿的味道。

房间里两张床，中间隔了个桌子，与客房相比可以说是很简陋了，但陶白却觉得甚为贴心。

不知道是因为有钟灵均匀的呼吸声在耳边，还是因为他终于觉得自己有个家，有个靠山了……

第二天起床时，钟灵懒洋洋地看了陶白一眼，然后将被子裹在头上，眼神好似在说："早去早回。"丝毫也没有身为新晋弟子该有的模样。

陶白唤了他好几次，央求他陪着自己一起去，他才不情不愿地换上干净的衣裳，与陶白一起出现在新生训练处。

新生训练营的主要目的是考核新晋弟子该去往哪一宫，钟灵这种内定的乾元宫弟子自然不用将这种训练放在心上。但陶白不同，他是毫无根基的普通人，这里任何一个人动动手指或许就能压死他。

他很彷徨。

人多的时候，陶白总是不自觉地拉一拉自己的抹额，生怕抹额没戴好而露出了其中的刺青。

钟灵注意到了他的小动作，提醒他："如果你不想让人知道你的短处，那就藏好它。你越是这样做，只会让大家注意到你的抹额。"

陶白愣愣地点头，努力让自己看着前方跟同门打招呼微笑，而不再去想自己的抹额。

乌泱泱的弟子里，最为出挑的便是那位被宗主接见的华服公子，今日他穿了与众人一道的新晋弟子服，浅蓝色的麻织衣物在他身上似乎也与旁人不大一样。那种从骨子里流露出的贵气绝不是一件衣服可以阻挡得了的，这里能与他一较高下的只有钟灵。

陶白和钟灵往前走，自发排到队伍末尾，这里本不是钟灵该待的位置，但陶白却执意站在这里，不想引人注目，钟灵只得相陪。

为首的华服公子注意到钟灵，看了他几眼，便朝他走来。他的身后还跟着几个少年，都是这一批新来的。

“我叫琉景，不知公子如何称呼？”华服公子自报姓名，在他看来已经算是给足了钟灵颜面，但钟灵眼皮也没抬，轻靠在树上，似乎并不想搭理他。

琉景蹙眉，他身后之人立即跳出来，指着钟灵的鼻子骂他：“你算个什么东西？问你话为什么不回答？”

二人之间的火药味浓，陶白赶紧打圆场：“回琉公子的话，我叫陶白，他叫钟灵，我们都是玄清宗的新弟子，以后要相互照……”

“我问你了吗？”琉景瞥了陶白一眼，嫌恶道，“你话真多！”

陶白面色一白，抿了抿嘴唇，不知道自己哪里做错了，但见对方生气了，心里便认定，一定是自己说错话了。

“对不起对不起，是我多嘴，我不该插嘴，还请师兄原谅！”陶白拱手作揖，一副小人低到尘埃里的姿态。

琉景见他如此狗腿，更加烦闷，一拂手将他猛地推倒在地，而后向钟灵走去。

钟灵见陶白摔在地上，哪还有心情看戏？

他蹲下身子扶起陶白，而后目光凶狠地瞪着琉景：“你这是何意？”

“谁让他自己站不稳？一个大男人如此唯唯诺诺，真是叫人笑话！”琉景说完，大笑起来，他身边的人也跟着笑。

“我没事，你不要跟他们起冲突。”陶白低着头，轻轻拍打自己手肘上和腰部的泥土，同时告诫钟灵万万不要与人争执。

钟灵扶着陶白，眼睛里全然容不下旁人，琉景见二人这副模样，打心眼里觉得厌恶。

“一个大老爷们磨磨叽叽，你知不知羞？”琉景厌恶地拔出长剑，一剑朝陶白刺去。

钟灵推开陶白，下意识用食指和中指夹住剑尖，手腕一转，“嘭”的一声脆响，长剑从中折断。而琉景也因剑力陡然失势往前一冲，撞在树上。

这一切发生在眨眼之间，看清发生何事的只有恰时赶来的玄清宗宗主季莫清。

“够了！”季莫清朗声一喝，看戏人群立刻重整队列，回到各自的位置上。只有琉景还站在原地，捂着被撞伤的额头，怒瞪着钟灵。

钟灵摊开双手，回了他一个“你自己摔的，不关我的事”的表情，让琉景更是怒火中烧。

“来人！把他给我拿下！”琉景一挥手，四周的弟子下意识冲了上去。

“都给我住手！”季莫清再次大喝，却没能阻止他们，他们缚住钟灵的双手，作势要他下跪。

钟灵哪里会坐以待毙？一阵劲气袭去，四名弟子皆仰躺在地，摔得口吐鲜血。

“哪里来的妖人？”琉景瞪大了眼睛，看怪物似的看着钟灵。

钟灵冷哼一声，重又扶起陶白，懒得理他。

“你们闹够了吗？”随着浑厚的男声传来，人群自发让出一条道，便见季莫清阔步而来，走到琉景面前站定。

他扫视四周，最终看着地下听命于琉景、摔得人仰马翻的四人，招了招手：“把他们赶出去，永生不得录用！”

“是！”

几名内室弟子半点不敢马虎，不论四名新晋弟子如何求饶，也坚定不移地将他们拖了下去。

季莫清继而看向钟灵和琉景，问道：“你们怎么回事？”

“我……”琉景话到嘴边却不知道该说什么了。

或许是被宗主的气焰所阻，或许是气过之后回想起来，确实想不起自己究竟为什么生气。总不能说自己因为生气陶白娘里娘气而聚众斗殴？那不是摆明了告诉季莫清自己没事找事？

琉景将断剑扔在地上，摇了摇头：“无事。”

“当真无事？”

琉景仍是摇头。

季莫清转头，望向钟灵：“你呢？可有不满？”

钟灵面无表情，摇头。

季莫清很满意二人的回答，走出人群回到了大殿台阶之上。

九星宫的季幕严和三梵宫的季哲涵分别站在他的两旁，而素女宫的季邱云却并未现身。他们的身前放着一个巨大的木盒，盒子里放着十种颜色的球，分别代表了十个组。两百名新晋弟子将被划分为十组进行入门试炼，并按照试炼得分进入四宫学习。

得分最高者进入乾元宫，而后是九星宫、三梵宫，最后的五十人将进入素女宫，学习一些不痛不痒的技能，未来也不会有太大的成就。此次入门试炼，无异于决定了他们的未来。

所有的人鼓足了精神，绝不愿意进入素女宫，除了陶白。

陶白无所谓高低，无所谓无为。

新晋弟子们排队上台，一个接一个抽取彩球。钟灵抽到的是白色的球，陶白是蓝色，他很不幸跟琉景拿到了同样的颜色。

钟灵略带担忧地看着一脸无忧无虑的陶白，琉景则嘴角带笑，好似在说："报仇的机会来了，我看你还怎么护着他？"

钟灵看了眼手中的白球，见拿到白球者大多体格强壮不好欺负，自己若要强行换球只怕无人肯换。

此时，见台阶下一众内室弟子开始清点人数：

"拿到白球的跟我走。"季清婉道。

"拿到红球的随我来。"

"拿到黑色的站这边。"

……

众人迅速找到自己的队伍，只有钟灵拿着白球，仍站在蓝球的队伍里。

季寒羽背着长剑，双手环抱，一脸自负地看着钟灵，挑眉道："怎么，色盲啊？还不快滚到你自己的队伍里去！"

钟灵狠狠瞪了季寒羽一眼，但见他是蓝队的护卫官，突然便放心了。

陶白看出钟灵的担忧，安慰道："你放心吧，我会照顾好自己。"

钟灵点了点头，看了看陶白身后的琉景和季寒羽，最终还是决定相信季寒羽，相信他定能在自己回来之前护陶白性命无虞。

钟灵郑重道："注意安全，结束之后我来找你。"

"嗯。"陶白还给他一个大大的笑脸。

笑容灼热，刺伤了季寒羽和琉景的眼睛——一个是因为嫉妒，一个是因为不屑。

季寒羽嫉妒陶白对钟灵无限度的好。

琉景讨厌陶白懦弱得像个兔儿爷！

两百名新晋弟子很快被各自的护卫官带进山下的一片密林，他们二十人一组，站在密林的外围。

此次试炼的内容，便是比速度和野外求生能力。

这密林中心有一棵千年老榕树，高约百米，距离他们大约有三天的脚程。他们不允许携带任何食物，三日的食物都由自己寻得。而最先一个登上榕树顶部，夺得玄清宗旗帜的便是此次试炼的魁首，在树顶会有魁首独有的奖励等着他。后依照到达顺序排列名次，决定他究竟会进入哪一宫修行。

所有人都铆足了劲，只等着开始的烟火在苍穹炸响。

“别担心，就是一次跑步比赛。”季寒羽安慰陶白。

“……嗯。”陶白看着四周人紧张的模样，觉得这肯定不是一场普通的跑步比赛。

琉景身边的心腹虽然都被季莫清赶了出去，但新来巴结他的人也不少。他在众星捧月里，目光却时不时地瞟向季寒羽。

季寒羽的名头他是听过的，连季寒羽都对陶白和颜悦色，这人究竟是什么来头?

这时，“嘭！”的一声巨响，空中突然绽放出巨大的赤色火焰，所有人便奔着密林深处的榕树而去。

琉景再顾不得好奇，直接足尖轻点，修长的蓝色身影便往前掠去，眨眼间消失不见。

陶白用双脚拼了命地往前奔跑，但仍是蓝队的吊车尾，密林里四处看不见人，就连季寒羽都消失了。不消半个时辰，他便在这分不清东西南北的密林里成了孤家寡人。

陶白抬头，眼望四周青葱一片，不知名的虫子和鸟叫声不绝于耳，不知道什么时候就会出现什么畜类袭击自己，说不害怕是不可能的。但从小到大的苦难生活也让他比旁人能吃苦。

陶白向着榕树的方向奔走了一整天，没见过一个人，也没有觉得自己离榕树近了多少，反而似乎越来越远了……

到了夜晚，陶白以天为被，以地为席，光脚躺在湿漉漉的草地上。这里阴气冲天，动物稀少，也没见着能果腹的植物果子。一整天没吃东西，肚子饿得咕咕叫，让他无法入睡。

突然，一只油纸包落在他的眼前。从油纸包里透出一股食物的清香，陶白立马坐起身，四周看了一圈，最终才在头顶看见季寒羽坐在树上对着自己笑。

季寒羽笑道："快吃吧！"

陶白一愣："这不是作弊吗？"

"你不说，我不说，谁知道你作弊？"季寒羽没好气地翻了个白眼，"吃完了挖个洞埋起来，神不知鬼不觉。"

闻着怀里的油纸包传来的阵阵香气，陶白将它拆开来，才发现里头装着一只荷叶烤鸡。

香气扑鼻而来，引得他食指大动，最终还是没有忍住诱惑，撕了一只鸡腿。

季寒羽看着陶白大快朵颐，抱着剑躺在树干上。

就在这时，天空中一枚火红色的信号弹再次炸响，这一次，信号弹发射的位置正是榕树顶。

——已经有人到达榕树了。

——真厉害！

陶白深吸一口气，而后缓缓地吐出，心里满是欣羡，却丝毫也不嫉妒。

"没想到新生弟子中，还有这般人物。"季寒羽嘴角噙笑，对陶白道，"我去看看究竟是何方神圣，你在这里不要动，等我回来！”

“唔……好……”陶白点了点头，自顾自地吃着。

天色昏暗，夜不识路，他当然不会乱跑。

与此同时，见到信号弹的其他人，尤其是琉景，他坐在树干上，双拳紧握，紧咬下唇，气得浑身颤抖：“那人究竟是谁？”

虽然琉景表面不承认，但是他脑海里第一时间浮现的人影便是钟灵——那一对冷月清辉般的眸子，始终坦然从容的模样，给人的感觉看似无害，却又时时占尽了风头。他有极其强烈的预感，第一个到达榕树的人或许就是钟灵！

琉景身边的人面面相觑，都不知道是何人。但他们个个心里跟明镜似的，想着自己这次跟错人了。

新晋弟子中最威风的绝不是琉景，而是那个夺得魁首的神秘人……

当夜，与琉景一路的人，他们各怀心思，在赶路之时与琉景分散，向着自己心中的路而去。琉景也变得与陶白一样，成了孤家寡人。

陶白对于自己作弊心里极为过意不去，吃了一只鸡腿后便停下了，他想着剩下的等季寒羽回来了留给他，可谁知他没等到季寒羽，却等来了琉景。

月黑风高的夜里，辨不清东西南北，琉景误打误撞却没想到遇见了陶白。

“咔嚓”一声，琉景眼疾脚快，一脚踩烂了荷叶鸡，而后用树枝挑起一只鸡翅膀，在陶白眼前晃荡道：“这是什么？你从哪里得来的？”

陶白尚有些迷糊，见到琉景的脸后立刻清醒过来：“我、我自己做的！”

“呵，你做的？”琉景冷笑，“荒山野岭，你哪来的荷叶？哪来的调料？”琉景又是猛踩了两脚后，见到旁边的油纸包，再次拿剑挑起，才发现油纸包上印着“醉花楼”三个字。

“醉花楼的荷叶鸡，你倒是腿脚好！”琉景冷冷一笑，拎起陶白的领子，喝道，“说，你从哪里得来的？是不是钟灵给你的？”

“关钟少爷什么事？”陶白眨了眨眼睛，一派茫然。

“不许用这种眼神看着我！”琉景“啪”的给了他一巴掌，“别给我装傻，你这一套在我这儿不管用！说，钟灵在哪里？”

“我不知道钟少爷在哪，我没有见过他！”陶白捂着脸低着头，不敢看琉景。

琉景觉得奇怪，扳过他的脸，才发现他头上的抹额被打掉，额头露出了景国窃贼的刺青。

“呵，你竟是个小偷！”琉景哈哈大笑，对陶白拳脚相加，“你这样的人，怎么配进入玄清宗？怎么配与我成为同门？”

“我不是小偷！”陶白忍着怒气，一字一顿道，“我不觉得自己有哪里比不上你！你在我看来，也只是不分青红皂白的公子哥！”

“你！”琉景居高临下，指着他的鼻子，见陶白一副“你打吧，反正我也打不过你，你有种打死我”的样子，更是气得火冒三丈。

但气归气，他实在没心情继续打一个毫无还手之力的人。

二人沉默了些许，琉景见到地上的油纸，突然笑了起来。他将油纸捡起，用手帕包好放在怀里。

“你笑什么？”陶白心头一跳，有一种不好的预感。

“你不是不承认吗？”琉景笑道，“我且把证据保存，等回了玄清宗，自然由掌管律法的九星宫宫主季幕严主持公道，我且等着看你和钟灵怎么死！”

“你还给我！”陶白反应过来，猛地冲了上去。琉景没想到陶白会突然发难，更加确定了怀中油纸的重要性，说什么也不给他。

陶白不想连累季寒羽，无论如何也要拿回油纸，但他哪里是琉景的对手？

“钟灵究竟是什么人？”琉景目光灼灼，问他。

“你管不着！把油纸还给我！”他向着琉景飞扑过去，但无论怎么努力，却连琉景的袖子都摸不到。

琉景轻而易举地左躲右闪，几乎毫不费力就能躲过他的一次次袭击——陶白的路数毫无章法，根本连一点外家功夫都没有，更不要提玄学御剑。他身上的灵气波动为零。

“你究竟是怎么进入玄清宗的？玄清宗怎么会要你这样的废物？”琉景带着满目鄙夷，看着衣衫不整、头顶刺青的陶白，心想在这里把他杀了都没有人会知道。

当然，他不会这样做。陶白不值得他出手。

耳边传来流水声，琉景奇怪地往后看了眼，就在他转头的这一瞬，陶白看准时机，用尽全身力气向他扑了过去。

“你！”琉景被他扑倒在地，二人一齐从高处滚下，密集的针叶扎在二人的身上，带出一条条血口子。

“你疯了！”琉景拼命挣扎，但是甩不开陶白，陶白根本不是来抢油纸包，他分明是见到了悬崖想跟自己同归于尽！

耳边的流水声越来越大，随着“簌簌”身体划过针叶林的声音。

“哗啦”一声，二人最终落入寒潭，全身湿透。

陶白不会游水，紧紧抱住了琉景，二人呛了好多水，但琉景的求生欲还是领先一筹。他不得已，只能带着陶白一起上了岸。

上岸后，陶白第一时间夺过他怀里的油纸，除去手帕，将油纸吞进了肚子，而后一动不动地盯着他。

“钟灵就那么值得你维护？”琉景咬牙切齿，一脸凶狠。

“钟少爷对我很重要，别人也很重要，我不会允许你伤害他们！”

“别人？还有别人？帮你的不是钟灵？”琉景虽然身上很痛，但陶白的话让他觉得很有意思。

琉景顿了顿，接道：“帮你的人是季寒羽，对不对？”

“不是！”陶白斩钉截铁地摇头，“不是季师兄！”

“哟，这一声师兄叫得可真亲密！”琉景冷笑着站起身，却霎时间脸色一白，颓然倒地——他的脚骨折了。

看见琉景面色惨白地跌在地上，陶白下意识去扶，但手伸出去一半，又猛地缩了回来。

琉景蹙眉，缓缓撩开了自己的鞋袜，果然看见自己右脚脚踝充血肿大，骨头呈现出不自然的弯曲。

陶白警惕地问他：“你怎么了？”

“你没长眼睛吗？”琉景没好气地翻了个白眼，“你说我怎么了！”

“你居然不觉得疼？”陶白惊呼，瞪大了眼睛。

“这点痛算什么？你以为都跟你一样？”琉景四周看了一眼，捡起一根枯树枝，而后撕开了自己的衣服，将它们撕成长条状，而后固定住自己的骨头。

荒郊野外只有简易自救，他不能再活动双腿，只能等回了玄清宗再做打算。

琉景举目四望，只看见一挂约莫十丈高的瀑布，以及长满了针叶灌木的山脊。

“你，背我！”他看了看一脸呆滞的陶白，冷冷道。

“什么？”陶白一愣，“我为什么要背你？”

“是你把我推下来的！我的伤你要负全责！快点，我们还要赶去榕树！”

琉景中气浑厚言之凿凿，丝毫没有病患该有的模样。但陶白就这样被他说服了。

虽然陶白一直在疑惑和腹诽：明明是琉景抢自己的东西，明明是琉景不怀好意，明明是他……他自找的。可是他就是无法拒绝别人。

陶白系好抹额，蹲下身子，让琉景趴在自己背上，而后往山坡走去。他手脚并用爬上山坡，因为背上还背着琉景，每一步都走得十分艰难。

“快点！照你这个速度，我们明年都到不了大榕树！”琉景在陶白的背上颐指气使，陶白除了埋头走，旁的一句话都不想反驳。他唯一可以表达自己对琉景不喜的做法便是不理他。

二人就这样，从天黑走到天明，又从天明走到天黑。饿了吃些野果，渴了喝些露水。琉景虽然诸多抱怨，但也没有做什么出格的事情，一来是他做不了，二来便是他清楚地知道，凭陶白这样的身手也甭想抓到野味打牙祭。

两天后，琉景的脚肿得更大了。但幸运的是，他们终于到达了榕树下。

此时榕树下聚满了人，大伙看着陶白和琉景，眼睛里充满了同情。

陶白不明所以，琉景从高烧中迷迷糊糊看了他们一眼，立刻明白过来他们的同情意味着什么——他们俩是最后两个人，是此次新生试炼组的最后一名。

“陶白！你这个丧门星！”琉景说完最后一句话，再受不住痛楚，满脸愤慨地昏迷过去。

“太子殿下！”季幕严脱口而出，向他奔跑而来，众人始才知晓琉景身份之高贵。

季哲涵和季莫清亲自将他扶起，而后由几名弟子将他放在担架上，于是大家同情的目光都集中在了剩下的陶白身上。

季幕严没理会陶白，直接转身就走。季哲涵看了陶白一眼，冷哼一声离开了。

各宫弟子跟着师父离去后，素女宫的季邱云上前，递给陶白一块素色的玉牌，道："从此以后，你就是我素女宫的弟子，你要好好努力！"

陶白欣喜地接过牌子，连声道谢："谢谢师父！"

季邱云和蔼一笑，眼睛隐匿在蓬乱的头发里，看不出原本的形状。但陶白的直觉告诉他，师父的内心一定比外表要温柔很多很多……

在琉景被众人前呼后拥抬回去后，陶白是最后一个回到玄清宗的人，他的房间被安排在素女宫的丁字号房。

素女宫的弟子得知自己进入素女宫后多少有些愤愤不平，但陶白全然没有觉得不快。

素女宫的庭院里植满了不知名的花木，比起其他宫中的森严庄重，这里让他觉得放松许多。

陶白从管事手里领了新被褥和衣裳，回到房间将房间打扫了一遍，做完这些已经临近傍晚。他看着夕阳，心头隐隐有些担心。

——不知道钟少爷怎么样了？

陶白带着关心向人打听了一圈，但没有人理他。他软弱的模样出了名，再加上此次新晋弟子试炼成了吊车尾，陶白简直就是玄清宗的耻辱，众人对他的不屑便全都写在了脸上。

晚饭后，陶白实在等不及了，偷偷出了素女宫，翻越半座山头，终于找到玄清宫的看门人询问到，钟灵便是此届新晋弟子试炼大会的魁首，那个半日就走完所有路途的天才。

钟灵以第一名的成绩进入乾元宫，成为宗主的入室弟子。

——早就知道钟少爷惊才绝艳，他得第一是理所当然。

陶白终于放心了。

玄清宫是宗主的住所，陶白不能进，他虽然很想见到钟灵，但玄清宗里等级森严，有一系列的制度，他无法像从前那样随心所欲。

“明天就见到了，明天有新晋弟子庆典，到时再见也不迟。”看门人告诉陶白，陶白这才放弃，安心走小路回了素女宫。

素女宫与他离开时的冷清不同，此刻十分热闹。

陶白走到寝室院门口，才发现是琉景被四人抬着进了院子，而后一路上了二楼丁字号房间——与陶白成了邻居。

“怎么能让太子殿下住在这样的屋子里？”季幕严沉着一张脸问季邱云。

季邱云神色淡然，缓缓道：“入了素女宫便与众弟子的身份一样，这里没有太子，只有琉景。”

“可是……”

“师兄，玄清宗的规矩你比我清楚，若为了琉景破坏规矩，就算旁人表面答应，心里也不会答应。为了玄清宗百年基业着想，我们还是不要偏私了，您说对吗？”季邱云微笑着扬了扬手，不等季幕严说完，便拱手作揖，“恭送师兄。”

季邱云下了逐客令，让陶白一愣。

季邱云看上去温温和和、不干不净，但在季幕严的逼迫下丝毫也不让步，倒是与他的面相不符。

季幕严不是素女宫的宫主，自然无权管顾，气得吹胡子瞪眼，拂袖离去。

陶白目瞪口呆地看着琉景房间外头的人，再三确定，才知道众星捧月般的人物，竟然住在自己的隔壁，成了芸芸普通弟子中的一员。骄傲如琉景，他怎么能甘心？！

陶白躺在自己的床上，静静听着边上的人进进出出的声音。那是伺候琉景的下人和医生。

琉景的扭伤是意外，但与陶白脱不了干系，他不知道等琉景清醒过来会是怎样一番景象，更加不知道他会做出什么、说出什么来，他只希望，自己不要给钟灵和季寒羽惹麻烦才好。

陶白忐忑了一夜，第二天，琉景高烧退下，门外候着的医生撤去，只留下一个伺候的下人。

季邱云早晨来看过他一次，说等过了今晚，连伺候的人也不用了，只让陶白时刻注意着，若琉景有需要帮助便要照顾他。

陶白答应了。

陶白进去照看过琉景几次，只见琉景眉头紧锁，在睡梦里仍咬牙切齿，心中更加忐忑。

——琉景肯定是在气自己。

——琉景一定不会放过自己。

陶白一边头痛，一边给琉景擦了擦额间的细密汗水，而后便要退出房去。就在这时候，琉景突然握住了陶白的手，在梦里呢喃着：“不要走……”

陶白的手腕被他握得死死的，就好像抓住了一根救命的稻草。

陶白看着面色苍白的琉景，发现如果他不怒目而视，不穷凶极恶，其实是很好看的一个人。他不知道琉景为什么在昏迷的时候会流露出截然不同的模样，但这一刻他决定留下来陪他。

而后接下来的一整晚，他都没有离开过……

试炼结束后的第二天，是正式的入门大会和新生晚宴。

新弟子入门大会上，钟灵毫无疑问地成了新晋弟子中最出挑的那一个。无论从外形还是实力，都让旁人难以望其项背。

钟灵住进乾元宫，接受宗主佩戴玄清宗弟子专属的发冠后，与季寒羽同站在乾元宫的队伍里。季寒羽作为首徒站在队伍最前，钟灵则站在末尾，属于新晋弟子的位置。然而他与季寒羽比起来，却毫不逊色，甚至比他更引人注目。

陶白站在素女宫的队伍末尾，远远地看着前面的钟灵，内心充满了自豪。

这是他最在乎的人，也是人群中最耀眼的一个。

他做到了自己永远也做不到的事情，达到了自己奢望一生都完不成的愿景——成为魁首。

说来好笑，陶白最大的心愿就是考上状元，平步青云。但现在看来，应试之路已经与自己无缘，在玄门之中，自己根本就连吊车尾都算不上。

自己这一生，唯一做对过的事就是照顾钟灵、陪伴钟灵了。

只可惜，未来钟少爷似乎不需要自己了……

入门仪式过后，钟灵和季寒羽被人簇拥着回了乾元殿，陶白在人群之后，拼命地跳着呼喊钟灵的名字，但沸腾的人声将他的声音淹没。钟灵根本没有注意到，在队伍的末尾，陶白努力地跳跃着，但他永远都前进不了。

他们之间相隔的，是几百名玄清宗的弟子，以及一个玄门天才少年与毫无潜力可言的普通人之间的距离。

他们已经渐行渐远，不复从前。

下午，琉景的侍从明熙和明烨原本在九星宫，自请进入素女宫学习。九星宫的季哲涵知道他们是为了方便照顾琉景，劝说了季邱云一番，季邱云同意了。

陶白得知自己不用伺候琉景后也松了一口气，回房的途中恰巧遇到明熙和明烨。

二人极不友好地瞪了陶白一眼，陶白没放在心上。

傍晚，所有玄清宗弟子都会参加玄清殿中的晚宴。

陶白疲累不已，回自己素女宫中的房间休息了一会儿，等到了晚宴之时才起床。可当他推开房门，却发现自己的房门被人从外面锁上，自己根本出不去！

“有人在外面吗？能帮我开开门吗？”陶白在门里呼喊，但小半个时辰过去，根本没人理他。

他这才想起到了晚宴时分，他们都去参加宴会，寝殿四周根本不可能有人！

究竟是怎么回事？为什么他们要锁住我？

陶白有些失落，巨大的委屈油然升起，他倒不是真的很想参加宴会，纯粹是因为自己已经几日没有见到钟灵，他很想跟钟灵说说话，聊聊天。素女宫与乾元宫的弟子来往不多，再者乾元宫弟子课业繁忙，若错过了今晚，他们就不知道什么时候才能再见面了！

陶白靠着门坐下，昏昏沉沉之间，似乎做了一个极长的梦。

梦里，他梦见儿时私塾放学，经过一条巷子，自己与钟灵和季寒羽并排而行。进巷口时，容不下三人并排走，自己被悄无声息地后退了一步，季寒羽和钟灵很自然地继续前行。等过了巷子，陶白想追上他们，与他们一起走，但他们二人的脚步越来越快，快到自己跑得气喘吁吁，也仍是追不上他们。

渐渐地，他们的身影消失在街道上，路上只剩下自己一个人，低头走在漫无边际的黑暗小道上，每一步都走得小心翼翼，如履薄冰……

醒来时，陶白还睡在冰冷的地上。

外面渐渐有了人声，他知道，宴会已经结束了。而就算宴会仍在继续，他也不想参加了。

琉景说得对，钟灵是放在鸡窝里都会发光的人，而自己就是那个无论如何都跟不上脚步的人。

自己缠着钟灵，只会拖他的后腿。

他已经没有了出去的欲望。

他甚至希望自己干脆就在这间房子里，再也不要出去面对各路人的打量和轻蔑的眼神了。

“咔嚓”一声，外面传来开锁的声音，紧接着门被人推开。

陶白被门一推，整个人脸朝地趴在地上。

来人正是琉景的两个仆从——明熙和明烨。对方似乎也没想到陶白的门能打开，见他如此狼狈地躺在地上，明熙满意之情浮出面上：“哟，陶白，你这是怎么了？有床不睡要睡地上？”

陶白爬起来，有气无力地看了他们一眼，漠然低下了头：“师兄们若无事，我先睡了。”

他说完，走到门边想要关门，然而明熙却一步跨进屋里，用手掌抵住他的肩膀，将他推在门上：“急什么？你睡了一下午，还没睡够？”

“你怎么知……”陶白说到一半，突然睁大了眸子，“是你？”

明熙嘴角噙着笑，表示默认。

“你怎么能这样做？”陶白一掌拍掉他的手，“我究竟哪里得罪你了？

你们处处针对我！”陶白双目泛红，显得十分委屈和生气。

“哪里得罪我们？”明熙冷笑，“你什么都没有做，但只要看见你，我就觉得无比晦气！你的存在就是得罪我们，你在我们面前晃就是让我们如坐针毡！”

“那是你的问题！你该改变的是你自己！”陶白不知哪里来的勇气，将他用力地向外推，“这是我的房间，请你出去！”

面对突然变得歇斯底里的陶白，明熙感到十分惊讶。他在门边站定，任陶白如何推搡也纹丝不动。

“何必白费力气？”明熙好笑道，“你打不过我，我甚至怀疑，你连一只蚊子都踩不死。”

“那又怎么样？”陶白抬头，目光灼灼地盯着他，“我不论是强也罢，弱也罢，那都是我的事，我没有做任何对不起你的事情，也从来没有害过你。你我是同门，算起来本是同根生，何必盼着对方死？”

“啪！”明熙一巴掌打在陶白面上，“与我相提并论，你也配？”

陶白咬着下唇，右手捂着脸，左手紧握成拳，心中怒气冲冲。

看着眼前身长玉立，有着白玉般容貌的少年，他实在没办法想象，他们的心怎么能那么黑，就那么喜欢欺负人吗？然而不管他有多无理取闹，做的事情有多过分，自己根本无力与他相抗。

陶白绷紧身体，小心翼翼地退后一步，无力道：“是我的错，您说什么都是对的。我累了，想休息了。”说完，低着头从明熙和明烨身边走过。

明熙环抱双手，看着陶白一步步走回床上，而后将被子拉过头，躺在床上装死。

但他怎么会轻易放过他？

明熙走上前，一把掀开陶白的被子，便见陶白双目通红，两眼泛着水光。虽然他迅速地用双手遮住了眼睛，但明熙从他抖动的双肩看得出来，他在哭。

“呵，被打一巴掌就躲在被子里哭？主子说得对，你根本不是个男人！”明烨在一旁，一脸好笑道。

陶白转过身，侧着身子对着他，不回答他的话。他并不想跟琉景的人吵架。

他人的嘲笑和欺负是他从小到大最习以为常的态度，他可以全不在意。他唯一感到难过的，是自己与钟灵越来越远的距离。

陶白的背影单薄，骨头突出，平常人见到这样的陶白，只会觉得他一定是一个长期处于贫困吃不饱肚子且劳累的男人。但明熙和明烨丝毫没有觉得陶白可怜，他们只觉得他这副懦弱的模样，真是令人打心底里感到厌恶！

明熙执起桌上的茶壶，将冷却的茶水全部倒在陶白的床上。

陶白的被褥和衣裳湿了大半，但他仍是不愿从床上起来。他红着眼睛看了明熙一眼，而后用手背抹了抹眼睛，尽量不让眼泪掉下来的样子被他们看到。

明熙见他打不还手，骂不还口，突然觉得自己有点无聊。

欺辱一个根本不能成为自己的对手的人，岂不是拉低自己的身份？

“真是扶不上墙的烂泥！”明烨冷哼了一声，拂袖离开。

“也不知道主子怎么会跟你走在一起！”明熙啐了一口，也跟着离开了。

陶白或许是累极了，又或许是冰凉的被褥和衣裳能缓解他内心的痛苦，他没有起床去处理这些，反而裹着湿冷的棉被睡了一夜。

第二天，陶白发起了高烧，但今日是季邱云第一日的授课，他绝不想错过。

陶白挣扎着起身，第一个到达课室。

课室的顶梁是一根巨大的白玉石，四周铺砌了乳白色的鹅卵石，阳光从四周射入，课室干净、明亮又通透。纱帘随着清风飘舞，又多了一丝丝柔软，让课堂不至于冷清。

这是陶白从小到大见过的最华丽的课室，坐在书香漫溢的房间里，他突然觉得自己似乎又变年轻了。

从前他就像现在这样，坐在课堂里，口读圣贤书，心有沟壑，雄心万丈。

可不知道从什么时候开始，他对这个世界妥协，对生活妥协。他不再做梦，不再期冀了……

陶白自觉地坐在最后一排。同门师兄陆续抵达，他们见了陶白都当作没看见。

陶白早已经习惯了旁人的忽略，能做到全然不在意。可当课室坐满了之后，师兄师弟们聚集一堂，便有人开始注意到陶白了。

“这个老东西是新来的？”

“好像是新弟子里的最后一名。”

“他是玄修者？”

“好像没有灵力波动……”

“他是怎么混进来的？”

……

陶白坐在凳子上，鄙夷和疑惑的声音在耳边回响。他努力让自己不去难过，但他发现自己其实没那么豁达。

他双手紧紧握着桌上的宣纸，眼睛盯着一个字都没有的纸张，妄图通过这样的方式，让自己显得不那么尴尬。

琉景拄着拐杖，在明熙和明烨的搀扶下走进教室，第一眼看见的就是众人围观下，坐在角落里低着头，不知道在想什么的陶白。

——呵，这家伙到哪里都不会受欢迎！

——讨厌他的绝不会只有自己。

琉景看见陶白被众人隔离，心情舒畅，径直坐在课室最前面一排的正中间。

气定神闲，底气厚重。毫无疑问的老大做派，然也无人敢说个“不”字。

陶白发现耳边议论自己的人忽然变少了，抬起头来，正好看见琉景在看自己。他的眼睛里递来的是带着嘲弄的笑意，但陶白却觉得很亲切！

“琉景，你的病好啦？”陶白欣喜之下脱口而出，向琉景奔去。那一派亲热的语气立即惹来琉景身边的明熙和明烨的不满。

明熙蹙眉道：“公子的名讳是你能叫的吗？”

明烨喝道：“滚回你自己的座位上去！”

陶白被他们的模样所阻，不敢上前。琉景轻轻地瞥了他一眼，也丝毫没有想要与他寒暄的意思。

——看来温柔的琉景只有在意识不清醒的时候才会出现呢！

陶白很泄气，在众人的注目礼下，灰溜溜地回到了自己的座位上。

季邱云走进课室，嘈杂的课室立即变得安静。他今日穿了一件略显破旧的灰白袍子，头发依旧蓬乱，感觉数月未洗，放在人群中与路边乞儿相似。

琉景看到季邱云这副模样，只觉得自己在素女宫的前景一如季邱云一样渺茫和邋遢。而这一切都拜陶白所赐！

琉景狠狠剜了陶白一眼，才继续看着讲台上的季邱云。

弟子们多多少少都从旁人嘴里了解到了季邱云的性子，对于他的这副打扮也就没什么好奇怪的，现在更关心的则是他的授课内容。

然而很快地，季邱云的授课内容又让他们失望了。

他唤人捧出一摞书简和书本，在每一位新晋弟子的课桌上摆了两本书和一卷竹简。

“七日内，熟记它们！”季邱云敲了敲桌子，而后拿出腰间的酒壶，喝着小酒唱着歌儿离开了课室。一句多余的话都没说，一个多余的眼神都没有给旁人。

新晋弟子们面面相觑，安静片刻之后，人群爆发出惊天的讨论——

“师父是什么意思？”

“这就打发我们了？”

“这都什么书？……《玄清宗弟子规》……《神农百草经》……《筋脉图》？……”

“我是玄修者！不是大夫！”

“这么厚的书，七天怎么可能背得下来？我才不背！法不责众，大家也别背，自然就逃过去了！”

……

满屋子都是谩骂声，只有陶白松了一口气。他默默地打开了《玄清宗弟子规》，开始背书。

他从小最擅长的就是读书和背书，再嘈杂的环境也影响不了他。就在大家吵的吵、闹的闹、离开的离开时，他花了一个上午的时间，将《弟子规》全文熟记背诵。

季邱云在远处的房梁上，将陶白的一举一动看在眼里，嘴角浮现出一丝笑意。

——嗯。

——这人有点意思。

一周后，入冬。天玑山上天气转凉，厚厚的云层笼罩着四周。有师兄说："看这架势，很快就会下今年的第一场雪了。"

陶白很激动。往年下雪的日子，他都过着衣不蔽体、食不果腹的日子，委实没有心情欣赏雪景。而今在玄清宗里吃得好、穿得暖，师父布置下来的功课也十分简单，他可以说是有大把的时间欣赏这里的一切了。

这一周里，他通篇背诵了《玄清宗弟子规》《神农百草经》和《筋脉图》，对玄清宗的规矩和草药筋络有了初步的了解。

再次开课后，当季邱云问道"紫芝、菖蒲和石斛的效用"时，一屋子人都带着无所畏惧的心态看着他，仿佛料定了没人会回答他。

"师父，您这三本干巴巴的书，谁看得进去？谁背得出来？"琉景背靠着后面的人的桌子，搭着二郎腿，一脸不屑。

正在季邱云愤怒之际，角落里的陶白却悄悄举起了手。

季邱云看着陶白："你来回答。"

"是，师父。"陶白点了点头，缓缓道，"紫芝味甘温。主治耳聋，利关节，保神，益精气，坚筋骨，好颜色。久食轻身不老，延年神仙。一名木芝。生山谷。

"菖蒲味辛温。主治风寒湿痹，咳逆上气，开心孔，补五脏，通九窍，明耳目，出音声。久服轻身，不忘，不迷惑，延年。一名昌阳。生池泽。

"石斛味甘平。主治伤中，除痹下气，补五脏虚劳羸瘦，强阴。久服厚肠胃，轻身延年。一名林兰。生山谷。"

陶白虽然不知道它们解释起来是什么意思，又要如何搭配，但《神农百草经》的内容却背得一字不差。

满屋子的人看着他，就像在看一个怪物。

"不错，完全正确。"季邱云十分赞赏，对他点了点头，道，"今晚玄清殿有立冬晚宴，你去参加。至于其他人，全体罚抄《神农百草经》十遍，不抄完不许吃饭！”

季邱云说话的同时，镇纸在桌上猛地一拍，惊醒了所有尚处在震惊中的弟子。

“十遍！”

“凭什么？”

以琉景为首的弟子们愤愤不已，季邱云看也不看他们，只走出门，吩咐了一干侍从，抬进来笔墨纸砚摆在各人桌上。

“凭什么？”季邱云冷笑着告诉他们，“就凭陶白能背出来，你们不能。就凭我是你们的师父，你们在此一日，就都得听我的！”

没有人想得到温温暾暾、不修边幅的季邱云竟会如此严厉，一个两个呜呼哀哉地开始抄书。

琉景倒是不在意，可明熙和明烨就惨了，连同琉景的那一份，他们每人得抄十五遍！

他们看着风轻云淡、面带笑容的陶白，突然觉得这事的始作俑者就是他！如果不是他多嘴，师父根本没有理由罚他们！陶白这一下算是彻底得罪了所有新弟子。

“师兄，要不要我帮你呀？”陶白无所事事，凑到琉景跟前。

琉景狠狠瞪了他一眼，若有所指地看着他的抹额，咬牙切齿道：“很得意是吗？总有一天，我会让你哭都哭不出来！”

琉景的话让陶白心中一凛，直觉告诉他琉景不是在开玩笑，但是他想破了头也想不出来自己究竟哪里得罪了他。

陶白碰了个铁板，心虚地捂着额头灰溜溜地回到了自己的座位上。他突然开始担心琉景会当众拆穿自己的刺青，但好在琉景并没有这样做。

一整个下午过去，他和琉景相安无事，整个课室里也只有他和琉景没有抄书。

琉景是愁眉苦脸的，而陶白则是开心的。

陶白开心在今夜的晚宴将见到想念已久的人——钟灵。琉景的苦闷则在于不仅不能参加晚宴，还要陪这群人抄书到天明，抄不完不能离开。

傍晚，陶白在众人的注目礼下，跟着季邱云出了课室，去往玄清正殿。愉悦和欣喜已经盖过了所有，陶白便自然而然地忽略了身后那一道道带着凌厉杀气的目光了。

玄清大殿内，弟子们规规矩矩地坐在自己的位置上，与第一次聚会时的吵嚷截然不同。他们已经学了七日的规矩，自然有了身为玄清宗弟子的自觉。

大殿里，乾元宫、九星宫、三梵宫的地方坐满了人，唯独素女宫的位置上一个人都没有。陶白走过去坐下，便惹来所有人的注意。

九星宫一名新晋弟子忍不住问师兄："素女宫怎么只有他一个人？其他人呢？"

师兄带着玩味，笑道："这你就不知道了吧！在立冬晚宴这一天，素女宫连着几年都没有弟子出现，听说都在自个儿宫里罚抄书。今儿有弟子出现，那么他一定是得到了邱云师伯的肯定，完成了入门测试。"

"什么样的入门测试这么难，几年都只有他一人通过？"

"说难也难，说不难也不难，背三本书，"师兄想了想，用食指和拇指打开寸余，道，"加起来也就这么厚而已。"

"这还不难吗！？"

“难吗？只要有心，应该不难吧。”那师兄想了想《玄清宗弟子规》，突然想扇自己几巴掌。

要知道他入门近五年，别说全文背诵，就连读都没读完，那陶白是不是有过目不忘的本事，竟能做到这个地步？！

季邱云的规矩其他三宫的主人都很清楚，此时看陶白便不再只有轻视，或多或少也将他当作了有用之人，便多看了几眼。这不看不要紧，一看又是愁——陶白一直佝偻着身子在膝盖上搓着双手，一脸近乎痴迷地看着桌上的菜肴，一个活脱脱的土包子。

看来他未来的路还很长啊……

“唉……”三宫宫主集体叹息。

只有季邱云始终淡定从容，是越看陶白越喜欢！

酒过三巡之后，四宫宫主离席，弟子们便都开始飘飘然，忙着与其他宫中弟子交流这七日修习的成果。

钟灵和季寒羽无疑是最被大家追捧之人，陶白坐在角落里，看着被众人簇拥轮番敬酒的二人，心头充满了自豪。

——这二人都是他的好朋友呀！

陶白美滋滋地看着他们，无聊的时候便一口接一口地喝酒。

钟灵和季寒羽都看见他了，但他们见陶白没有要走的意思，便也不着急过去找他。等师弟们差不多敬了一圈后，反倒是季寒羽先往陶白那边走，钟灵这才跟上去。

众目睽睽之下，季寒羽和钟灵先后离席，来到陶白身边。

“师、师兄！”陶白喝完一杯，抬起头，猛然见到二人站在自己身边，心中着实有些惊讶，“你们怎么来了？我还想着等你们忙完了再过去找你们！”

“我不能来吗？”季寒羽满脸堆笑，摸了摸陶白的头，“几天不见有长进啊你，我们邱云师伯对你刮目相看，我也想要膜拜你了！”

“寒羽师兄不要打趣我了，我只是完成了师父布置的作业罢了！”陶白虽然在回答季寒羽，但说话的时候却一直偷偷瞄钟灵。

钟灵一言不发，只用眼角的斜光看着他。

“钟、钟灵师兄……”陶白小声地唤了他一句，钟灵没有回答。

“师兄……？”陶白再次发问，但这次钟灵连看也不看他，右手放在桌上，有一搭没一搭地敲桌子。他微挑的眼角透露着淡雅清辉，看得陶白心怦怦跳。

——钟少爷怎么了？

——我没做什么错事呀？

陶白更加心慌了，就差没有给钟灵跪下了！

“钟灵师兄，我是不是做错了什么？你不要不理我！

“你知道我这些天有多想你吗？

“钟灵师兄……”

陶白滔滔不绝，简直快要哭出来了。

“你有没有自尊心啊？”季寒羽目瞪口呆地看着陶白，“这么低声下气，他是给你吃还是给你住了？”

“我……没觉得有哪里不对呀？”陶白一脸迷茫，没觉得自己有哪里做错了。

自己对钟灵从来都是低声下气的，有什么问题？

这时，却听钟灵高深莫测地一笑，替陶白答道：“坦白说吧，自尊心其实就是自卑心。真正内心强大的人，根本不在乎什么鬼自尊。”

陶白一脸赞同地猛点头，看得季寒羽想抽死他。

“行行行，你们继续，我懒得管你！”季寒羽拿起寒羽剑，看也不看他们，掉头就走。

陶白知道他没有生气，只是在开玩笑，便随他去了。

季寒羽离开后，钟灵从怀里拿出一个小盒子塞到陶白怀里：“拿着。”

“这是什么？”陶白作势想打开盒子，钟灵连忙阻止他。

“这是试炼第一名的奖励，吃了可增加三年的灵力，回去再打开。”

陶白“啊”了一声，连忙摇头：“这太贵重了，我不能要！”

“让你拿着就拿着，废什么话？”钟灵瞪了他一眼，吓得陶白差点没把盒子扔出去。

陶白仍是推拒，说什么都不肯要。但他见到钟灵面色愈加难看，不得已只能放回怀里：“那好吧，我收下了。”

“嗯。早点休息，以后见面的日子还很多。”钟灵冷冷地点了点头，见天色已晚便与他告辞，悻悻地回了乾元宫。

陶白看着钟灵头也不回的背影，心里很不是滋味。

他有千千万万的话想跟钟灵叨叨，但对方似乎没有心情听自己说话……

陶白怀揣宝物，闷闷不乐，直到宴会结束回了素女宫躺在了自己的床上，仍觉得心头不安。

他打开盒子，拿出里面的灵力丹。一颗小小的金丹蕴含了师尊三年的灵力，这在世上是有价无市的宝贝，这种东西怎么能浪费在自己身上？

他知道钟灵是为了自己着想，可自己就算吃了这枚金丹，也不会成为好的灵修者。这样的东西应当留给值得和需要它的人。

半夜，陶白听到走道里传来窸窸窣窣的人声——是那些抄书的师兄弟们回来了。他们一个两个腰酸背痛，嚷嚷着要将陶白碎尸万段之语，带着无尽的愤慨各自回房睡觉了。陶白在被子里，听得直打哆嗦。

门外的脚步声渐渐近了，是琉景被明熙和明烨搀扶着回了屋。不多时，明熙和明烨便从琉景的屋子里退了出来。

“殿下旧病复发，一定是被季邱云气的！”

“可不是！殿下是玄修者，根本就不应该进入素女宫。素女宫埋没了他的天赋，长此以往，他只会一日日地消沉。”

“如果让殿下进入乾元宫，凭他的天资必然能超越钟灵，就连季寒羽也不一定是他的对手！这一切都怪陶白！”

“实在是太可气了！”

明熙和明烨的对话从窗户外传来，陶白此时还没睡，自然全听了进去。他掌心捏着的金丹被汗水浸湿，仿佛有些晕开，他突然很心痛，觉得丹药若被自己吃了，跟被汗水混淆几乎是一个道理。

他想起隔壁的琉景，心中突然有了主意。

——既然金丹对自己没有用，那么就将他留给有用的人。

——如果琉景师兄知道金丹是钟灵给的，或许他就不会再生钟灵的气了。

陶白想着想着，便下定决心去做。夜里，他趁着四下无人，偷偷摸摸进了琉景的房间。

“谁？”琉景因病，一直处在半梦半醒间，察觉到房间有外人后，低沉的喘息里便带着几分警惕。

“师兄，是我。”陶白“嘘”了一声，悄悄靠近他的床。

“你怎么来了？”黑暗里，陶白看不见琉景的表情，但听他的语气也知道，对方根本不想见到自己。

陶白蹲下身，在床铺上摸索着，从他的胸口一路摸到脖颈和脸颊。琉景全身没有力气，被他这样逾越的举动气得难以自持，挣扎着要起来，却被陶白摁了回去。

“师兄，今天钟灵师兄给了我一件宝贝，是他夺得试炼第一名时师尊给的奖励。”

陶白不提试炼还好，一提试炼琉景更是一肚子火：“你……”

“你在发烧，不要说话，听我说就好。”陶白捂住他的嘴，手掌心触碰到对方的唇，丝毫没觉得有异，但琉景却觉得恶心透顶，挣扎更甚。

“这枚灵力丹可以增加三年的灵力，是师尊亲自做的，你把它吃了，对你的功力大有助益。”陶白一边说，一边将金丹往琉景嘴里送。

不等琉景拒绝，那金丹入口即化，随后他便觉得全身火烧一般，一股暖灵从他的口腔一直向下，而后进入了四肢百骸。琉景身体恢复暖意，力气也全部恢复，较之从前仿佛脱胎换骨。

“师兄，你感觉怎么样？”陶白睁大了眼睛，从一旁拿来火折子点燃蜡烛。

陶白想看清琉景的模样，但他失望了。

琉景一恢复力气，便一巴掌扇在陶白脸上，陶白猝不及防被打倒，头撞在床柱上，当场便失去了意识。

琉景低头干呕，想要把陶白施舍的丹药吐出来，但丹药早已与他融为一体，哪里吐得出来？

琉景带着熊熊怒火，将陶白扔出了房间，毫不留情地让他在院子里睡了一晚上。

或许是夜晚被打得太狠了，第二天陶白醒来的时候，满脑子都是“我在哪？

我是谁？我要干什么？”的疑惑。他费了好大的劲才想起来，哦，昨晚被琉景打了……可是他为什么要打我啊！我明明是为了他好！

陶白一整天都感觉到有人恶狠狠地盯着自己，一抬头那人的视线又转了过去。

陶白猜测，那个人一定是琉景……

立冬宴会过后，确实如钟灵所说，见面的机会多了起来。钟灵和季寒羽是乾元宫中最有天赋的弟子，他们总能提前完成季莫清布置下来的修习内容，在旁人尚在刻苦努力的时候，他们已经能出宫游乐了。而这些时间他们大多数都是与陶白厮混在一起。

陶白很开心自己又能见到他们，所以也更加努力地背书，在季邱云的首肯下，他的学习时间比旁人要短两个时辰。这两个时辰，总能在玄清宗内见到三人一起的身影。

季寒羽总是一袭白衣，外表看上去像只神圣的白孔雀，行为处事却颇为儿戏。一张嘴就给人以风骚浪荡之感，三句话之后，世人都会赠他三个字：不靠谱。

自从钟灵进入乾元宫，陶白便再也没见他穿白衣。

陶白有一天，终于忍不住问钟灵：“你的白衣呢？”

“扔了。”

“为什么？”

钟灵冷冷一笑：“认识季寒羽之后，我才知道穿白衣的人有多讨厌。”

陶白知道二人不对盘，也不好多劝说，但他相信，二人都是心地善良、古道热肠的人，给他们时间，总能化解彼此不知从何而起的怨气。

可说来也奇怪，钟灵就算一身灰压压的，但那孤高冷艳的气度却分毫也不减，淡漠的气度更是天上有地下无。如果说季寒羽是只白孔雀，那钟灵就是灰凤凰，不论颜色如何，气场是无法被忽略的。

季寒羽每次见到板着脸的钟灵都会问他：“我是不是欠了你的钱？”“我真的没有杀了你全家？”“我上辈子是不是抢了你的女人？”

钟灵看都没看他一眼，从他眼前飘过，而后缠着陶白给他开小灶做饭吃。

季寒羽怀抱长剑负着双手，在钟灵背后连连呸道：“病痨鬼，就知道装柔弱博同情！看我哪天不撕了你！”

旁人看着三人总走在一处，听不到他们的对话，总会觉得是其乐融融的。

女弟子们更觉得这三人简直就是自带风暴场的风景线——“陶白似水，寒羽如火，钟灵则是天上的淡月清辉。”

琉景听到这种说法时，眼眸里的火焰恨不得灼烧这十里白玉栏。

季寒羽和钟灵惊才绝艳，他是承认的，可那陶白算什么东西？他有什么资格受到大家的喜欢？他只是个躲在季寒羽和钟灵身后的可怜虫！

“殿下，要不要给他一点教训？”明熙冷眼看着陶白问道。

琉景冷哼一声，淡淡道：“像陶白这种人，打死了都算为民除害！”

明熙低着头，眸子里闪动着异样的光亮：“明熙明白了！”

琉景拂袖而去，权当眼不见为净。

傍晚，三人抓了只野兔吃干抹净后，天空突然飘起了雪花。三人这才惊觉时间已经匆匆过去了三个月。

年关将近，过了年，钟灵和陶白就算是老弟子了。

钟灵伸出手，一片雪花落在掌心，他看着雪花消融，问陶白：“你喜欢这里吗？”

陶白想了想，说：“喜欢。”

“真的？”

嗯。有你的地方我都喜欢。

陶白思及此，由衷笑道：“师兄弟们都对我很好，师父也很好。这里吃得好、住得好，我有什么道理不喜欢呢？”

钟灵松了口气，笑道：“那就好。”

陶白看着钟灵不多见的笑容，只觉得那一瞬间他身边的花儿都开了，阴郁的天气都变得阳光灿烂起来。

原来一个人好看到这种地步，是真的会让人只要看见他，就仿佛看见了世界上最美的风景。

陶白回去后，去了藏书阁看书。他从来不是什么有天赋的人，他之所以能在一群天才之中脱颖而出，纯粹是因为比他们多用了一倍的时间去看书和背书。

明熙和明烨摸清楚了陶白的习惯，雪夜里，在众人熟睡之后，他们便买通了后山三名看守牢狱的狱卒，带着狱卒们去了素女宫无人的后殿等待。

三更时分，是陶白从藏书阁回房的时间。明熙和明烨看准时机，从后捂住他的嘴和双手，将他一路拖去了后殿。

陶白奋力挣扎着，但他根本不是训练有素的明熙和明烨的对手。

等到了后殿里，陶白看见是熟悉的明熙和明烨后便放下了心，丝毫也没感受到危险的迫近。

“是琉景让你们来的？”陶白不确定地问，“你们有什么事吗？”

明熙没有立刻回答，只转过身来，一本正经地看着他，居高临下道：“你听说过木桶理论吗？”

陶白茫然摇头：“还请师兄明示。”

“一只木桶想要盛满水，必须每块木板都一样平齐且无破损。如果这只桶的木板中有一块不齐或者破损，这只桶就无法盛满水。所以，一只木桶能盛多少水，并不取决于最长的那块板，而是取决于最短的那块板。”明熙目露凶光，恶狠狠道，“简而言之，陶白，你就是我们之中最短的那块板。是你害得我家主子与你一起沦落到素女宫！”

陶白感受到了大家的不满，但仍是不明白他们为什么这样生气。

“素女宫不好吗？师父不好吗？”陶白一脸懵懂，不解道，“我觉得素女宫很好，师父也很……”

“啪！”的一声响，陶白被明熙一拳打翻在地。

“只有你才觉得好！”明熙这一巴掌下手极重，陶白耳朵里有短暂的轰鸣，待反应过来后，立即捂着脸，惊骇道：“师兄，究竟我做错了什么，竟让你这样讨厌我？”

“我原本以为你和那个钟灵是一伙的，为了抬高钟灵的身份而与殿下处处作对，可如今看来并非如此。”明熙冷笑，森然道，“你不是装傻，你是真蠢！”

“我……”陶白想要解释，但他的话还没能说出口，便见明熙挥了挥手，从他的身后上来几名男子。他们手持木棍将陶白团团围住。陶白从未见过他们，不知他们从何而来，但他们的神色却告诉自己，来人绝非善意。

紧接着，棍棒如雨点落在陶白头部、胸腔和四肢。

一声声闷响落下的同时，也是陶白身上骨头碎裂的声音。

“你们……为什么……”陶白实在不明白，琉景他们究竟为什么这样针对自己？他甚至还救过他！

“求求你们，不要再打了……如果我哪里做错了，我改！我道歉！对不起、对不起……”陶白苦苦求饶。但师兄弟们并没有手下留情，反而变本加厉地将木棍落在他的头上。

明烨和明熙坐在一旁的石桌边，自顾自地喝茶，全然没有将陶白的哀求放在心上，那些人便更加肆无忌惮。

不多时，陶白已经满脸是血，抱着头的双手也因多处骨折而失去了知觉。

“求求你们……不要……不要打我了……”陶白全身是伤，翻着白眼，痛苦且不自知地扭动着遍体鳞伤的身体。直到他再也说不出话，再也无法做出动作，他的嘴里也一直重复着：“对不起……对不起……”

他成了一摊流着血水的毫无生气的烂肉，但是他从始至终没有怨怼过。

明熙见陶白许久没有反应，走过去，在他的脸上踢了两脚，他仍是趴在地上毫无反应。

明熙蹲下身，打开陶白上翻的眼皮，见他瞳孔对外界光源没有丝毫变化，才示意大家停手。

明熙转身对明烨道：“他死了。”

明烨执茶杯的手停顿了片刻，想了想，便道：“留在此处不妥，扔去后山，死了也不会有人发现。”他说话的时候，表情坦然淡定，仿佛一条人命在他眼里甚至不如蝼蚁。

碾死陶白，整个过程不超过半个时辰，确实就像踝死了一只蚂蚁。

陶白甚至到死都不明白，自己究竟为什么而死。

明熙觉得此法甚为妥当，便立刻着手去做了。

后山里，大雪覆盖了天地。陶白周身的鲜血被大雪覆盖，而后新流出来的鲜血又再次染红了白雪。

月光下，只有陶白身边的颜色与这银装素裹的世界格格不入，就好像一团黑雾污染了这个世界。

他是木桶最短的那块板，是素女宫的耻辱，更是玄清宗里最没用的弟子，他存在的唯一意义就是带给旁人麻烦。

陶白吐出一口气，断裂的胸骨插入肺部，让他猛烈地咳出一大口血，而后天地间除了落雪声，还有他起伏不平的呼吸。

呼吸渐渐弱小，直到与落雪融为一体。

他闭上眼睛，什么都看不到、听不到了……

“陶白！”不知道过了多久，森冷的空气中传来钟灵的怒喝。

陶白浑身一颤，猛地睁开眼睛。

他胸口起伏，双目无神地望着天空，手胡乱地在空气里抓着，似乎想要抓住什么，但到头来什么也没抓到。

他的眼睛看不见了。

找不到陶白的钟灵寻遍玄清宗，这才在山头看见浑身浴血的他。

钟灵慌忙跪倒在陶白身旁，一手抱住他孱弱的身子，一手握住他的双手腕，将他禁锢在自己怀里，希望以此能带给他些许安全感。

“真好……真好啊……我还以为再也见不到你了。”感受到钟灵的体温、陶白不再挣扎了，安安稳稳地靠在钟灵怀里，右手挣脱钟灵的手，探索着摸到钟灵的脸颊。

陶白使出浑身力气，勉强牵起嘴角，忍着撕裂嘴角血痂的痛苦，问他：“我……我还是想叫你……钟少爷……”

“叫什么都可以，你现在不要说话，我带你离开这里！”钟灵手忙脚乱，却因拥抱而让陶白浑身一抖。他这才注意到陶白身上最严重的伤——心口处大量涌出的鲜血，似乎要将他的性命带入无尽深渊。

“我……是不是……要死了？”陶白半睁着眼睛，双目无神地看着钟灵。

钟灵摇头，斩钉截铁地告诉他：“你不会死。”

“是吗……那为什么前面有光呢？”陶白看着身前，明明什么都看不到，却似乎在遥远的地方能看到一个光影，那个光影十分诱人，仿佛只要踏过去就会到达没有痛苦的世界。

“你不要看！不要说话！我们这就走，我会帮你报仇，会让那些欺辱你的人付出代价！”

“不要！”陶白用力摇头，“钟少爷……我已经活不久了，你不要为了我跟他们起冲突，他、他是太子……你斗不过他的……”

“斗不斗得过，要斗了才知道！”钟灵眼底的怒意涌出，如果陶白看得见，一定会被他的眼神吓到。

陶白睁着眼睛，双目无神地看着他，眼底浮现出无限的悲伤。

陶白道：“如果可以……我希望能死在景国。”

“……什么？”钟灵一愣。

陶白昏迷前，用尽最后一丝气力，呢喃道：“如果可以……我多想再看看靖城的风光……看看她……”

陶白说完，便再没有力气，昏迷过去。

钟灵跪在皑皑大雪里，抱着一个几乎失去了生命体征的人，鲜血将自己绢白的衣裳染红，在月光下显得尤为诡异。

钟灵双拳紧握，挣扎了片刻，最终抱起陶白闪身消失在雪地里。

山谷漫天遍野的白雪地里，只留下一摊鲜血，再无人影。

一旁大石后的明熙揉了揉眼睛，确定自己没有看花眼，两个活生生的人眨眼之间就这么凭空消失了！

他现在十分怀疑，这个钟灵究竟是人是鬼？！

“殿、殿下！”明熙失魂落魄地闯进琉景的房间，惊醒了睡梦中的琉景。

“慌慌张张成何体统？”琉景不悦地问，“究竟出什么事了？”

“我、我们把陶白打死了！可他的尸身却和钟灵一起消失了！那么大的雪，他们就‘嗖’的一声，眨眼之间消失在雪地里……”

明熙滔滔不绝，但琉景的思绪还停留在“打死了”这三个字上。

“你把陶白打死了？”琉景神色怪异，听不出喜怒。

明熙用力地点头：“废了他的双手双脚，一剑剜心，决计活不了！”

琉景闻言，面色有些怔松，半晌没说话。

“殿下……您不高兴吗？”见琉景未有喜色，明熙不确定地问，“您难道不想那拖油瓶去死吗？”

琉景回过神，摇了摇头，蹙眉道：“你说他们消失了？”

“是啊！我亲眼看着钟灵抱着陶白消失了，雪地里还有好大一摊血呢！您说，钟灵究竟什么来头？那绝不是普通人能做到的！”

琉景沉默了一会儿，道：“此事不可声张，你且当今晚没见过他们。”

“是，明熙知道。”

“你下去吧。”

“可是……”

明熙欲言又止，却被琉景瞪了一眼：“可是什么？在这里就能知道钟灵的身份了？还是说，你现在要不打自招地寻他，让满世界都知道你们将陶白打死了？”

“奴……”

“好了，下去！此事万不可再提！”

“是……”

明熙离开后，琉景再次失眠了。

——陶白真的死了吗?

——有钟灵在，他应该会没事吧?

琉景想起他那双无辜诚挚的眼睛，还有他背着自己在密林里行走的一天一夜里，从未停止过的抱怨……但他抱怨归抱怨，却从来没有真正放下过自己。

琉景听见他死了，突然觉得心里竟有些过意不去。

第二天，陶白和钟灵齐齐消失的事情传遍了玄清宗，但没有人见过他们。

季莫清下令彻查，但上下山所有要道都没有过他们的身影。他们的房间十分干净整齐，多的物件一件都没有。尤其是钟灵，房间里的摆设一件都没挪动过，根本不像有人居住的样子，毫无人气。

二人就好像从这个世界消失了，甚至从来没有存在过……

第七章 妆匣奇珍

钟灵带着陶白回到景国，直接带着他去了当年住过的小破屋。

“我们到家了，你还记得这里吗？”钟灵轻声在陶白的耳边呼唤。

陶白弥留之际，缓缓睁开了眼睛。虽然他视线模糊，但看着四周的景象和熟悉的霉味，他有过一瞬间的怔忪，而后是难以言喻的激动和开心。这里是他人生中度过的最开心的一段时光之一。

“我睡了……多久？”陶白简直不敢相信自己真的回到了景国。他还以为自己一定客死异乡了。

钟灵低垂着眼睑，告诉他：“很久很久，回来的一路上你都在睡。”

“我真的回来了……”陶白开心不已，但他的嘴角不听使唤，想要给钟灵一个笑脸，却比哭还难看。

“你不要说话了，我去给你请大夫。”钟灵吸了吸鼻子，作势要走。

陶白忙拉住他。钟灵始终低着头，他看不见钟灵的表情，但是就算钟灵抬起头，陶白的视线灰白，也不大能看得出来钟灵眼底的悲戚和哀凉。

“你不要难过，也不要为我报仇……”陶白细细地想了想，自己这一生临到终点，他其实是不难过的。自己早就是该死的人了，多活的这一年多，见识了过去二十多年都没见过的风景人事，这都是钟灵带给他的。

说不舍也不舍，说不难过也确实不难过。

但临到终点，回到景国的他心中有一个声音却越来越大。他心里一直隐隐有个愿望，是从前的自己没有做到的。如果可以，他还真想完成那个心愿。

——“我想送秋碧一件礼物。”

陶白知道他们没什么钱，这句话藏在心里没有说出口，但这又如何瞒得住钟灵？

钟灵知人心中所想，陶白在他面前根本就像是透明的。

当晚，钟灵找来大夫，为陶白开了些镇痛的麻醉类药物便离开了，这无异于给陶白判了死刑。钟灵没有强留大夫，默默地给陶白煎药喂药之后，等他熟睡后便出去了。天晓之时，钟灵回来了，手里正捧着一个玄色匣子。

钟灵俯下身，半跪在床边，一直守着陶白，等他自然睡醒。

午饭时，陶白醒来，便见到身边的精美妆匣。虽然是灰蒙蒙的，但因为距离近，他也能看出匣子的精美和大气。匣子上缀着珐琅彩琉璃，虽然边缘处被岁月磨得失去了光华，但仍掩盖不了它的精美璀璨。只看这一眼，便也知道这是一件价值连城的宝贝。

“挑一件。”钟灵打开匣子，柔声对陶白说。

“这些是……”陶白瞪大了眼睛，无神的眼眶里第一次出现了不一样的情愫，“难道……你去偷东西了？”

钟灵扬起嘴角，摇了摇头：“这些都是以前的朋友送的。”

“以前的……朋友？”

匣子里有好几件首饰，分别是累丝嵌璎珞金钗、佛教七宝琉璃长命锁、一对珐琅彩花卉纹银耳环、一对金质臂钏和一根普普通通的木簪子。除了木簪，这些首饰一看就价值不菲。出手如此阔绰的女性朋友，陶白想来想去都觉得钟灵跟她的关系绝不简单。

陶白道：“你从哪儿拿来的匣子？从前怎么不见你提起过？”

“这些东西价值不菲，带在身边不方便，我便将它们埋在了慈幼局附近的一棵树下，从前觉得不管再苦都能熬过去，所以没有动过它们的念头。但现在，完成你的心愿是最紧要的大事，我不希望你带着遗憾离开。”

“是这样啊……”陶白垂下眼帘，轻轻摇头，“留下它们吧，我很想送一件礼物给秋碧，但绝不会牺牲你的感情，让你难过和不舍……”

“我不是这个意思。”钟灵叹息，接道，“我这一生，辜负过很多人，这些都是她们的遗物。”

“钟少爷统共不过十七八岁的年纪，这一生才刚开始，倒给人一种比我还老成的错觉。”陶白面色古怪，忽然想大笑，但碍于身体原因，他只能躺在床上勉强勾起嘴角。但因为伤及筋骨，他无法控制自己的表情，那一笑简直比哭还难看。

钟灵没有接话，只是拿起其中的几件首饰，催促他：“挑一件给陈秋碧送去，也算是成全了你对她的感情，否则我留着这些东西这么多年，全然派不上用场也算是辜负。”

陶白知道钟灵的性子，他也从不曾违逆钟灵的意愿，最终挑了一对相对不那么华丽的金质臂钏。臂钏虽然看上去简单，却不失精致，与秋碧的气质倒也符合。

“就它们了。”陶白说完，冲钟灵眨了眨眼，“拜托钟少爷将它们送去时雍坊的宋府，再送上一封书信，信的内容就写‘曾经答应过要送你一件礼物，今日总算做到了’，不要写落款，我不希望被旁人误会了我们的关系。”

“误会你们的关系？”钟灵冷笑，“你们有什么关系？”

“我们没有关系。”

“没有关系怕什么误会？”钟灵取出臂钏，拿出纸笔，在信的末尾大大方方地写下了“陶常曦”三个字。

陶白见了微微叹了口气，但也没有拒绝。他双目无神地看着空中，喃喃道：“如果我能早一些看透就好了……”

钟灵没有去窥伺陶白的心中所想，不知道他指的“早一些”是早到什么时候，他猜想，或许是早到他坚持应试而忽略了陈秋碧的那一段时光……唉，真是个傻瓜！

钟灵起身，给陶白盖好被褥便走出门，将信和臂钏交到了宋府的下人手中。

他没有见到陈秋碧，不知道陈秋碧是何表情形状。

他也根本不想知道。

钟灵回来后，陶白问他：“东西送到了？”

钟灵点了点头：“送到了。”

“那就好……那就好……”陶白开心地扬起嘴角，喝了钟灵端来的汤药，奇迹般地没有再呕吐。

第二天，陶白喝了些粥，身上有了些力气，居然可以靠着床头坐一小会儿，这在大夫看来简直是奇迹。

大夫搭着陶白的脉搏，沉吟道：“公子的脉象从容和缓，不浮不沉，与昨日断脉相比好太多了！恭喜公子，只要再调养些时日或许便能恢复健康。”

大夫的言语无疑让陶白惊诧，他还以为自己死定了！

陶白看了钟灵一眼，钟灵冲他笑了笑，似乎一切都在他的掌控之中。

陶白知道钟灵的性子，所以没放在心上，可在大夫眼里，这简直是匪夷所思。

第五天，陶白可以在床上坐一下午。

第七天，陶白可以自己吃饭。

第十五天，陶白可以在钟灵的搀扶下下床走动。

一个月后，陶白可以在没有人搀扶的情况下，自己走到院子里晒太阳。

三个月后。

“今晚我们吃什么？”钟灵问陶白。

陶白蹲在院子的地上，洗着一盆菱角，道：“莲藕菱角大骨汤。”

钟灵点了点头，不再管他，转身坐在藤树下看书。

开春了，陶白这两个月恢复了厨男的身份，每天脸上的笑容都快溢出来。做饭似乎是陶白唯一拿手的事情，他做回了老本行，竟比什么都开心，看得钟灵根本不忍心跟他提起任何关于玄修者的事情。

钟灵合上书，靠在院子里的秋千上睡着了，直到闻到一阵饭菜香才醒来。

他睁开眼睛，就看见陶白在石桌上摆放碗筷。忙碌的他，简单而快乐。

陶白扬了扬手中的筷子：“等小绿来了就开饭。”

小绿是附近的流浪儿，六七岁的年纪，无父无母，在城里没少受人欺负。自从陶白开始下厨，每天晚上，小绿都会闻着菜香味到家里来。陶白和钟灵对孩子都有一种别样的纵容和怜爱，自然非常乐意，这一吃，就持续到了现在，已经发展到了没有小绿无法开饭的地步。

小绿一向准时，但今日，她却来得有些晚了。

陶白和钟灵等小绿等了半个时辰，小绿进门的时候一脸惨白：“太可怕了，实在是太可怕了！”

“出什么事情了？”陶白见她神色有异，立刻围上去，关切地问道，“你怎么一副魂不守舍的样子？”

“你是没看见哪，男人怎么能那么心狠呢？”小绿坐在石桌旁，看着一桌子菜肴全然不肯动手。

“你究竟看见什么了？”钟灵好奇。

陶白给几人盛了饭，也是同样地惊奇：这些菜肴在小绿面前失去了吸引力，实在是匪夷所思。

“我说了你们可别吃不下饭！”小绿戳着饭碗，欲言又止。

钟灵笑着颔首：“不会。”

小绿长叹了口气，接道：“我今儿下午在时雍坊溜达，看见那新升官的翰林院宋大人把夫人给打死了！他拿着这么长的棍子，当街打了她几十棍子，头盖骨都打烂了！”小绿说着，双手比画了约莫两尺长的样子。

“哦？”钟灵皱眉，迟疑道，“宋大人莫不是近日仕途正顺的宋冠廷？”

“可不就是他吗？”小绿话音刚落，陶白手里的饭碗“啪”地掉在地上，四分五裂，米饭也散落了一地。

“他……他的夫人……可姓陈？”陶白双手颤抖，一瞬不动地盯着小绿。

小绿被他的模样所吓，都没来得及心疼地上的米饭，直愣愣地点头：“这我就不知道了，我只听说那可是他青梅竹马的糟糠之妻！你说，正常人哪能下得去那么重的手？他可真不是个东西！”小绿呸了几口，打了个寒战，似乎还没从惊讶中回过神来。

“我还听说，这不是宋大人第一次打她，老早就传出他对家人不好……”小绿絮絮叨叨地说着道听途说的话，丝毫也没注意到陶白越来越阴郁的脸色。

“你没事吧？”钟灵拍了拍陶白的肩膀，陶白猛地从震怒中回过神，几个箭步冲出了院子。

“陶白叔叔怎么了？”小绿一脸呆滞，问钟灵，“他好像不太对劲，我们跟去看看！”

钟灵放下筷子，长舒一口气，对小绿摇了摇头：“你在这里，我去。”

小绿看了看一桌子饭菜，又看了看钟灵的背影。虽然她不知道发生了什么事情让陶白如此激动，但觉得只要有钟灵在，陶叔叔应该不会有事，便镇定地继续吃饭了。

这是陶白回靖城数月来第一次去到时雍坊宋府。过去他不曾来，是不想触景伤情。却不想这次到访，入眼的便是门口几摊猩红刺目的血迹。门口的石狮子上有几个鲜红的血手印，狮子底座的突出部分有人撞在上面，磕出血液的痕迹。陶白一颗心提到嗓子眼，如何也不肯相信这会是陈秋碧的血——因为不管是谁的血迹，流了这么多血的人一定生命垂危。

宋府被官差里三层外三层地围着，门口看戏的人很多，陶白发了疯似的冲进去，但根本不起作用。

侍卫泛着白光的刀刃在灯火的映衬下显得格外冰冷，他们默不作声，默许着这里曾发生过的一切。陶白只能从来往看戏的民众嘴里知道些许曾发生过的事。

“秋碧！秋碧！”陶白声嘶力竭地呼唤，就算在市井，仍让人忍不住对他多看了几眼。知道宋冠廷夫人名讳的人不多，但宋府的人却或多或少有人知道，便从门缝对陶白多望了几眼。

“那个人会不会就是夫人的情郎？”管家让出门缝，让位置给其他几个丫鬟婆子看。

陶白一身粗衣麻布，一看就知道并非有钱人家，但胜在眉目干净温润，书生气十足，倒还真有些小白脸的意思。

“看他那么激动，八成就是了！”丫鬟捂着嘴，连连摇头，“可怜夫人了，放着好好的翰林院夫人不做，竟要为了那种人与老爷和离，真是可惜了……”

“你们小丫头片子懂什么？”张妈妈蹙眉道，“他们二人有没有猫腻不知道，但就老爷那脾气，夫人能忍他到现在实属不易！你们可长点心，别光顾着给老爷打抱不平，等被老爷勾了魂去，有你们苦头吃！”

张妈妈一说完，众人都闭上了嘴巴。

张妈妈是从老县城里带来的仆人，宋冠廷和陈秋碧的生活如何她比谁都清楚，这事情真要怪，就只怪造化弄人罢了……

陶白当天到底没能进入宋府，也没有人能告诉他陈秋碧究竟如何了。他唯一知道的，就是陈秋碧浑身是血地被拖进了宋府，而后宋府再没有人进出。这四周的侍卫都是京兆尹派来维护秩序的。

入夜后，围观者渐渐散去，只剩下陶白。

“求求你们，让我进去看看，我是……我是……”

陶白一次次地重复哀求，但真要说到自己的身份时，却始终说不出来自己究竟是陈秋碧的什么人。

他有什么资格、什么立场？

他什么资格、立场都没有。

夜幕降临，日落西山，月亮升起，陶白一动不动地坐在宋府门前，等着宋府来人给个说法。直到第二天，宋冠廷的轿子从府里抬出，照常上朝，陶白喊破了喉咙也没能让宋冠廷落轿，更别提跟他解释一下昨天的行为。

钟灵站在不远处的树下，就这样陪着陶白，没有劝解，没有阻挠，只是无声地陪伴着他。

下午，宋冠廷下朝回府，撤走了一干侍卫，而后在府前挂上了两盏白灯笼。

“轰隆——！轰隆——！”

陶白只觉得那一瞬间脑中似断了弦，一口血腥气从腹部升起，而后猛地吐出了一大口血，便失去了意识。

钟灵眼疾手快，瞬间出现在他身边，将他拦腰抱起。看着陶白惨白的面色，钟灵眉头紧皱，露出了十分的忧心。

陈秋碧死了。

她的死无疑让陶白本就暗淡无光的人生中唯一的彩虹失去了颜色……

钟灵很担心，陶白醒来后会怎么办？

他可不想再经历一次被陶白缠着带他去死的日子了。

陶白这一病就病了三天。他高烧不退，在睡梦中也一直叫着陈秋碧的名字。

这些年他一直将感情藏在心底从未拿出来与人说，他觉得秋碧过得好，那么自己就是开心的。但不说并不代表这份感情不再存在。他一直默默祝福着，希望他的心上人能一生平安顺意、幸福美满。可近日他才知道自己错得有多么彻底。

陈秋碧死后第四天，陶白从昏迷中醒来。醒来后他第一句问的便是：“秋碧呢？秋碧还活着，是不是？”

钟灵在做饭，此刻守在他床边的是小绿。

小绿扯了扯他的袖子，小声道：“你不要难过了，宋夫人的死已经是定局，虽然我们都很同情她，但到底只是外人。”

小绿全然不知陶白与陈秋碧的过去，滔滔不绝道：“宋夫人是出了名的温暾性子，虽然我没有见过她，但是听小伙伴提起过，他们经常受到宋夫人的接济。

“宋夫人身上经常有伤，他们猜测宋夫人不是第一次被打，她的一生一定过得十分伤情，如今死了或许是解脱，对不对？”

小绿的声声安慰丝毫没有安慰到他，反而让陶白更加全身发抖。

陶白不知哪里来的力气，挣扎着下了床，但因三天没有进食，陡然起身有些眩晕，很快又倒在了床上。

“你不要乱动！”小绿斥责道，“你知道钟灵哥哥这几日有多辛苦吗？你为个陌生女子，还是旁人的夫人要死要活的，对得起钟灵哥哥吗？”

陶白哪里听得进去？他现在满脑子都只有一个陈秋碧。

“你让开，我要去找秋碧！”陶白用了十分的力气，小绿被他推倒在地。

虽然小绿不知道他嘴里的“秋碧”是谁，但通过这几日的接触，她能推测出宋夫人或许就是秋碧。

“你不要去了！宋夫人已经被沉河了！”小绿在陶白身后大吼，陶白整个人一颤，而后再挪不动步子。

“你、说、什、么？”陶白回过头，一字一句道。

“宋夫人不守妇道，自尽而亡，死后仍被浸猪笼，如今正躺在紫砂河底呢！”小绿被陶白气着了，丝毫也不觉得自己这番话在陶白心里激起了多大的涟漪，“你这副模样，我会以为你就是宋夫人的姘头！”

陶白沉默着不说话，脸色黑得可以滴出墨来。

小绿从来没有见过目光如此凌厉的陶白，心底阵阵发凉：“你……不会真是她的姘头吧？”

小绿话音刚落，“啪”的一声，便被陶白打了一巴掌，脸上立时肿起一个五指印。

“你是不是疯了！”小绿反应过来，猛推了陶白一下，陶白本就全身没力气，立刻便被她推倒，头撞在桌角，霎时间鲜血如注。

钟灵听到动静，进来后见到的就是陶白浑身是血地跌在地上，双目无神，毫无焦距。

“你先回去，这里交给我了。”钟灵淡淡说完，小绿一脸懵懂，既生气陶白的反应又内疚自己打伤陶白，却又不想就此离去。她知道陶白现在情绪很不对，她很想帮助他恢复正常。

小绿：“我……”

“回去吧。”钟灵言辞肯定，小绿最终只得点点头，“嗯”了一声离开了。

钟灵拿来干净毛巾，蹲下身子，小心翼翼地摁住陶白流血的伤口。

流了这么多的血，照理来说是很疼的，但陶白眉头都没皱一下，哼也不哼一声，若不是他半睁着眼睛，缓慢地呼吸着，钟灵都怀疑眼前人是个死人。

钟灵简单地包扎了他的额头，将他扶到床上躺下。

良久，陶白目光呆滞地望着头顶，开口问道：“秋碧真的死了吗？”

钟灵没有回答他，只是站起身，叹息着：“你先休息，等养好病了再讨论这个问题，我去请大夫。”

在这种时候，钟灵本不该丢下他，但是他的伤口必须处理，他只能冒险留他一个人在家里，自己去医馆请大夫。

钟灵出门前，将屋门上了锁，原以为这样就万无一失，可等到他请来大夫，却发现家中屋门被从里踹开，横躺在地上，散落了一地的碎木块。

钟灵当即扔下大夫，转身跑出门，径直向时雍坊宋府跑去。他生怕陶白在此时大闹宋府，不打自招地承认自己自小倾慕陈秋碧。到那时，他和陈秋碧就真是跳进黄河都洗不清了！

宋府前，没有发生钟灵所担心的一幕。陶白只是安安静静地站在十丈开外，看着宋府你来我往的宾客们。

宋府的白灯笼已经卸下，陈秋碧所留下来的血迹也被清洗干净。宋府门前干净而宽敞，仿若什么事情都没有发生过。而那些来来往往的人，正从宋府里往外抬着一箱箱的红色礼品。

“宋大人的夫人做出那样下作的事情，真是恶有恶报！如今当朝户部尚书贺礼的千金贺瑾雯下嫁宋冠廷，也算是老天开眼，安慰了这个失意的男人了……”人群叽叽喳喳，才三天时间，便忘了当初是怎么抨击宋冠廷家暴的。

陈秋碧被官府沉尸河底后，宋冠廷一夕之间又从家暴者变成了被夫人背叛的可怜人。人们其实根本不关心真相，只是听着道听途说的东西，相信自己想去相信的。

陶白突然觉得很累。

他不是不愤怒，也不是怕死，他只是觉得很无力。

他知道，哪怕自己现在冲出去，也没有人会相信他。

渺小如他，撼动不了这个世界。

他改变不了人们的想法，更无法保护想要保护的人。

他真的很累很累了。

陶白踉跄着向后退了一步，整个人便落在一个坚实的怀抱里。陶白回过头，便见钟灵一脸担忧地看着自己。他的额头还有细细的汗水，看得出一路跑着过来——钟灵很担心自己。

陶白看着这样的钟灵，突然“哇”的一声哭了出来，与四周看戏的人们的表情截然不同。

他抑郁多日，能在这一刻爆发出来，其实是一件好事。

“哭吧，哭出来会好受一些。”钟灵抱着陶白，让他整个人放心地靠在自己身上。冰冷的泪水一滴滴落进钟灵的脖颈，透骨寒凉。

钟灵能理解陶白的难过，但他发誓，从今往后，他再也不要看见这样的陶白，他一定要帮陶白振作起来。

陶白不知道自己哭了多久，只知道再抬起头时，天已经黑了，身边也已经没几个人了。

“哭够了？”钟灵淡淡问他，听不出喜怒。

陶白点了点头：“哭，没有用。”

“你知道就好。”钟灵扶起陶白，转身牵着他的手，将他往河边拉。

“我们去哪里？”陶白头痛欲裂，身子摇摇欲坠，但钟灵毫不理会，脚下的步子越走越快。

“你不是想见陈秋碧？我带你去。”

“秋碧没死？”陶白一瞬间恢复了力气，脚下的步子竟比钟灵还要稳重坚实，立刻与他走到一起。

钟灵没有正面回答他的问题，只沉声道：“到了你就知道了。”

紫砂河位于靖城南郊，靖城的生活污水几乎都排在这条河里，河流下游几乎就是一条臭水沟。这里的河面散发着阵阵恶气，除了生活污秽之外，遇到不守妇道的女子，将其浸猪笼便大多选在此处。

紫砂河边人迹罕至，陶白皱着眉头，忍受着空气里的阵阵腥臭，想到陈秋碧埋骨于此，心中又是一阵酸涩气恼。

如果可以，他宁愿自己代替陈秋碧去死。

“与其代她而死，不如想法杀掉害死她的人。”钟灵看见陶白所想，面无表情地提点。

陶白闻言一愣，想到宋冠廷那一张道貌岸然的脸，才发现自己这些日子根本搞错了方向——他和陈秋碧都是好人，没有任何理由被人陷害诟病甚至杀死。该死的是那些心有污秽的人。

“到了。”钟灵看了眼四周，一座白色的高塔下，黑色的河水滚滚东去。这里是处决罪妇的地方，古往今来不知道有多少女子沉尸于此。

“你带我来这里见秋碧？”陶白浑身发抖，几乎昏厥。

钟灵点了点头，下一刻，便脱下外衣，眉头也不皱地跳下河去。

“钟少爷！”陶白大惊失色，也想寻着他跳下去，但见钟灵浮在水面上，冲自己摇了摇头，“你在岸上等我。”

陶白定在原地，眼看着钟灵憋了一口气潜下水去。

他突然明白钟灵要做什么了。

他的心更痛了。

钟灵有多讨厌污秽，他比谁都清楚。紫砂河水腥臭昏黄，钟灵想都没想就跳下去，只是为了自己能见到陈秋碧最后一面。

他知道的，钟少爷看似冷情冷血，但他比任何人都关心自己。

陶白想到此处，内心酸涩，眼眶再次发红。也就在此时，水面传来“哗啦”一声，钟灵浮起来，缓缓向他游来。

陶白伸出手，将钟灵拉上岸，他的身后，一个巨大的草编笼子也随之上岸。笼子里除了一块大石头外，还有一具泡胀了的女尸。尸体面目全非，根本看不出她的本来模样。只有她双手上那一对金臂钏能告诉陶白她的身份——那是他从小捧在掌心的心心念念的陈秋碧。

陶白跌在地上，目瞪口呆地看着眼前的尸体，嘴巴张大，无声地嘶吼着。鼻涕眼泪流了满脸，可是他的喉咙却一个字都发不出来。

当悲伤达到一个境界，连悲痛都不知该如何反应了。

“把她葬了，从此以后，重新振作。”钟灵蹲在他旁边，面无表情地看着前方。

阵阵微风，吹起四周的腥臭，但二人似乎根本闻不到。

一个人的眼里只有陈秋碧的尸体。

另一个人的眼里只有悲痛到难以呼吸的陶白。

他们关心着自己关心的人，却忽略了关心自己的人。

过了很久，等到钟灵身上的衣服都干透了，东方渐渐泛起鱼肚白，陶白才怔忪着站起来，抱起陈秋碧，一步步地往另一边的山头走。

钟灵好几次想要帮他，他都拒绝了：“算是最后送秋碧一程。”

钟灵沉默地跟着他，一路去了景山山巅。

陶白徒手给陈秋碧挖了一个坟，将她葬了进去，随后又亲手给他做了一个墓碑，上面用石头刻着“吾妻之墓”四个字，没有陈秋碧的名讳，是因为他不想来日被人知晓墓中之人的身份，从而打扰了她的安宁。他只是将心中想了近三十年却不敢说的话写在了墓碑上。

陶白在坟边陪了她两天。

钟灵在坟边陪了陶白两天。

两天后，钟灵突然指着陶白的身后，问陶白：“陈秋碧是不是经常穿着碧色衣裙，头上只戴一支珠钗，珠钗由三颗珍珠做成？”

陶白点了点头，一脸茫然地回答：“你怎么知道？”

钟灵半张着嘴，道：“她就站在你的身后。”

“什……么？”陶白慌忙回头，但身后什么都没有，只有郁郁葱葱的树木和叫不出名字的野花。

“你看见她了？为什么我看不见？”陶白站起身，茫然四顾，但确实什么都没有。

“你没有灵力，自然看不见。”钟灵淡淡说着，目光突然从他的身后收回来，看着墓碑道，“她现在抚摸着墓碑，眉目温柔，眼神宁静，她似乎很高兴这个碑文。”

陶白目瞪口呆地看着钟灵，见对方丝毫没有开玩笑的意思，很快便相信了他所说的话。

“秋碧……她可说了什么？她究竟是怎么死的？我要为她报仇！”陶白双拳紧握，一动不动地盯着墓碑。

钟灵摇头道：“我灵力不够，只能看见她的身影，却听不见她说的话。她现在正拉着你的手，向你摇头。我猜，她大概不想让你替她报仇。”

“我不可能放过宋冠廷！所有人都有目共睹，是他害死了秋碧，在秋碧死后，为了保全自己的名声，还玷污她的名誉，害她死不瞑目！我怎么咽得下这口气！”

钟灵叹息，道：“陈秋碧的动作我都告诉你了，听不听她的你自己决定。”

陶白顿了顿，问道：“我要怎样才能看见她？”

“成为玄修者。”

“像你和季公子一样？”

钟灵颔首，刚要说话，顿了片刻，又一摇头，道：“如果你不想回玄清宗，你可以成为九方术士。”

“九方术士也可以看见陈秋碧？”

“是。”钟灵点头，“玄修者不一定是九方术士，但九方术士一定是玄修者。达到我的修为你可以看见她，超过我之后，你可以与她对话。若来日你成了那五名登上蓬莱的玄修者之一，或许，你甚至可以为她重塑肉体凡身，赐她新生。”

陶白静静地听着，原本一片灰白的眸子里突然闪现出了不同的光芒——那是一种希望之光。

陶白望着眼前的衣冠冢，擦了一把眼泪：“我要成为九方术士，我要见到秋碧！我还有好多好多话想跟她说！”

钟灵面无表情地立在他身后，轻吐了一个字：“好。”那声音里明显地松了一口气，但他的眼神却没有半分喜悦。

半月后，景国国都，九方寮外。刚填好术士报名表的陶白问钟灵：“你是术士吗？”

钟灵摇头：“不。”

陶白心存疑虑：“那你如何当我师父？如何教我降魔伏妖之术？”

“九方术士只是一个开始，拿到九段金章只是入门，这能让你的实力与灵力匹配成为一种可能。”钟灵面无表情，抬手指向前方，淡淡道，“那里，才是你的目标。”

陶白顺他手指的方向看去，便见大厅的正中挂着一幅画。画中大浪滔天，惊涛拍岸，岸上有一高山耸入云霄——那里便是传说中的蓬莱仙山，巍巍玉皇。传闻玉皇山上，星河灿烂，云海流波，有洞天福地数千余，乃世间最美幻绝伦之境。

“你是说……蓬莱？”陶白不确定地问。

钟灵颔首：“不错。”

“你在开玩笑吗？”陶白大惊。

“你觉得呢？”钟灵面不改色，一派淡然。

陶白看着他镇定自若的模样，不自觉地伸出右手抚上了他的额头，说：“额头不烫啊……没发烧啊？”

钟灵没理会他，拍开他的手，冲着面试官扬了扬下巴：“到你了。”

“啊，那我去了。”陶白手握报名表，神情严肃，一步三回头。

钟灵抱着双手，靠在石柱之上。他看着陶白小心翼翼、惴惴不安的模样，眉头轻轻皱起。

四周人来人往，无一不是疾言厉色，步履匆匆。只有陶白，似是一只闯入了虎群的羔羊，始终茫然四顾，懵懂无知。

钟灵突然想起了儿时的自己。此情此景何其相似，只不过身份全然反过来了，自己倒成了气定神闲的那一个。

他想起自己初入蓬莱时，也是如陶白一般，心中充满了忐忑，但是那时候的自己却从来没有害怕过。因为他知道，牵着自己的人，是这世上最至高无上的存在。那人总是会牢牢地牵着自己，微笑说：“不要怕，有我在。”

所以他无论遇到什么危险境况，心中都是有恃无恐的。就算那人羽化兵解，永远从这个世间消失，他也没有害怕过。他知道，自己一定会把他找回来，然后将本该属于他的一切，全部还给他……

可是，快要来不及了。

没有时间了。

依托在玄清宗学到的皮毛，陶白顺利通过文试，在家等候武试的时间。这几天里，钟灵给了陶白一柄铁剑，陶白拿着它昼夜不分地练剑，与从前终日无所事事的模样大相径庭。

季寒羽找到陶白的时候，他正在院子里练剑。

一把最普通的铁剑，挥舞着最简单的招数，但陶白表情看上去却并不轻松。

“陶白，我终于找到你了！”季寒羽兴奋地推开院门，走近陶白，双手握住他的双臂，关切道，“你为什么离开玄清宗？你知道我找了你多久吗？”

陶白看见季寒羽，很是一愣。

这里是距离琉国国都十万八千里的景国国都靖城。

他没想过自己居然还会遇到他。

“你怎么来了？”陶白停下手中的动作，一脸怔忪地问道。

“我来找你。”季寒羽微怒，道，“你擅自离开玄清宗，四师伯已经快急疯了！你什么时候跟我回去？”

“……是吗？”陶白垂下眼帘，道，“我不会回去了。”

“不回去？为什么？”季寒羽一愣，不解道，“你在生我的气，还是在玄清宗受了委屈？谁欺负你了？跟我回去，我替你报仇！”

陶白摇了摇头：“是我自己不想回去了。”

这是他人生中极少数会拒绝人的时候，他从前根本不会拒绝，面对别人对自己一丁点的好，哪怕知道对方是在施舍，也会恬不知耻地接着。

但现在他不会了。

他有追求，有目标，有向上的动力，他不想再跟从前一样任人摆布了。

“我不可能永远躲在你和钟灵的羽翼下，那样的我太没用了！”

季寒羽想说什么，但陶白立即接道：“你希望我过得开心和有意义，对不对？我向你保证，就算我不再是玄清宗的弟子，我也总有一天会变成让你骄傲的存在。绝不会再任人欺凌，绝不会再让我想保护的人受到伤害。”

季寒羽愣愣地看着陶白，静静地听着他所说的每一个字，他发现他跟从前有些不一样了。

从前的陶白大部分时间佝偻着身子，虽然不算驼背，但总给人一种小心翼翼的感觉。但现在的他，头上不再戴着抹额，大方地露出刺青，似乎丝毫也不在乎旁人的看法了。

他比从前坚强。

再不是那个唯唯诺诺的老好人了。

季寒羽不知道该为他开心还是难过，但见到这样的陶白，他突然觉得，对方已经不需要自己的帮助了。

“你……过得开心就好！”季寒羽叹了口气，伸出手想去拍拍陶白的头，但看见他灼灼的目光，拍头的动作停下，改为拍了拍他的肩膀——这是尊重，平等的两个人之间才会有的动作。

只这么一个简单的动作，陶白会心一笑，他知道，季寒羽终于拿自己当个人了。

季寒羽走后，钟灵午睡将醒。他靠在门边，懒懒地问他：“生气吗？”

“什么？”陶白一愣。

“对玄清宗的人，你还生气吗？”

“生气。”陶白点头，丝毫也不掩饰自己的愤怒，但这愤怒却不是对玄清宗，而是单纯针对琉景这个人。

钟灵看穿了陶白的想法，道：“生气不是懦弱，懦弱的是只能生气，而不能拿他们怎么样。”

“……是啊！”陶白泄气地点头。

他除了生气，还能做什么呢？

刚才自己说了那么一番雄心壮志的话语，但现在的自己说到底仍是个手无缚鸡之力的文弱书生。想要与身份尊贵的琉景抗争，简直是痴人说梦。

所以，有什么好计较的？

陶白勉强扯出一丝微笑，刚想说自己没事了，却见钟灵阴着一张脸，冷笑道：“所以，你要报仇吗？”

“什么？”陶白不解，但每次当他见到钟灵这样的表情，都不会有什么好事发生。

果然，紧接着便听钟灵道：“你想让他们怎么死？我可以教你一百种方法。还是说，你想让他们求生不得，求死不能？我也可以教你。”

“不不不……我不是这个意思，我、我并不想让他们死！”陶白连连摆手，“我只是觉得，我跟他们不是一个世界的人，我不想参与进去。”

“呵，有时候命运由不得你说不。”钟灵说完，高深莫测地抬了抬眉。

陶白担心他真的会做什么出格的事情，但庆幸的是，钟灵打了个哈欠便回了屋。

时值傍晚，晚霞遮天，苍穹烧起十里红莲业火。扑朔迷离的火烧云，诡异而灿烂，就好像未知的前路，让他心中泛着忐忑。

但不管前路漫漫，风云变幻，他都会为了她披荆斩棘，将愤怒化作铠甲，从此百毒不侵，刀枪不入。

他一定会为秋碧讨回公道。

也会让自己此生不再虚度。